長編サスペンス

美女消失

悪漢刑事《わるデカ》

安達 瑤

祥伝社文庫

目次

プロローグ

闇夜の海を切り裂くように、白い波頭が立った。

深夜の海上を一隻の漁船が航行していた。

月の光もない漆黒《しっこく》の中、遠い陸《おか》の明かりが漁船の左右に瞬《またた》いている。

この海峡には、多くの船が航行している。大きな船もあり、漁船やクルーザーのような小型船も多い。

海螢《ほたる》が海上を飛び回っているように見えるのは、足も速く航路を無視したように往《い》く小型船の船室から漏れる光だ。

この沿岸漁業用の小さな船を操舵《そうだ》するのは、若い女だ。目が大きく鼻すじの通ったキリッとした顔はモデルにしてもおかしくない美形で、みすぼらしい漁船の狭い操舵室には、まったくの不似合いだ。

だが女は、慣れた手つきで操輪を握り、鋭い眼差《まなざ》しで周囲に目を配り、レーダーに注意を払っている。

右舷前方から大型コンテナ船が接近してきた。大阪か神戸に向かっているのだろう。左舷後方にも大型フェリーが近づきつつあった。瀬戸内海《せとないかい》を通って太平洋に出ようとしているのだ。

二隻とも、その後方には続々と大小の船が連なっている。この辺りは交通量が多い。

大型船二隻の航路を直角に横断する形でやり過ごした漁船は、何故《なぜ》かそこでいったん停止した。

操業の準備をするわけでもなく、何かを待つように、女は操舵室に立ち尽くした。

船舶無線とは別の受信機からはピーという音が流れ続けている。

女は、息を殺してレーダーの映像と無線交信に神経を集中していた。

波は穏《おだ》やかそのもので、時化《しけ》で島陰に退避しているのではない。エンジンの不調で止まったのではない事は、単調な機関音が続いている事で明らかだ。発電機も正常に作動している。

漁場に早く着き過ぎて時間調整している風でもない。何故なら彼女はまったく漁の準備をしようとしていないからだ。

船舶無線ではない方の受信機に反応があった。位置を知らせる交信があったのだ。

女は動き出した。

漁網もなく、操業を開始する気配もない甲板《かんぱん》には、たった一つ、ゴム製の救命ボートが置かれている。船外機のついた本格的なものだ。女はボートを漁労用ブームに取り付けて、海面に下ろせるよう何度か動かして確認をした。

救命胴衣を身につけ、作業用ヘルメットも被《かぶ》り、あたかも事故に完璧に備えるような身支度を整えたところで、女はGPSで現在位置を確認し、エンジンのギアを入れた。

機関音が高まり船が前進を開始する。だが女はすぐに舵《かじ》を大きく切って右旋回し、もと来た方向にUターンさせた。

漁船の速度は、徐々に増していく。

船舶無線の交信に聴き入り、レーダーと手書きのノートを見比べてチェックをしつつ、女は緊張した面持《おもも》ちで操舵を続ける。

左舷前方から接近する船舶がレーダーに映《うつ》った。かなりの大型船だが、目視ではまだ小さな光の点だ。他に航行する船はいない。

女は引き続き船舶無線の交信に注意を払い、GPSやコンパスで自船の位置を確認し、電卓を叩いた。

左舷の船影はみるみる大きくなってきた。

だが女は回避操作をしない。小さな船をそのまま直進させた。接近中の大型船と直角に交わるコースだ。

緊張で強《こわ》ばった表情で、オートパイロットのスイッチを入れた女は、操舵室を出ると、漁労用ブームを動かして救命ボートを海面に下ろした。

左舷に船影が迫ってきた。海上にそびえるシルエットはさながら巨大建築物のようだ。緑色の舷灯が見えた。

コンテナ船か大型フェリーかと思われたその船は、カーキ色一色に塗装され、右舷船首には「１２３」と大きな文字が描かれている。

その輪郭はいかなる貨物船や旅客船とも違って、高いアンテナを備え、さながら高層ビルのような艦橋などの上部構造物が巨大で前部には大砲も見えた。

海上自衛隊の護衛艦だ。距離は数百メートルに接近していた。

あたりをゆるがす低音で、短い汽笛が五回発せられた。明らかに警告だ。同時に船舶無線からも警告が流れた。

『緊急！　緊急！　鳴海《なるみ》海峡航路東口付近を西航中の小型船、左舷前方から大型の自衛艦が接近中、直ちに回避されたし！』

しかし女はそれを無視して、漁船の甲板から救命ボートに乗り移ろうとしている。

その時。

サーチライトの強烈な光が横切り、女を刺すように照らし出した。

女は撃ち抜かれたように固まった。

空気を揺さぶる低音の汽笛と耳に突き刺さる鋭い警笛が同時に長い音で鳴り続けた。

接近してきた護衛艦の巨大さに圧倒された女は、茫然《ぼうぜん》と立ち尽くした。

護衛艦はすぐそばに迫っていた。すでに全艦の明かりが点灯され、その偉容がハッキリと見えた。

至近距離にある漁船が回避行動を取らないのを見て取った海上自衛隊の護衛艦は、キロキロキロという耳をつんざく不快な電子音を、驚くほどの大音量で飛ばしてきた。

我《われ》に返った女が操舵室に走り込んでオートパイロットを解除し、急遽面舵《きゆうきよおもかじ》一杯に切るのとほぼ同時に、護衛艦も短い汽笛を一つ鳴らして、同じく右に舵を切った。

女はそのままフルパワーで加速し、一目散に逃げるようにその場から走り去った。

衝突は回避されたが、女の顔は真《ま》っ青《さお》で唇は震え、操輪を握りしめる指は真っ白だ。

船舶無線はなにやら警告めいた音声を受信していたが、女はスイッチを叩き切るようにオフにした。

護衛艦の船影が遠ざかり、小さくなった。他の船の姿もない。

女は、肩で息をしていたが、安全を確認すると、操舵室の床に崩れるように座り込んだ。

しばらく放心状態だったが、転がっていたペットボトルのお茶を口にすると、徐々に思考が戻ってきたようだった。

「……海保《かいほ》が追ってくるかも」

そう独《ひと》り言を言って、女は立ち上がると、漁労用ブームを元に戻して救命ボートを甲板に引き上げ、空気を抜いた。

東の空がゆっくりと明るくなってくる中、黙々と作業する女の携帯電話が鳴った。

「はい……うん、今、船。そう、船の上。ダメだったのよ、とにかく」

応答する女の目は血走っている。

「またやるから。やらなきゃいけないんだし。次は絶対、うまくやるから。……大丈夫でしょう。このへんじゃよくある事よ。あとちょっと、近づくことが出来ればいいの」

話しているうちに、女には元気が戻ってきたようだった。

携帯電話を耳に当てている女の視線の先には船影がある。それは、はるか遠くをゆっくり航行する、さきほどの護衛艦だった。

第一章　片田舎《いなか》のヴィーナス

「ンだよ。こんなものしかねえのかよ」

裏ビデオのそのものズバリな濡《ぬ》れ場を映し出すモニター画面をじっくり見ていた中年男は、不満の声を上げた。

「こんなチンケなモンで商売してたのか？　お前ら」

脂性《あぶらしよう》でテカった顔には無精髭《ぶしようひげ》。妙に豊かな髪は寝癖《ねぐせ》なのか乱れ髪。ニコチン臭と酒の匂いが濃厚に漂って、緩《ゆる》めたネクタイと鋭い目つきがやさぐれ感を醸《かも》し出している。

「もっと他の、えぐいのを出せや！　ああ？」

「けど……これが今一番売れてるヤツなんだよね」

だが裏ビデオ屋の若い男の横柄《おうへい》な態度に、男は激高した。

「ねえちゃんは多少キレイかもしれねえが、ただ姦《や》ってるだけじゃねえか！　ダメだろ、これじゃ！」

男は積み上げたビデオの山をいきなり蹴《け》飛ばした。山は崩落し、カセットが床にバラバラと散乱する。

そんな中年男の傍若無人《ぼうじゃくぶじん》を、横でうんざりしたように見ていた若い男が止めた。

「佐脇《さわき》さん。今日は裏ビデオの鑑賞じゃなくて、取り締まりに来たんですから」

佐脇と呼ばれた中年男は「判《わか》っとるよ」と怒鳴《どな》った。

「しかしこれじゃ刑法百七十五条猥褻物頒布《わいせつぶつはんぷ》にあたるのか、二百四十六条詐欺《さぎ》にあたるのか、判らんじゃないか。猥褻だ猥褻だと言われてみたらカスばっかりだ。これは猥褻裏ビデオ詐欺じゃねえのか？　エロエロ詐欺。お前どう思う」

と、話を振られた若い男は、それでも生真面目《きまじめ》に返答した。

「どう思うって……全裸で性器を露出した男女が、カメラに向かって平然と性行為をしているわけですから、これは立派に猥褻物だと思いますし、それをここで大量にコピーして販売しようとしていたわけですから、問題なく百七十五条が適用されると思いますが」

「水野《みずの》。お前は若いな」

酒が入っているわけでもないのに酔っ払いが絡《から》むような口調で、佐脇は自分の若い部下を叱咤《しった》した。

「若いから何を見ても勃《た》つんだろうが、オレみたいなオジサンはダメなんだ。今どき、ただセックスしてるところを撮ったって面白くもな〜んともないだろ。裏なら裏らしく、表ビデオじゃ出来ないアレコレをやってほしいわけだ。な？　にもかかわらず、ここで扱ってるブツにはどれもこれも趣向ってモノがないんだ、趣向ってものが。作ってる奴のディープなこだわりがおよそ感じられない。要するに、薄～いやっつけ仕事なんだよ。キレイなねえちゃんにセックスさせときゃとりあえずＯＫ、みたいなイージーさが透《す》けて見える。こういうのって客を舐《な》めてるだろ？　言ってる意味が判るか？」

だいたいが裏ビデオというものはだな……と今や裏ビデオオタクの本性を全開にした佐脇が持論を開陳しようとしたところで、「いやそれはいいんスけど」と割って入ったのは、取り締まられる側の若い男だった。

「商品についてのクレームとかは参考にさせてもらうんで。それは後でじっくり聞きますけど、何しろこっちも忙しいんで……誰をしょっぴくか決めてくださいよ」

トレーナー上下の寝起きみたいな格好の若い男は、佐脇と水野を取りなすように言った。

「馬鹿か、お前は。ここにはお前しか居ねえじゃないか」

佐脇はそう言って男の額《ひたい》を叩いた。

「捕まる側が仕切ってんじゃねえ」

Ｔ県警鳴海署の刑事、佐脇と水野が現在ガサ入れに来ているのは、裏ビデオ裏ＤＶＤの複製をして注文先に出荷する作業場兼倉庫だ。

市境ギリギリの山奥の田舎《いなか》にあるプレハブのさほど広くない空間には、さまざまな種類の「裏モノ」のコピーが入った段ボール箱が積まれていた。その隙間《すきま》のような空間にビデオのデュプリケーターやＤＶＤのコピーマシンが置かれている。さらにその周囲にはポテトチップスなどのスナック菓子とペットボトルも散乱していて、さながら引き籠もりの私室のような様相を呈《てい》している。ここで複製を作って発送しているのは、ビデオオタクのなれの果てみたいな若い男なので、この男の自宅に来てしまったような錯覚すら覚える。

Ｔ県を昔から縄張りにしている暴力団である鳴龍会《めいりゅう》には、裏ビデオを一から製作する能力はない。しかし地下猥褻物の販売は昔からヤクザの貴重な資金源だから、東京から流れてくるソースを単純にコピーして売り捌《さば》いてシノギにしている。

鳴龍会の主な資金源は、こういう猥褻物頒布に売春、違法賭博《とばく》に取り立ての代行だ。セコイといえばせこい商売だが、薬物や人身売買、密航や密輸といった派手でハイリスクハイリターンな業務は組が小さいので扱わない。

そんな鳴龍会と刑事である佐脇が持ちつ持たれつな関係であることは、県警の誰もが知っている。たまにこうして手入れをしてみせるのもあくまで上層部や外部に対するポーズ。申し訳のように関係者を逮捕して違法な猥褻物を押収するのもポーズだ。

以前は手入れをする日時を教えてやっていたのだが、その都度倉庫の中にある膨大な裏ビデオや裏ＤＶＤを押収して運び出す手間も大変なので、「商品は隠したことにして、今ここにある大部分を『ないもの』と見なす」という実に高度な大人の判断というかひどい手抜きというか、要するに最悪な馴れ合いが行なわれるようになった。警察としても、押収した物品をいちいち調べるのは大変なので、この「省力化」は双方から歓迎されている。

最初はそういう『談合』に抵抗していた真面目な刑事・水野だが、裏モノの流通に直接的な被害者はなく、訴え出る被害者がない以上、犯罪とも言い難《がた》いと、次第に自分を納得させるようになった。ただ、佐脇が悪怯《わるび》れずに手にするワイロの分け前だけは、頑《がん》として受け取らない。

「じゃあまあ、例によって、今月中の販売は自粛しろ。で、お前、三日ばかりウチに来い」

ウチに来いというのは逮捕勾留《こうりゅう》するということだ。

佐脇は、若いヤクザの腕を掴《つか》んだ。

「伊草《いぐさ》は知ってるから、おっつけお前の代わりが来るよ。後のことは心配するな」

「佐脇さん。ちょっと戦利品を持って帰らないと具合が悪いです」

それもそうだな、と佐脇は手近にあるＤＶＤを何枚か適当に鷲掴みにして、その辺にあった空き段ボールに放り込んだ。

「こんなのは駄作だから処分してもいいだろ。お前らももっと顧客を大事にして、こんな見る価値もない代物《しろもの》を売りつけるのはヤメロ」

「はあ、でもこの女優、グラドル崩《くず》れなんで、人気があったりするんだけど」

だがテレビのタレントや雑誌グラビアにほとんど興味のない佐脇は、その元グラビアアイドルとやらを知らなかった。

「だから有名人がセックスするだけのものを見て、何が楽しいんだ？」

そういう根本的な疑問を口にされたヤクザの若い衆は絶句した。

「だって……有名女優がヌードになったら大騒ぎになるじゃないですか。乳首が見えただけでスポーツ新聞なんか大見出しで」

「知らねえな。オレはそういうの興味ないから」

オレが法律だと言わんばかりの佐脇には、「誰が」よりも「趣向」の方が重要だ。

「どんな有名タレントだろうが、ただマグロ状態でヤラれてるより、無名だが可愛い女がくんずほぐれついろんな事をする方がエロいじゃねえか。外で姦ったりとか３Ｐとか４Ｐとか」

「要するに変態的な趣向が好きなんスか、おたくは？」

「そうじゃねえが……まあ、そうかもしれないが、仕事柄、こういうものは飽きるほど見てるんでな、それなりに刺激的でマニアックなものじゃないと勃たねえんだよ。もっと破《は》廉恥《れんち》なものはないのか？　人前で堂々とファックするとか、大勢が輪姦とか」

「ちょっと佐脇さん、我々は買い物に来たわけじゃないんですから」

さすがに水野が警告したが、若い衆はうんうんと頷《うなず》いている。

「つーことは、そういうものを作れば売れるってことスか？　参考にします」

「駄目ですよ佐脇さん！」

水野が慌《あわ》てて言った。

「それって、いわゆる『教唆《きょうさ》』になりますよ！　刑事がヤクザに裏ビデオの売れ筋の指導をしてどうするんですか」

「今更そういう事言うな。鳴龍会とオレたちは持ちつ持たれつだ。言わば車の両輪と言っていい。デカとヤクザが力を合わせてみんなの幸せを〜♪　だ」

「みんなって誰の幸せですか！」

関西の巨大暴力団がこの県に進出しようとする目論《もくろ》みを、佐脇と鳴龍会が協力して阻止した事もあり、警察と暴力団が様々な局面で持ちつ持たれつな関係にあることは、否定出来ない事実だ。だが、それをおおっぴらに認めることは、絶対に出来ない。

「相変わらずお前は堅《かた》いな」

佐脇は自分の若い部下を見て、ニヤリとした。

「ま、お前みたいなのもいてくれないと、オレは際限なく暴走しちまうからな」

外にベンツ特有のエンジン音と重いドア音がした。ほどなく、見るからに上等なダブルのスーツを着こなしたオールバックの男が入ってきた。中年と呼ぶにはまだ少し間がある年格好だ。背が高くて胸板の厚い身体に、精悍《せいかん》な顔が乗っている。

「若頭っ！」

佐脇にはタメ口で敬意を払う様子もなかったくせに、オールバック男を見た途端、若いオタクヤクザは直立不動になり敬礼でもしそうな勢いだ。

「お前、佐脇さんに失礼はなかっただろうな？　ウチはこの佐脇さんで保《も》っているようなもんなんだからな。言わば鳴龍会の名誉顧問だ」

若頭と呼ばれた二枚目の男は、佐脇に、ヤクザ特有の格好で最敬礼をした。

「おい伊草。いくら何でも刑事が暴力団の名誉顧問じゃマズイだろう」

佐脇も鷹揚《おうよう》な態度で伊草に接した。

それを見たオタクヤクザは驚いた。

「え……このヒト、その辺のタチの悪いだけのタダのオッサン刑事じゃ……」

最後まで言う前に、伊草の拳《こぶし》がオタクヤクザの頬《ほお》にめり込んで、ふっ飛んだ。

「佐脇さんはウチの名誉顧問だと言ってるだろうがッ」

若頭のいささか芝居がかった行為に、佐脇は苦笑した。

「おいおい。そこまでやらなくても判ってるよ。オレは実際、やってることはチンピラ同然だからな。ただ、本物のチンピラは堅気《かたぎ》から金をせびり取るが、オレはヤクザから取る」

伊草は胸元から分厚い財布をとり出すと、無造作に数十万円分の札を抜いて渡した。

「直《じか》に手渡しという不作法で相済みません」

金額を手の感触で割り出した佐脇は機嫌よく「包んであってもなくても金は金だ」と答えた。

「じゃ、オレはこのまま消えるんで、後のことはヨロシク頼むわ」

後のこととは、押収品のリスト作りとか逮捕したオタクヤクザの供述調書作成などの地道な作業だ。佐脇はデスクワークが徹頭徹尾《てっとうてつび》、好きではない。

「佐脇さん、アシはどうします？」

二人はパトカーでここまで来た。こんな山奥には流しのタクシーなど走っていない。

「そのへんは伊草サンが心得てるだろ」

「いいですよ。何処《どこ》へなりとお送りします。なんならウチのクラブでも如何《いかが》ですか」

「ガサ入れ直後に鳴龍会系のクラブで飲むのは流石《さすが》にヤバイだろ。昨今は佐脇包囲網が、なかなか厳しい監視活動をしてるようだから」

口うるさい市民活動家には恩を売って手懐《てなず》けてあるが、ここ数年は県外のマスコミが『日本有数の不良警官』として佐脇の動静を追うようになってしまった。

県警上層部の口を封じるのは簡単だが、県外のマスコミはなかなか手強《てごわ》い。数が多いし大看板を背負っているだけにプライドも高い。はした金で尻尾《しっぽ》は振らないが、うっかり大金を積むことも出来ない。ヤクザの掟《おきて》は通用しないから、金を貰《もら》った事実を堂々と書いてしまったりする。そのくせ金は返してこないのだ。その上フリーの記者とスタッフライターが混在していて人間関係も複雑怪奇なので、正体が判り難《にく》い分、対処も難しい。

「今夜はあのヒトですか」

佐脇が目下ご執心《しゅうしん》なのは性犯罪事件被害者である若い女だ。身辺保護を佐脇が仰《おお》せつかったのだが、佐脇が「保護」をするのは、猫に金魚を守れと命じるのと同様に無理がある。

案《あん》の定《じょう》、佐脇は保護すべき対象者と短期間に昵懇《じっこん》の仲になってしまったのだ。

「男女の仲ってのは魚心あれば水心、阿吽《あうん》の呼吸とか、まあそういうもんだからな。たとえば十五歳の少女に恋をして清い交際をしたら即、不純異性交遊になるってのもおかしいだろ?」

「佐脇さんの場合、充分に不純だと思いますけどね」

苦々《にがにが》しげに言う水野に佐脇は聞こえないフリをした。

「じゃあまあ、ヨロシク頼むわ」

行くぜ、と伊草にアゴで示し、水野を残して佐脇は立ち去った。

「海が見たいんだけど」

鳴海のような田舎には珍しいこじゃれたカフェで待ち合わせた仁美《ひとみ》は、甘えた目で佐脇に言った。

仁美は、特に美人でもないしスタイル抜群というわけでもないしぴちぴち若くもない。しかし胸と尻が張り出した肉感的な躰《からだ》で、妙に男好きのする女だ。豊かな曲線を浮き立たせるぴっちりしたセーターにミニを穿《は》いて、自分の魅力をアピールしている。いかにも隙《すき》だらけで脇が甘くてちょっとバカっぽいユルい感じが、「サセ子」的雰囲気を作っている。簡単にヤレそうなところが男の戦意をかき立てるのだろう。

「ねえ。刑事さんの自慢の車で、海に行きたいんだ」

「海？　なんでまた。もう夕方じゃやねえか」

佐脇はつい、邪険《じゃけん》な口調になった。

「だから夜の海が見たいのよ」

食事して酒を飲んで、そのままホテルに直行して……と思っていた佐脇は、段取りを狂わされて一瞬ムッとした。しかし、こういう時の女のわがままは、聞いておかないと後が面倒だ。

「……あんまり遠くには行けないぞ」

「それって釣った魚に餌《えさ》はやらないってコト？」

仁美は、曰《いわ》くあり気な笑みを浮かべた。

この女は、トロそうなくせに相手の顔色を窺《うかが》って自己主張する。佐脇はため息をついて「行くよ。どこにでも」と答えた。

彼女は、暴力を振るう同棲相手から逃げ出して警察に保護を求めてきた。調書を取る必要上、同棲相手から強要された変態セックスの数々を、ちょっと眠そうな仁美の喋《しゃべ》りで聞いているうちに、佐脇はどうにも我慢出来なくなった。この女特有の粘っこい話し方のせいか、レイプ同然の虐待《ぎゃくたい》に近いセックスも、当人はけっこう愉《たの》しんでいたんじゃないかと、あらぬ妄想をかき立てずにはおかなかったのだ。

高校を中退して男遍歴を重ね、「飲食店」に勤めていた仁美が知り合った相手が、DV男だった。最初は軽いSMプレイだったはずのものが、次第に本気で殴《なぐ》られたり首を絞められたり、あげく火傷《やけど》を負わされたりしたと言うのだが、調書を取られる仁美の顔には性的興奮が間違いなく浮かんでいたし、全身からも濃厚なフェロモンが立ちのぼっていた。身辺警護の対象者と警官が出来てしまうなどということは、あってはならない。だから仁美が、この「秘密」をいつでも武器にするつもりでいるのが判っているので、佐脇は冷たく突き放せないのだ。

佐脇はスキャンダルまみれの悪徳刑事で、今更多少の不祥事があっても問題にはならない。ほとんど内縁の妻と言えるローカルテレビのリポーター・磯部《いそべ》ひかるも、多少の浮気はコストのうち、と割り切る「男気」の持ち主ではある。しかし、波風は立たない方がイイに決まっている。

「刑事さんのイタ車って、この辺じゃだれも乗ってないんでしょ？　乗せてよ。それで夜の海まで行きたいの」

言外に、その分ベッドの上ではサービスするから、と仁美は表情で語っていた。

佐脇が住んでいたアパートは、放火されて燃えてしまったが、ガレージは離れていたので愛車は無事だった。

「これだ。乗れよ」

ガレージのシャッターを開けると、そこには真っ赤なフィアット・バルケッタがあった。

いわゆる典型的スポーツカーの外見をした小型の2シーターで、幌《ほろ》をあけるとフル・オープンカーになる。1800CCだが車体が軽いので、もっと強力なエンジンを積む車にも速度では負けない。鳴海あたり、いやT県全体でも、乗っているのは佐脇だけだろう。少なくとも彼は同型車を見たことがない。もちろん仕事で使わないから、ここしばらくはガレージに置きっぱなしだった。

とは言ってもエンジンはすぐかかり、イタ車らしい走る気満々のエンジン音を響かせた。

「南海《なんかい》町でいいか？　あそこの漁港の近くに、美味《うま》い魚を食わせる店があるんだ」

「どうせなら、もっと南がいいんだけどなあ」

仁美のそのリクエストは無視して、佐脇は車を南海町に走らせた。鳴海市の隣だが、鳴海署の管轄だ。ここの冷凍倉庫が関西の巨大な広域暴力団に使われていることが判ってから、佐脇のチェック・ルートに入っていた。

都会人の目には鳴海市は充分に田舎で、その隣の南海町も穏《おだ》やかな入江と鄙《ひな》びた漁港のある観光スポットに映るだろうが、当地に住んでいる人間からすれば、見飽きた風景だ。わざわざ見に行く価値はない。もっともっと田舎の、太平洋の荒波が打ち寄せるような景勝地に行かないと「海を見た」気分にはなれないのだろう。

だが佐脇には、わざわざ数時間も車を走らせて仁美の希望を叶《かな》えてやるほどの熱意は無い。セックスだけの女に投資するにはおのずから限度というものがある。

それでも一応、漁港から続く道を進んで、南海町の岬の突端に向かって車を走らせた。道はどんどん細くなって雑木林の枝がバルケッタのボディを盛大に擦《こす》ったが、ボディの傷を気にしていては男がすたるというものだし、元来彼は車に淫《いん》するタチでもない。

佐脇はひたすらカーセックスのために、道が行き止まりになるまでアクセルを踏んだ。

この南海岬は観光地ではなく、地元の人もほとんど来ない。細いながらも道があるのは、気象観測の無人基地があるからだ。

基地の周辺は雑木や雑草が刈り取られており、海が見渡せた。

　太平洋に続く鳴海海峡に、夕陽が落ちていく。それは、なかなかの絶景だった。

「へえ。ちょっと奥に入ると凄《すご》いんだね」

　何が凄いのか判らないが、仁美は喜んだ。

　水平線に沈む夕陽を見ながら、佐脇は彼女の胸に背後から手を回し、揉《も》みしだいた。

「待ってよ……そんなにヤリたいの?」

「ああ、ヤリたい。お前さんの腰つきを見てると、もうオレのあそこはカッチカチだ」

　小柄でプリっとしてモチ肌の仁美は、抱き心地が極上だ。性格的には難がありそうだが、セフレなら聞き流しておけばいい。

「なんなら、ここでやってもいいんだぜ。オレたち以外、誰もいないし」

　佐脇はそう言いながらミニをたくし上げ、ショーツに手を差し入れてヒップを掴み上げた。

「もうっ、ホントにエッチなんだからあ。このスケベ刑事《デカ》!」

　そう言いつつ、仁美もまんざらではない様子だ。この女が訴えているDV男の件も、真相は違っているかもしれない。身辺保護が外れれば、自由恋愛として大手を振って逢い引き出来るか……。

　だが、初夏にさしかかる頃とは言え、陽が落ちるとさすがに気温が下がる。彼の分身も、外気に触れた途端に元気を無くしてうな垂《だ》れてしまった。

「……仕切り直しだ。美味いもん食って、ゆっくりやろうや」

　小型車といえども方向転換するには狭い岬の突端で四苦八苦してハンドルを切り、元来た道に戻って、この辺では唯一の「繁華街」にたどり着いた。

　漁港のそばに、雑貨屋や食料品店など数軒の店があり、縄暖簾《なわのれん》の居酒屋もある。

「おお、あそこだあそこだ」

　腹を空かした佐脇は、真っ赤なバルケッタを近くの空き地に停めようとした。この時間、人も車も通行はほとんどない。

「刑事さん、飲酒運転してホテル行くの？」

「いや……それはさすがにマズイだろ。捕まったら言い訳出来ないからな。運転代行を呼べばいいだろ」

　多少の悪事はスルーされても、飲酒運転は絶対にダメ。無条件で懲戒《ちょうかい》免職だ。

　用心深い小悪党である佐脇は、女の前だからと意気がって無謀なことをするつもりは無い。いや、オッサンまっただ中で格好をつけるトシでもないのだが。

　車を置いて店に向かおうとしたところで、悲鳴のような声がした。

「ちょっと、いい加減にしてよ！」

　声のする方に振り向くと、路地から出てきたのか、女と男が言い争っている。いや、声を出しているのは女で、男は無言でまとわりついている様子だ。

「つきまとわないで。警察呼ぶわよっ！」

電柱に取り付けられた裸電球の街灯が女の横顔を照らし、佐脇はおお、と思った。

こんな田舎町に居るのが不思議なほどの、いい女だ。ショートカットの黒髪がキリッとして印象的で、日焼けした顔に切れ長の目がキツい。長身でスレンダーだが痩《や》せているのではなく、スポーツか何かでシェイプアップしているという感じだ。素っ気ないTシャツが似合うというのは、素材として最高だからだろう。しかも脚の長さがシンプルなジーンズ姿で一段と強調されている。都会的で、身のこなしにキレがあるのは……近くの海に遊びに来たサーファーだろうか？

キツめで男勝り、という佐脇のストライクゾーンに、まさにジャストフィットする絶好球という感じだ。

彼女は男を振り切ろうとして左右に動くのだが、さながらサッカーでしつこくマークするディフェンダーのように、男は彼女にぴったり張り付き、しつこく行く手を遮《さえぎ》っている。

「……ねえ、そんなの見てないで、行こうよ」

立ち止まって注視している佐脇に焦《じ》れて、仁美が腕を引いた。

「ヒトのことなんか放っとけばいいじゃん。全然知らない人なんでしょ？」

「そうはいかん……オレ、オマワリだし」

「じゃあ、さっさと捕まえちゃえばいいじゃない」

仁美は、自分の連れの関心が見ず知らずの女に向いていることをすでに察知していた。実際、ベッドの上以外ではパッとしない仁美より、名も知らないあの女の方が、一瞥《いちべつ》しただけでも明らかに魅力的だ。

「非番の時は何があっても見ないフリが多いくせに」

仁美は、佐脇のテキトーさを詰《なじ》った。

「だから行こうってば。あんなのほっといて」

仁美の声に不穏《ふおん》な気配が混じってきたが、佐脇は無視した。男にまとわりつかれている女の様子もただならぬものになってきたからだ。

「どうしてここが判ったの？　いい加減にしないと、こっちにも考えがあるわよ」

女が震える声で言った。強気を装ってはいるが、その声音には、あきらかに恐怖が感じられた。

「警察呼ぶなら呼べよ。呼べるものならな。昔のことが判れば、お前にも困ることがあるんじゃないのか？」

男が初めて口をきいた。せせら笑うような口調だ。

だがそこで、女が佐脇の存在に気付いた。人影があるのは判っていたろうが、立ち止まってじっと見ているのが判ったのだ。

目が合った。キツい表情の中に救いを求めるような弱々しい視線が、佐脇にスイッチを入れた。

「おい、あんた」

その辺のチンピラならビビる声を出して、佐脇は一歩近づいた。

「その女《ひと》は嫌がってるんじゃないのか？」

「なんだテメエ」

振り返った男は、特に屈強そうにも見えないが、粘着質な目を佐脇に向けた。

「関係ないヤツは引っ込んでな」

「そうもいかない」

佐脇はなおも足を進めて男の前に立った。

「ヤバそうな現場を見て知らん顔は出来ない」

「カッコつけんな。ツレの女にいいとこ見せようってのか？」

男は仁美を一瞥して、口元を歪《ゆが》めた。

「あんまり振りかざしたくないんだが……オレも一応、警察の人間なんでな」

「バカ言うな。そんなに都合よくオマワリが現れるかよ。お前、この女の何なんだよ」

男は歯茎を剝《む》き出しにして嘲笑した。

佐脇は仕方ない、と溜め息をつき、ポケットから警察手帳を出して見せた。

「鳴海署の佐脇ってもんだが」

身分証の部分が明確に見えるよう差し出した。

「な……」

突然現れた本物の警官に、男は絶句して目を泳がせた。

「警察がどうした。なんの罪になるってんだ？」

「さしあたり迷惑防止条例違反だな。というか、そういうのも面倒だから、オレに楯突《たてつ》くと公務執行妨害って事に出来るんだぜ」

男の目が点になった。何か言いたそうに口を動かしたが、気味の悪い微笑すら浮かべている佐脇の顔を見ると、ゆっくりと身体を横にずらした。警察を呼ぶなら呼べと言ったのは、どうやらハッタリだったらしい。

「だからなんだ。いちいち痴話喧嘩《ちわげんか》に首突っ込むなよ。たかがオマワリのくせに」

大声を出して精いっぱい意気がっているのは判るが、いかんせん、語尾が震えている。

「痴話喧嘩か。だがこの人が訴えると言うなら、立派な警察沙汰《ざた》になるんだがな」

佐脇が問うように女に顔を向けると、彼女は相変わらず恐怖に硬直した表情ではあったが、ハッキリと頷《うなず》いた。

「はい、警察沙汰、決定！」

「バカ言うな。お前……アホか」

口調は偉そうなままだが、顔には怯《おび》えが広がっている。

「こんなことしてる暇《ひま》があるなら、もっとデカい事件を解決しろ……政治家の汚職とか」

「おう、それはいいな。教えてくれよ、すぐ捜査するから」

そんなものザラにあるだろと言いながら、男は横っ飛びに逃げ、一気に駆け出した。

「待て！　……と言っても待たないだろうが」

佐脇は苦笑しつつ、お約束のように男の背中に声を掛けてやった。

「次は逮捕するぞ！」

さらに足を速め一目散に逃走する男を見送った佐脇は、そこで女に目を向けた。

「……有り難うございました」

丁寧に頭を下げた女は、近くで見ると余計にその美しさが判った。都会的な風貌で、スッキリとした目鼻に涼しげな眉毛。二十五歳くらいの、一番いい案配。視線を横に向ければ、そこに立っている仁美と比べるのは可哀想なくらいに、クラスが違う。

「あの男は何者ですか？　正式に訴えますか？」

仁美の手前、一応職務ということを強調するために警察手帳を広げてペンを持った。

「……いえ、あの人が付きまとわなければ、とりあえずはそれでいいんです」

「この辺の方ですか？　それとも、たまたまこちらに？」

女はまっすぐ佐脇を見た。整った顔が緊張からか、硬い。それゆえにいっそう凛《りん》とした美しさを醸《かも》し出している。こんな田舎の漁師町に、こんなに垢抜《あかぬ》けた美人は似あわない。

「ここに住んでます。夫と漁に出てます」

「漁師さんですか！」

素直に驚いた。若くて都会的な容姿で、およそ肉体労働をしているようには見えない。日焼けして筋肉もついているからサーファーかもしれないとは思ったが、漁師とは。

この辺は沿岸漁業が主ではあるが、海の仕事が激務であることには変わりはない。豪快な一本釣りはやらないとは言え、釣り番組で女リポーターがキャアキャアと釣り竿を握るような、そんなヤワな仕事ではないはずだ。

「美人過ぎる海女《あま》さんっていうのはテレビでやってたけど」

「ああ、強引に取材されたことありますよ。断ったんですけど」

「やっぱりね！　美人だもの」

佐脇は、お世辞が苦手だ。褒《ほ》める時は本心だ。化粧っ気のないこの女の美しさはまさにナチュラルビューティーで、地が美形なのは見間違えようがない。

なおも話を続けようとした時、強く腕を引かれた。仁美だった。

「ねえ、どうするの？　お店行くんでしょ？」

「ああ、そうだったな」

仁美を見ると、ひどく幻滅した。自然に磨かれた野性的な美しさと、ボンヤリしたセックスだけの女では、勝負にならないのは当然だ。しかも、仁美は機嫌を損ねてブスッとしているものだから、なおさら不細工だ。とはいえ、露骨に邪険にするわけにもいかない。

「……職務上、もうちょっとお話を伺《うかが》いたいのですが、あの店でどうでしょう？」

「いいですよ。あそこなら常連ですから」

デートの筈《はず》が、全く関係のない女がついてきたので、仁美は完全に気分を害して膨《ふく》れっ面《つら》になった。

その店『南海岬《なんかいみさき》』は、典型的な居酒屋だったが、客はいなかった。

「ここ、魚が美味いんですよね？」

この町でたった一軒の居酒屋だというのに、どうして客がいないのか？

「そりゃそうでしょう。みんな寝てますから」

女は硬い表情を崩《くず》して笑みを浮かべた。

それが効いた。

若い連中が使っていた「ツンデレ」というのがこれか、とすら思った。ずっと硬くて素っ気ない表情だったのが、にっこり微笑《ほほえ》むと、まるで花が咲いたようにあでやかになった。

三人は、狭いテーブル席を避けて、調理場を囲むように設《しつら》えたカウンターの、角の席に座った。佐脇を中心に、女、反対側の角の向こうに仁美。

「ここはホント、魚は美味しいですよ。この場所で不味《まず》い魚を出したら、誰も来ません」

昼間は漁から戻った近所の漁師や他所《よそ》から来る客向けに魚料理を出すが、この辺の漁師は夜明け前に漁に出るから、夜の客は仕事を引退した爺《じい》さん婆《ばあ》さんばかりだ。

「この辺の爺さん婆さんは丈夫《じょうぶ》ですけど、だからと言って毎晩大酒は飲めないから」

なるほどね、と佐脇は頷いた。

高校を出て警察学校に入った時期を除いて、佐脇は鳴海から出て暮らしたことはない。生まれも育ちも鳴海ではあるが、町育ちだから、漁師町の事はほとんど知らない。

「夜は店を閉めてもいいんだけど、酒を飲むところもないのかと言われるとね……時化《しけ》じゃなくたって漁を休む人もいるしね」

カウンターの向こうから、主人が口を挟んだ。

「しかし、アナタみたいな、まるでモデルさんみたいなきれいな人が、こんな腐った田舎の漁師町で漁師とは、なんだか狐につままれたみたいだな」

全く無名の、全国的には無視されて当然の小さな漁師町で、漁船だって数える程しかない。「腐った田舎の漁師町」と言われても、そのものズバリである以上、女も店の主人も苦笑するしかない。

「アナタは、ここの人？　生まれ育ちもここなの？」

佐脇は好奇心を剝き出しにして訊《き》いた。

「いえ……結婚して、初めてここに来たんです」

「じゃあ、その、漁師も、結婚してから始めたってこと？」

ええ、と女は曖昧《あいまい》に頷いた。

硬質な美貌には透明感すら漂っていたが、微笑むと氷が溶けて別の美しさが広がる。

「お名前を伺ってませんでしたね。よろしければ……」

その時、がたん、と大きな音を響かせて椅子を倒し、仁美が立ち上がった。

まるで初デートかお見合いのようなしおらしい態度の佐脇に、ついにキレたのだ。しかもその相手は自分ではなく、さっき遭《あ》ったばかりの、美人だが見ず知らずの女だ。

「私、帰る」

「ああ、そう」

正直、仁美が邪魔になっていた刑事は、嘘《うそ》でもいいから言うべき言葉を口にしなかった。

「ナニ？　全然止めないの？」

「帰りたいんだろ。大人なら帰りたけりゃ帰ればいい」

佐脇は面倒くさそうに言った。

「だけど、どうやって帰るんだ？」

「大人だから自分で考えるわよ。呼べばタクシーくらい来るでしょ」

足音も高らかに入り口まで歩いても、佐脇がいっこうに立ち上がって止めに来ないのに仁美は激高した。

ぴしゃん！　と引き戸を壊れるほど強く締めて出て行った。

「いいんですか？　あのひと、怒っちゃったみたいだけど」

「ああ、いいんです。放っておきゃあいいの。で、貴方のお名前は？」

佐脇はわざとらしく警察手帳にメモしようとした。

「この人、警察の人なの。さっきちょっと……変な人に絡まれたのを助けてもらって」

彼女は店の主人の目を気にしてか、弁解するように言った。

「ああ、あんたなら有名税ってとこかね」

主人が意味不明なことを言い、佐脇がまだ名も知らない女は困ったように首を振った。

「あなたは有名人なんですか？　まあ、こんなにきれいな人がこんなところにいたら」

「掃きだめに鶴！」

言おうとした言葉を先に主人に言われてしまった。

「そんな事、全然ないんですよ。ほんと、困ってるんです」

女は顔を曇らせた。

「そりゃあ、さっきみたいな妙なのにつきまとわれたら大迷惑でしょう。被害届を出したらどうです？」

ええまあ、と女は曖昧に返事をした。

「こういうの、事情聴取って言うんですかい？　それってシラフじゃなきゃダメなの？」

店の主人は、暗に何か注文しろとせっついている。

「ああ、すまんすまん。じゃあ、今日一番の魚と、大将お勧めの酒をくれ」

近海物の刺身は最高だった。酒は普通のモノだったが、美味い魚と美女がいれば、どんな酒でも絶品になる。

二人は、しばし酒と魚を愉《たの》しんだ。

彼女も少し酔ったのか、ガードが緩《ゆる》んできた。

「私、律子《りつこ》と言います。小嶺《こみね》律子」

よろしく、と佐脇は自分の名刺を渡した。

「小嶺さんは、漁に出てると言ったけど、みんなもう寝てる時間なんですよね？　アナタはどうしてこの時分まで起きてるんです？　明日の漁はお休みだとか？」

「ああ、小嶺さんとこは、ご主人の具合が悪くてね、漁に出たり出なかったりで」

主人が庇《かば》うように代弁した。

「ずっと家にいるのも息苦しいってとこか」

家庭に問題でもあるのかと佐脇が水を向けたが、律子はすぐに否定した。

「とんでもない。お義母《かあ》さんはとてもいい人ですよ。夫だって体調さえ良ければ働き者だし」

そうそう、と主人も同意した。

「小嶺さんとこは、この界隈《かいわい》じゃ仲のいい夫婦で有名でね。最近はダンナの代わりにずっと一人で漁に出ていて……女だてらに、なかなか出来ることじゃないですよ」

ならばどうして一人で外出を？　と思うのだが、判らないこともない。

まだ若くてこれほどの美人だから、少しは外に出て遊びたいのも無理ないことだ。しかしこの近辺だと、遊ぶと言ってもこの店で酒を飲むだけなのか。この辺はバスの便も悪いし、飲めば車には乗れないし、タクシーを使って飲み歩くほどの金もないのだろう。

とは言え、これほどの美女が一人で外にいれば目立たないわけがなく、いろいろ男も寄ってきて、いろいろあるのだろう。当人の責任ではないが、「美人過ぎるのが悪い」のだ。

「あの男ですが、何者かご存知なんですか？」

佐脇が本題に戻すと、美女はしばらく沈黙し、ややあって答えた。

「名前は知りません。ただ……以前から私に付きまとうようになって」

「その理由は判りますか？」

「あれだよ。テレビに出たからだよ。美人の漁師の奥さんとかいうので」

さっき言っていたテレビの取材というのがそれか。

「それで、『有名税』ってことなんですか？」

「私、そういうのは困るから、顔を隠して映らないようにしたんですけど、凄《すご》く強引な取材で、声が流されてしまって」

「それ、地元のうず潮《しお》テレビですか？」

たぶん、と律子は答えた。

「それなら、知り合いがいるんで、今度厳しく叱《しか》っておきますよ」

佐脇と長い付き合いのテレビリポーター・磯部ひかるから、そういう取材をした話は聞いていない。強引な取材をしたのは誰か別人なのだろう。

「つまり、あの男はあなたに付きまとっているストーカー、ということですな。いつからです？　昔のことを持ち出していたようだが」

「根も葉もないことです。あんな人、全然知りません」

今度はぴしゃりと答えた。その答え方がいかにも早く、佐脇は幾分不自然に感じたが、追及はしないことにした。

さらに具体的な話が聞けるかと間を置いたが、それっきり彼女は黙ってしまった。

「……ではまあ、この件は様子を見るということで、いいですね？　それとも、被害届を出しますか？」

「様子を見る、ということにしてください」

明らかに事を荒立てたくない、という様子で律子は答えた。

では、と佐脇は警察手帳をポケットに仕舞い、以後は立て続けに杯《さかずき》を空けた。

「美味いですね。美人と飲むともっと美味い」

「あの、なんだか、お邪魔してしまったんですよね。あの方、怒ってるんじゃないですか？」

律子は、途中で帰ってしまった仁美のことを気にかけた。

「いいんです、いいんです。あの女の事を気にすることはありません」

佐脇は手を振って答えた。実際、そろそろ飽きが来ていたのも確かだし、これ以上付き合っていると、仁美が磯部ひかるに嫉妬《しっと》して騒ぎを起こすかもしれない。これで手が切れるものなら切れても一向に構《かま》わない。

佐脇としては、律子に大いに気はあるのだが、人妻だというし、ましてやこの界隈では有名人ということであれば、迂闊《うかつ》に手を出すわけにはいかない。屈強《くっきょう》な漁師仲間に袋だたきにされてしまうかもしれない。惜《お》しいが、今夜はあっさり撤退することにした。

「では、私もこの辺で失礼しますよ」

佐脇は勘定より多いだろうと思われる金をカウンターに置いて、店を出ようとした。

「あ、どうも有り難うございました。お送りしますから」

律子も慌てて席を立ち、二人して店を出た。

「飲んじまったから、車を運転するわけにはいかない」

かといって流しのタクシーもないから、運転代行を呼ぼうと携帯電話を取り出した。

しかし、この辺は地形の関係か、アンテナが一本も立たないどころか「検索中」の表示が出てそれっきりだ。かといって公衆電話もない。

「弱ったな……」

そう言いつつ、律子が歩くのに合わせていると、やがて漁港から離れて大きな道に出た。国道の旧道だ。最近バイパスが出来てこの辺は取り残され、いっそう寂《さび》れてしまったのだ。

だが、その道沿いにモーテルがあった。看板に電気は点《つ》いている。

「寂れた旧道に寂れたモーテルか。まさかベイツ・モーテルなんて名前じゃないだろうな」

佐脇のジョークに律子は無反応だった。あの有名な映画を知らないのかもしれない。

モーテルの名前は幸いにもベイツではなく『ホテル南海岬』だ。

「ま、今晩泊まっても都合が悪い事もないし……ここに泊まっていきますわ。一晩寝て酒を抜きます」

あんまり人妻を付き合わせてはいけないと、佐脇は別れの挨拶《あいさつ》をしようとした。

「あの……」

時折り通過する車のヘッドライトに照らされた律子の顔が、店の中で寛《くつろ》いでいた時とは一変して、緊張で強《こわ》ばっている。

「佐脇さん、でしたよね？　一人で泊まるの、寂しくありません？」

「え？　いやもう私も立派な大人ですから大丈夫ですよ。お寝小《ねしょう》もしなくなったし」

「そういうことではなくて」

思いがけず力んでしまったのか、律子の声は強かった。

「あ……ごめんなさい。慣れてなくて」

何が慣れてないのだろう？　と思ったら、次の瞬間、佐脇の胸に律子が飛び込んできた。

「あの、私も今晩一緒に……迷惑ですか？」

「ええっ？」

女の場数は数え切れないほど踏んできた佐脇は、一流三流の女の心なら手に取るように判る。水商売系、曰《いわ》くありげな女、いろいろ訳あり難ありの女なら、自在に駆け引きを愉しんで、最後には自分の術策に落とす事も朝飯前だ。だが、律子のような飛びきりの美人には慣れていない。ましてやいかにも真面目そうな漁師の妻が、一夜の契《ちぎ》りを求めてくるとは想像もしなかった。スケベな空想すらしなかったから、まさに驚天動地《きょうてんどうち》の心境だった。

「しかしまたどうして……アナタみたいな凄い美人が」

「美人美人って言われますけど、そんなこと漁師町じゃなんの意味もないですよ。顔が良くても魚は寄ってこないし、水揚げが増えるわけでもないですから」

だから欲求不満なのか？　都会なら引く手あまたな存在だろうに、こんな田舎町で漁師の女房になったばかりに、あたら美貌と若さを無駄にしているのか……。

律子の、Tシャツの胸の盛り上がりが目に入った。きりっとしたその膨らみは、むっちりと硬そうで、巨乳ではないが、最高のフォルムを描く美乳であろうと思われた。

佐脇に抱きついてきた律子は、そのまま離れようとしない。

彼女の汗の香りが生々しく、甘い。

佐脇は、黙って律子の肩を抱き、共にモーテルに足を向けた。

部屋に入った律子は、硬い表情のまま、しばし佇《たたず》んだ。

彼女の躰《からだ》には、無駄な肉は一切ついていない。きゅっと絞れた胴のくびれは、胸から腿《もも》にかけて見事な曲線を描いている。ヒップも引き締まって上を向き、脚はモデルのように形良く伸びて、長い。パンツスタイルがよく似合う、素晴らしい下半身だ。

じろじろ品定めするように眺めている佐脇の視線が気になったのか、律子は一気に服を脱ぎ始めた。と言ってもTシャツにジーンズだから、すぐに下着姿になってしまうのだが。

その躰は、魅惑的、と言っていいほどに起伏に富んでいた。もともとスタイルのいいところに、仕事で鍛《きた》えられて自然にシェイプアップされたのだろう、健康的な肉付きがなんともフレッシュだ。エステで磨いた躰と違って、これは天然モノだ。

「さすがに、海で鍛えられた躰は違うね」

そう言って褒めると、律子はぎこちなく笑みを浮かべ、思い切りよくブラを外した。

意外なほど大きくて形のいい双丘がまろび出た。八十五はあるんじゃないか。小さめのブラで押さえつけ、締めつけていたのか？

「仕事の邪魔になるし……それに」

大きな胸を誇らしげにしていると、この小さな社会では余計な波紋を広げるのだろう。

若くて美人で美乳とくれば、何も起きない方が不思議だ。

「でも……アンタらは夫婦仲はいいんだろ？　なのにどうしてまたオレと」

佐脇はつい、無粋な事を訊いてしまう。

「そんな高校生みたいな事言わないで。そういう刑事さんはどうなの？　奥さんとか、いるんでしょう？」

「オレは……というか、男は、チャンスがあれば頂戴するもんだ。それがアンタみたいなとびきりの別嬪《べっぴん》さんならなおさらだ」

そう、と律子は返事すると、佐脇の前でショーツも脱いだ。長い脚から小さなものを抜く時に、彼女が躰を動かすたびに乳房はふるふると揺れる。

くびれた腰から伸びる長い脚は眩《まぶ》しく、股間の翳《かげ》りは情熱的に濃い。

こんな上玉と手合わせした事はほとんどない佐脇は、律子にからかわれたとおり、まるで高校生のようにゴクリと生唾《なまつば》を飲み込んだ。

「シャワーを浴びましょう」

彼女は先にバスルームに入った。その後を、慌てて服を脱いだ佐脇が追う。

勢いよく迸《ほとばし》る湯を受ける張り切った肌は、ぷりぷりと湯を弾き返している。乳首はツンと上を向き、彼女がボディシャンプーを塗るたびに、ぷりりとたわめく。

律子の熟れかけた肉体に、シャワーの熱い湯が迸り、伝って流れた。

年増好きな佐脇だが、その寸前の、若さを残しつつ熟れつつある女体も大好きだ。

熟女を好むのは、セックスの悦びを知っていて、思う存分愉しめるからだ。若い女は、男の数を知っていてもアクメを知らない事が多い。そういう女はいくらカラダが良くても抱いていてツマらない。かといって、何も知らない女を自分好みに白紙の状態から育て上げるほど気は長くない。佐脇には飼育趣味もないし、そんな育成ゲームは面倒なだけだ。すでに出来上がったものを手っ取り早く賞味したい。

過程より結果を重んじる即物的な佐脇には、これが一番具合がいい。

一緒に湯を浴びる佐脇は、彼女の肉体に手を滑らせた。

腰やヒップの、ぷりっとした肉の弾力が指先を押し返した。

そのまま律子に抱きついて、うなじに舌を這わせようとしたが、彼女はするりと躰を離した。

「焦《じ》らすなよ」

舌打ちした佐脇は彼女をバスルームの壁に押し付けると、半ば無理矢理に唇を重ねた。

駆け引きなのか、ここまで来て躊躇《ちゅうちょ》しているのか。こうなったら強引に事を進める方がいい。女は常に言い訳が欲しいのだ。

佐脇が舌を差し入れると、律子はあっさりと応じて、自分もねろりと舌を絡ませてきた。かといって躰の力が抜ける気配はない。

彼はディープキスをしながら、乳房を摑んだ。

「む」

律子が声をあげた。居酒屋にいる時から官能のボルテージが上がっていたのだろう。

ならば、と佐脇がもう片方の手を下に伸ばして、翳りに触れた。

指を秘部の周りに這わせ、秘毛を逆方向に撫で上げた。

「ンン……」

唇を塞《ふさ》がれたままの律子は呻《うめ》いた。

佐脇は、指先を秘腔に入れた。思ったとおり、そこはすでにぐっしょりと濡れそぼっていた。

「う。あああん……」

指先で、肉芽を転がした。その一撃で、律子はかくかくと躰を揺らし始めた。すでに軽いアクメを感じているのだ。

「ここから先は……ね？」

ベッドに行こうと、律子は切なそうな表情で表現した。

「かしこまりました。お姫様」

佐脇はいきなり彼女を抱き上げると、そのままベッドまで運び、うやうやしく横たえた。

律子の躰は、引き締まっている分、重くなかった。

ベッドの上で女に覆《おお》いかぶさった佐脇は、何も言わずに乳首に舌を絡めて愛撫し始めた。

「ああん……」

律子も思わず声を上げた。

中年の刑事はたわわな胸の谷間に顔を埋め、ねろねろと唇を這わしつつ、指は、濃い翳りに絡ませ引っ張りながら、指先はどんどんと女の核心に迫った。

「アンタの亭主が羨《うらや》ましいね……」

彼は指を遣《つか》いつつ、乳首から離した唇をうなじに移して愛撫した。

「この躰なら、毎晩やっても飽きないだろ。感度も最高だ」

びりびりと感電したように、律子は全身を小刻みに震わせ、息がだんだん荒くなった。

電気を消さずこうこうと明るいモーテルのベッドに横たわる律子の見事な肢体は、この上なく美しかった。やはり、自然に鍛えられた天然モノに勝るものはない。海で鍛え抜かれて熟れ始めたスレンダーな躰は抜群の優美な曲線を描いて、佐脇を完全に魅了した。

彼は舌をゆっくりと下に移していった。うなじから胸、胸から下腹部をゆっくりと経由して、翳りへ攻め込み、舌先は、秘裂の中に忍び込んだ。

女芯からは、酸味のある愛液がたっぷりと湧き出している。

秘唇から肉芽一帯を一網打尽《いちもうだじん》に愛撫しながら、両手を上半身に伸ばして乳房を揉み上げると、量感のある乳房が、ぷるんと彼の掌《てのひら》で揺れ、弾けるように形を変える。

それを見た佐脇も弾けて上半身をずり上げ、律子の肩を抱き寄せて熱いキスを浴びせた。

彼女もそれに応えて積極的に舌を絡ませる。

佐脇はディープキスを続けながら、手を彼女の曲線に沿って這わせ、ゆっくりと撫でた。その手が脇腹を撫で上げた時、律子はううんと甘い声を出して身をくねらせた。

彼は再び翳りに顔を寄せてクンニをしようとした。

佐脇のモノは痛いほどに屹立《きつりつ》し、律子のそこも熱く息づいている。今度は彼の方がじりじりと焦らしているのだ。

律子はそれに負けたように、腰をひくひくと蠢《うごめ》かせながら、囁《ささや》いた。

「……ね。判るでしょ……」

佐脇は、上体を起こして彼女の腰を摑み、硬く膨らんだ剛棒を女唇に宛てがうと、濡れそぼった女芯にずぶずぶと沈めていった。

秘肉がどんどん押し広げられていくにつれ、ああん、と彼女は悩ましい声を上げた。

変化に富んだ肉襞が、絡みついてくる。それを肉棒は掻《か》き分けて先へ進む。佐脇も激しい刺激を浴びてびくびくと反応しつつ進撃するが、律子は異物の侵入を喜んで迎え入れた。

すべてを挿入し切ってゆっくりと腰を使い始めると、律子の肉体は鋭く反応して痙攣《けいれん》し、女芯もくいくいと締めてきた。

「ううっ……」

いろんな女を抱いてきたが、この女はちょっと格が違う。

佐脇はそう感じた。美貌であれば肉の旨味が薄く、名器であれば顔の造作に難がある。

「多少難あり」な女に心を許すからセックスを堪能出来たということはある。だが、この律子は、すべてが揃《そろ》っている。美人でスタイルもよく、しかもセックスに貪欲《どんよく》だ。その完璧さは、彼が気後れするほどだ。

いや、気合いで負けるわけにはいかない。ならばこの女を狂わせてやろう。

佐脇はぐいぐいと腰をグラインドさせ、虚を衝《つ》くように突き上げた。

その緩急自在で予測不可能な動きに、律子はひくひくと背中を跳ねさせ、その感度をみるみる高めて研ぎ澄まし、鋭い反応を返してきた。

主導権を握りたいんだろうが、そうはいくか。セックスはこっちのペースでやるのだ。

彼は、接合部分に手を割り込ませて、肉芽を摘《つ》まみ上げた。

「ああっ！　ひいいっ！」

律子の悲鳴を無視した彼は、抽送を続けながら指でクリットをまさぐった。

そのクリットは硬くて小さい米粒のようだが、感度が良い。指先で転がしたり押し潰してやるたびに、律子は感電したかのようにがくんがくんと、全身をうねらせる。そして、その振幅がだんだん大きくなっていく。

「あっ。もっと優しく……」

強すぎる刺激は、彼女を強引にアクメに押し上げた。

「い、イクっ！」

律子はそう叫んだ直後、突然硬直した。ぴんと全身を大きく反らせた後、その躰はがくがくと激しく痙攣《けいれん》した。

「もうイッたのか」

佐脇が訊くと、胸の下で彼女はこくりと頷いた。

だが、律子の女芯にはまだ達していない肉棒が、びくびくと咆哮《ほうこう》するように動いている。

彼が挿入したまま腰を動かし続けると、律子はそのまま二度目の絶頂に追い上げられていった。

クリトリスでの激しく鋭いアクメののち、ヴァギナで受ける快感がねっとりした感触で再び彼女を大きなうねりに呑み込んだ。

男の動きに合わせて、彼女も自然に自分の腰をくねくねと使い始めていた。彼が奥深くまで荒々しく突き上げると、女の媚肉はきゅっと締まる。もともと絶妙の感触で肉茎を包み込んでいる淫襞は、全体で異物を貪《むさぼ》るようにクイクイと締まった。

「あ。あんんん……」

彼女は両手を男の首にしっかりと回し、離すまいとするかのように両脚も絡めて、腰を突き上げた。

と、佐脇は律子の両足首をいきなり摑むと大きく開いて高く持ち上げ、体重をかけて奥の奥までぶすりと突き上げた。

ペニスの先端が、女芯の奥の奥に激しく突き当たった。

「ひいいっ！　あああっ！」

子宮口をごつごつと突き上げられるうち、彼女の反応が凄くなってきた。さながら断末魔のように小刻みに痙攣しながら、全身が大きく波打ち始めたのだ。

「ひっひっひっ……ひいいい」

男の突き上げに合わせて悲鳴のような声を洩らしていたが、やがて絶命するかのように一声叫びを放つと、そのまま二度目の絶頂に雪崩《なだ》れ込んでいった。

その瞬間、淫襞にぐいっと締めつけられて、佐脇も体の芯から沸《わ》き起こる熱いうねりに身を任せるしかなかった。

欲望が決壊して濁流を噴き出し、それと彼女の絶頂がぴったりとシンクロした。

二人はしばらくの間、高まったままの状態になった。全身が硬直し、ぶるぶると痙攣させ、苦痛に耐えるような呻き声さえ低く洩らしている律子の様子は、さながら何かの発作かと思えるほどの激しさだった。

やがて、ふいに力が抜けて、彼女はその反動でぐったりとなった。全身からパワーが抜けて、弛緩《しかん》した。

「……良かったわ」

喜悦で全身を桜色に上気させた律子は、この上なく美しく、そして妖艶ですらあった。

官能に目を潤《うる》ませているその表情は、彼女が知的とさえ言える整った顔立ちの美貌で、ボーイッシュであればあるほどに色香を増して婀娜《あだ》っぽく、そして魅力的だった。

「あんた……凄いね」

これで完全に惚れた……と佐脇は思った。

セックスも良かった。最高だった。しかしなにより、悦楽を堪能するこの表情を見ると、今味わった肉欲を反芻《はんすう》してまた射精してしまいそうな、男に生まれて良かったと心から満足するような、本能的な脊髄《せきずい》の痺《しび》れを感じてしまったのだ。

快楽の余韻に浸って、全裸のまま横たわっている律子を眺めていると、彼女はその視線に気付いた。

「飢《う》えてた、って思ったでしょ?」

律子は挑むような目を向けてきた。

「その通りよ。飢えてたの。夫の調子が悪くて漁にも出られないから……かといって、その辺の色目を使ってくる近所の男と何かしたら、ここには居られなくなるし」

「……辛《つら》いところだな」

律子はそれには答えず、脱ぎ捨てたジーンズのポケットから、くしゃくしゃになった煙草を取り出して火を点《つ》けた。ポールモールだった。

「やめられなくて。家じゃ吸わないけど。このへんじゃ、煙草吸う女は玄人女《くろうと》だと思われるから」

佐脇も煙草に火を点けて、しばらく二人で黙って吸った。

「……あんた、どこから来たんだ？　都会育ちじゃないのか」

「だったら何なの？」

根掘り葉掘り聞かれたくない、という意思がはっきり伝わる口調で律子は聞き返してきた。

「いや……都会育ちに漁師はキツいだろうなと思ってね」

「だから、こうして息抜きしてるんでしょうが」

通りすがりの旅人相手に息抜きする人妻……なんだか日本昔話にでも出てきそうな話だ。

とは言え、律子の気持ちはよく判る。よくまあこんな閉塞感溢《あふ》れる田舎の漁師町に引っ込んでいられるな、と逆に驚く。こんなに若くて美人なのに。

「ダンナとはどこで知り合った？」

つい、訊いてしまった。なにか凄い「出会いのドラマ」がありそうな気がしたのだ。

「……今は言いたくない。あなたとは今日初めて逢ったのに、身上調査したがるのは、やっぱり刑事さんだから？」

「ああ。そうかもしれない」

オフの時は職業意識を出さないでおこうと思うのだが、ついつい出てしまう。警官になって二十有余年。すっかり骨の髄《ずい》まで染み込んでしまったか。

「恋人だって、だんだんお互いを知っていくものでしょ。また逢いましょうよ」

「おお。また逢ってくれるのか」

それは願ってもない事だ。自分からは言い出しにくかったが、律子がそう思っているなら渡りに船だ。

「刑事さんなら口が堅いわよね？　逢う口実も出来るし」

普通の女は、自分が刑事だと知ると身構える。特に素人《しろうと》女は、警官や刑事を忌《い》み嫌ったりする。実はこの女は逃亡犯ではないかと思うほどに拒絶される事さえある。律子がそうではないのは、損得勘定ができるだけの、理性が勝っているからか？　だとしたら律子は才色兼備の、なかなか手ごわい女ということになる。

佐脇は、頭のいい女は嫌いではないが、あまり縁がなかった。

「頭のいい女は冷感症が多いと思ってたが」

「私、別に頭良くないし、冷感症でもないし」

少し淫《みだ》らな笑みを浮かべた律子は、「もう一回、どう？」と挑んできた。

「そりゃ有り難いが……アンタ、どうするんだ」

「私は歩いて帰れるし……ウチの者はみんな熟睡してるから、明け方までに帰ればいいのよ」

律子はそう言って、佐脇の分身に手を伸ばしてきた。

「久しぶりに、男の人を堪能したって感じ……」

そういう彼女は、知性と痴性が合体したような、なんとも強烈な色香を全身から放っていた。

＊

それから佐脇は、いろんな理由をつけて律子に逢うようになった。もちろん、ストーカー被害の事情聴取というのは名目で、律子と逢瀬《おうせ》を重ねるためだ。毎度南海町に出向いて、あのモーテルに行くわけにもいかない。こういう小さな集落では、いずれ必ず噂になる。

早朝から漁に出たり、市場で出荷の手伝いをしたりと、午前中は多忙な律子だが、午後になれば時間が出来る。

そんな彼女を鳴海市内に呼び出してラブホに行ったり、佐脇が出向いて南海岬の奥の脇道に車を止めてカーセックスをしたり、考えられる限りのバリエーションを持たせては、逢い引きを続けた。

抱けば抱くほどに、律子は良かった。肉体もいいし、秘部の具合も最高だが、なによりセックスに貪欲でありながら妙に淫していないところがいい。肉欲に狂って普段からフェロモンを垂れ流しているような熟女もいるが、それではあまりに判り易《やす》過ぎてツマらないし、安直だ。

普段は女教師のようにクールだがベッドに入ると燃える女が最高だと、英国出身の有名な映画監督は言ったたし、夜になったら熱が出そうな女がいいと花菱《はなびし》アチャコが言ったとも聞く。真にセクシーな女というものは、そういうものだろう。そして、律子はまさしく、そのタイプだった。

今は愛人の磯部ひかるの部屋に転がり込んでいる佐脇だが、律子との逢い引きはもちろん隠密行動だ。ある程度の浮気には寛容なひかるだが、今の佐脇の入れ込み具合を知れば激怒して、長年の付き合いと信頼にも罅《ひび》が入るだろう。

だが、それゆえに、止められない。おそらく相手の律子も同じではなかろうか。人妻で近所の目もあるのだから、佐脇以上に高いハードルを越えて、それでも逢いたいのだろう。

困難な恋愛ほど、燃える。

だがそんなありがちなパターンにすっかりハマっていると自分で分析出来るほど、佐脇は冷静ではなかった。

そんな二人が、逢瀬を重ねていた、ある日。

この日はたまたまお互いに時間がなかったので、県警本部からストーカーに関する新しい通達が出た事を告げるために、例の居酒屋で昼食をとりつつ、事務的な話をした。

佐脇はあくまで警官口調で、手続きに関して杓子《しやくし》定規な説明をする。律子も被害届を出そうか出すまいか迷っている被害者として受け答えしたから、店の主人も居合わせた近所の客も、それ以外の詮索《せんさく》などする余地もなかったはずだ。

佐脇としては、薄手のシャツを着て躰のラインを見せつける律子に手を伸ばし、胸を揉んだりジーンズの股間に手を這わせながら話したかったのだが、たまにはこういう場も周囲に見せつけておくべきだと、自分に言い聞かせた。

「……というわけで、以前よりも被害届が出し易くなりました。なんでしたら担当は婦人警官に代わってもいいんです。こういうケースはエスカレートして取り返しがつかない事態になることもままあるので、警察としては、届けを出す事を勧めますね」

などともっともらしいことを言いながらも、佐脇の目は、ワインレッドの地色に白い小さな花柄を散らした律子のシャツの胸元に釘付けになった。薄いシャツをツンと下から持ち上げるバストの膨らみが悩ましい。

はい考えさせていただきます、と律子が頭を下げて話は終わった。

勘定を済ませて店の外に出ると、不審な男がさっと身を隠そうとするのが目に入った。

この前にも律子につきまとっていた男だ。どうやら店内の様子を窺っていたらしい。男を一目見た律子は、再び恐怖の表情を浮かべて固まった。前に被害届を出していれば逮捕できたんだが、今度こそ届けを出すか？　と佐脇が律子に聞こうとした時、男が隠れるのをやめ、立ったままこちらを見た。

やはり、この前から律子をストーキングしていた男だった。ヌメヌメした感じの爬虫《はちゅう》類《るい》に似た印象のある中肉中背。その男が、ねっとりした視線をこちらに投げている。

なんだお前は、何の用だと佐脇が言うのと、男が歩み寄ってくるのは同時だった。

「懲《こ》りねえな、お前は」

男は律子に吐き捨てた。

「何を言ってるんだ？　あんた」

だが男は佐脇を完全に無視した。律子だけを執拗《しつよう》に、舐めるように見ながら続けた。

「前にも言ってやろうと思っていたが、男の趣味が悪いな。こんなオヤジのどこがいいんだ？　ああ……あそこがデカいのか」

律子は能面のような表情になり、固まっている。

「おいあんた。失礼じゃないか」

佐脇は男の肩を掴んだ。男は佐脇を一瞥すらせず手を払いのけ、なおも律子を罵倒《ばとう》する。

「ガタイのいい男を捕まえて、ボディガードを気取って連れ歩いているのか？　いつもお前はそうだもんな。強そうなだけのダメ男を見つけるのは上手いもんだ」

佐脇が男の腕を摑んだ。

「よし、そこまでだ。これ以上何か言ったら、脅迫罪でお前を逮捕してやってもいいんだぜ」

そこでようやく、男は小ばかにした表情で佐脇に目を向けた。

「うるせえな。刑事みたいな口利くな」

「だから悪いが、オレは刑事『みたいな』じゃなくて、実際に刑事なんだよ」

前回は警察手帳を見せただけで逃げた相手だ。相手を見くびっていた佐脇だが、男はなぜか余計にヒートアップした。

「だからケーサツがどうした？　こんなもの見せただけで誰もが恐れ入ると思うなよ。この前はついビビッちまったが、考えてみればオレにはサツを怖《こわ》がる理由なんてないんだ」

そう言うなり佐脇の手を払いのけた。

意気がってニヤリとした瞬間、男のその顔が苦痛に歪《ゆが》んだ。

佐脇が腕を捩《ね》じ上げ、肘《ひじ》を逆にぐいと曲げたからだ。ぎしぎし、という嫌な音がした。

「どうする？　このままだったら腕が折れるぜ。関節を痛めたら、治りが遅いぞ」

「なんだと……」

男は引っ込みがつかなくなって虚勢を張ろうとしたが、結局、痛みがその意思に勝った。

「け……警察は……民間人相手にこんな暴力を振るうのかよ」

「ほう、暴力？　暴力ってのは……たとえばこういう事を言うんだけどな？」

佐脇の膝が、相手の腹に食い込んだ。

げぼ、と嫌な音を出して男は膝を突き、ついで胃の中のすべてのものを吐き出し始めた。

「さて。よくあるパターンだと、ここでお前は『覚えてやがれ』とか意味不明な捨てぜりふを残して走り去るところなんだが、それは無理みたいだな」

男は、背を丸め道に顔を擦り付けるようにして、吐き続けている。

「お前飲み過ぎか。身体は大事にしろよ」

佐脇は律子の腕を取って歩き出した。

「あいつ、あんたとはどういう知り合いなんだ？」

小声で訊いた。

「別れた男か？」

「どうでしょう。好きなように考えてくれていいですよ」

否定も肯定もしない、投げやりな口調だ。

「まあ、あんたほどの女だ。いろいろあってもおかしくない。男もすんなりと別れる気にはならないだろうな」

佐脇が振り返ると、男はよろよろと立ち上がって二人と反対方向に歩き出していた。

「あの男、かなりしつこくてタチが悪いぞ。やっぱりきちっと警察に届けを……」

佐脇は言いかけたが、律子はいきなり「いいんです。今日はこれで」と一礼し、近くの路地に逃げるように走り込んで行った。

この辺の集落は、小さな家が肩を寄せ合うように、まとまって建っている。その間を、自転車がやっと通れるような狭い路地が縫うように走っている。

佐脇も、それ以上追う気にはなれなかった。

*

そんなことがあった、数日後。

ひかるのマンションで惰眠《だみん》を貪っていた佐脇は、えんえん鳴り続ける電話に起こされた。より正確には、一緒に寝ていて佐脇より先に耐えられなくなった磯部ひかるが起き出して電話に出たのだ。

携帯なら枕元に置いてあるのに……と、ひかるはぶつぶつ言いながら応答して、佐脇を揺さぶって起こした。

「アナタに電話。警察から」

「警察って……オレの部下も同僚も上司も本部長も、みんな警察なんだがな」

起こされて不機嫌な佐脇を尻目に、ひかるは再び布団に潜り込んでしまった。

時計を見ると、まだ四時だ。寝たのが二時だから、寝入りばなだ。

「こんな時間になんだ！」

相手が誰であれ、とりあえず怒鳴った。

『佐脇。出てこい。事件だ。地元の漁船が自衛艦と衝突して沈没、乗組員は行方不明だ』

電話の向こうで大きな声を出しているのは、刑事課長の大久保《おおくぼ》だった。

「ええと……そういうのは海上保安庁の仕事でしょうが」

『管区と小松浜《こまつはま》の海上保安部はもちろん動いてるが、ウチも動く』

久々の大きな事件で、大久保の声も興奮を隠せない。

『ＮＨＫが臨時ニュースをやってるぞ。見てみろ』

大久保がそう言った瞬間、磯部ひかるの携帯が鳴り出した。たぶん、地元ローカルのうず潮テレビからの、呼び出し電話だろう。

「おい起きろ！　お前も仕事だ！」

佐脇はひかるを足で軽く蹴って起こしながら、テレビのスイッチを入れた。

画面には、真っ暗な海が映り、「鳴海海峡：生中継」というテロップが出ている。

『繰り返しお伝えします。今日の午前三時三十分ごろ、鳴海海峡の一藻島《いちも》付近で、地元の漁船と、海上自衛隊久米《くめ》基地所属の護衛艦が衝突した模様です。海上自衛隊側の発表はなく詳しい事はまだ判っておりませんが、地元漁協によりますと、漁に出たまま消息を絶っているのは、南海町漁協所属の小型底引き網船・第二陽泉《ようせん》丸十四トンで、小嶺律子さんが一人で乗り込んでいたとの事です。漁協と第五管区海上保安本部は、第二陽泉丸がなんらかの事故に遭ったのではないかとの見方を強め、付近海域の捜索を続けています』

小嶺……小嶺律子。

まだ目覚め切っていない佐脇の頭では、行方不明になっているという人物の名前と、このところセックスに耽溺《たんでき》している相手の名前が同じである事が、急には理解出来なかった。

「これ、どういうこと!? 大事故じゃない！ 自衛隊がまた大事故を起こしたのよ！

……あ、はいはい、聞いてます！」

ひかるが携帯で話しながら見ているテレビ画面では、状況説明が続いている。

『現場・鳴海市は鳴海海峡の西側に位置していて漁船の他に貨物船やフェリーなどの海上交通が多く、鳴海海峡の奥には海上自衛隊の久米基地もあって、太平洋に出る自衛隊の艦船も航行する、海上交通の要衝《ようしょう》とも言うべきところです。それに加えて、この付近の潮流は速く、海の難所でもあり、以前から海難事故が多発している場所ですが……」

NHKのアナウンサーは極めて冷静に解説を続けている。しかし、磯部ひかるはかなりの興奮状態で服を着替え、部屋を飛び出していった。

『おい、佐脇！』

電話の向こうで大久保刑事課長も怒鳴った。

『状況は判ったな？　判ったら、すぐ来い！』

テレビ画面は、佐脇にも馴染《なじ》みのある南海漁港からの中継映像に変わった。

普段寂《さび》れた居酒屋や漁港周辺の町並みに、見た事もないほど多くの人間が尋常ではない様子で走り回っている様子が映し出されて、佐脇にも事態の深刻さが、次第に霞《かすみ》が晴れるように判ってきた。

彼女が……あの律子が、行方不明になった？

その事実がはっきり脳裏に刻まれた瞬間、佐脇は弾《はじ》かれたように服を身につけ、自分も部屋から飛び出して行った。

第二章　疑惑のアクシデント

南海漁港には、テレビ各局の中継車がすでにスタンバイを完了して、ライトが辺りをこうこうと照らしていた。

佐脇が到着する前に鳴海署のパトカーも急行しており、海上保安庁や漁協の人間、さらに海上自衛隊とおぼしき制服姿も含め、多くの人間でごった返していた。

そういう群衆を乱暴に押し返している若い男が目についた。

「おい！　見世物じゃないんだ。道を塞《ふさ》ぐな。おれたちの邪魔をするんじゃない！」

若者の殺気立った声音《こわね》と、目の据わった形相《ぎょうそう》が尋常ではないことに佐脇は驚いた。やや年かさの、これも漁師らしい男が、その若者を宥《なだ》めている。

「達也《たつや》。気持ちはわかるが、あまりテンパるな。ここは穏便《おんびん》にな」

達也と呼ばれるこの若者は、律子の近しい人間だったのか。

漁協の狭い駐車場は満杯で、防波堤を隔てたすぐ隣は、貨物船も停泊する南海港だが、その岸壁にも車が溢《あふ》れている。

小さな漁港の小さな漁協事務所には、大勢の「関係者」が詰めかけて、プレハブ二階建ての事務所周辺では怒号すら飛び交い、夜空には複数のヘリコプターが旋回している。数隻の小型漁船がたんたんというエンジン音を響かせて漁港を出て行った。沖合いには大きな船の船影がある。海上保安庁の巡視船か、海上自衛隊の艦船か。佐脇が知る普段の寂《さび》れた様子とは打って変わって、小さな漁港は、さながら天地がひっくり返るほどの大騒ぎになっていた。

いつもはオバサンがのんびりと時刻や天候を伝える港内放送も、今は漁協関係者らしいオヤジのだみ声で「通行の邪魔になるところに車を停《と》めるな」「取材関係者はまず漁協に顔を出せ」「捜索に加わる者は勝手に船を出すな」などとやかましくがなり立てている。

さっき目に付いた若い男は、今度は適当に空いた場所に車を止めようとした取材関係者に食ってかかっている。

「あんたら何様のつもりだ？　人の不幸を見世物にしやがって。その車が邪魔で捜索が遅れて、律子さんが助からなかったらどうしてくれるんだよ！」

若者の、あまりにも悲痛な面持ちは、やはりただ事ではない。

律子の男は、もしかしてオレだけではなかったのか……。

鳴海署からパトカーで駆けつけた佐脇は、狂躁状態に陥《おちい》った漁港を見渡した。

「ここ、南海漁港では、ご覧のように動きが慌ただしくなっております。時間は今、午前四時三十五分です。漁協の有志と海上保安庁の巡視船が現場海域を懸命に捜索していますが、夜のために難航している状況です。自衛艦に衝突して大破した第二陽泉丸には無線以外の緊急通報システムは搭載されておらず、乗っていた小嶺律子さんの安否は未《いま》だ不明です」

漁協の前で、NHKのアナウンサーがライトを浴びつつカメラに向かって喋っている。この分ではあいつもどこかに……と佐脇が目で追うと、案の定、少し離れた場所で磯部ひかるもマイクを持ってライトを浴びていた。

「あと三十秒でこちらに来ます。いいですね?」

移動中に化粧をし、髪も整えたのだろう、さっきまで眠りこけていたのが嘘のように「テレビの顔」になったひかるは、現場からの中継であるアリバイのように、作業用のジャンパーを着用している。だがその大きな胸元を強調しようとジッパーを半分下ろし、ぷっくり膨らんだTシャツの曲線をチラ見させるサービスは忘れない。

「……あ、佐脇さん。来たの」

「お前も大変だな。こういうのって局アナの仕事じゃないのか?」

「時間外労働になるから、あたしみたいな契約リポーターが駆り出されるのよ」

現場ディレクターの「ハイ、スタジオからキマス!」の声で話は中断した。

キューサインで、ひかるは緊張した顔になり、きびきびした口調でリポートを開始した。

「現場です。まだ新しい情報は入っておりません。自衛艦と衝突した第二陽泉丸に乗っていたと思われる、小嶺律子さんの安否は依然として判っておりません」

スタジオからなにか質問されたのだろう、ひかるはイヤホンを耳に押し付けて注意深く聞き入ったのちに頷《うなず》いた。

「はい……律子さんは漁業免許も小型船舶操縦士免許も持っていない、言わば、無免許で操業していた疑いを持たれていますが……」

佐脇は、ディレクターが見ているオンエア画面をそっと盗み見た。そこには、いつ撮られたものか、農家の女性がよく使う、つばの広い日よけ帽を深く被った女性が漁船から降りる様子を撮影したビデオが流れていた。その女性はマイクを突きつけられるのを嫌がってかカメラを避け、逃げるように走り出したのだが、マイクを持ったリポーターとカメラは、その女性を執拗《しつよう》に追いかけている。

「これは今から一年ほど前に取材した映像です。律子さんが病気がちなご主人を助けて、一緒に漁に出ている姿を追ったものです」

顔を隠してよく判らないが、これが律子だと言われればそのように見える。オンエアでは音声も流れているのだろう。声を聴けば彼女かどうか判るのだが、中継現場ではスタッフはみんなイヤホンをしていて、モニター音はスピーカーからは流れない。

その時、漁協の二階事務所の窓が開いて、「破片が見つかったぞ!」と怒鳴り声が聞こえた。

「第二陽泉丸と書かれた船首部分、発見! 船首の残骸が浮いていたのを僚船が回収した! その船は間もなく戻ってくる」

どよめきが起きて、わさわさしていた人の群れが、一斉に漁協に押し寄せた。

「どういうことだ! ハッキリしろ!」

血相を変えて怒鳴る若い漁師が目に付いた。この若い漁師はさっきから、押し寄せてくる野次馬やマスコミをかなり乱暴ながらも懸命に整理していた。

「それと、海保からの連絡で、第二陽泉丸のものらしい浮き輪や船体の一部が現場近くに浮遊しているとのことだ! しかし、それ以外のものは発見されていない」

漁協幹部が怒鳴った。その声は震え、すでに鼻にかかった涙声だ。

「今新しい情報が入りました。漁協関係者の話によると、捜索していた僚船と海上保安庁が、第二陽泉丸のものらしい船体の一部分を発見したそうです。詳しい事が判り次第、お伝えいたします。いったん現場を終わります」

画面がスタジオに戻った事を確認すると、ひかるはマイクとイヤホンをスタッフに放り投げて漁協事務所に走った。

「ひかる! 自衛艦はぶつかった事を認めてるんだろ? その時、第二陽泉丸が沈んでしまったと、それも判らなかったのか？　なぜすぐに救助しなかった？」

　走るひかるを追いかけながら佐脇が怒鳴り、ひかるも怒鳴り返した。

「自衛艦の話では、小型漁船が凄いスピードで突っ込んできて、ぶつかって、大破して、そのまま沈んだらしいの。で、船名もきちんと確認出来ないままなそうなの。救助するもなにも、ぶつかったと思ったらバラバラになって沈んでしまったと」

「自衛艦の話ってのはどうやって知ったんだ？　発表があったのか？」

「ないない。自衛隊は公式には何も言ってない。海保が聞き出した事をこっちが摑んだの」

　事務所の前に、海保の紺色の制服を着た男が出てきた。

「ええ、こちらは海上保安庁です」

　男は、電気メガホンで話し始めた。

「これまでの情報を整理して、あと三十分後に記者会見を行ないます。ここ、南海町の漁協の方も同席しますが、海上自衛隊側は、調整中につき、別に会見を行なうとの事です」

　海上保安庁が仕切る。これは当然だ。海難事故は海上保安庁の縄張りだ。しかし、「業務上過失致死・致傷」ということになれば当然、警察も乗り出す。だから佐脇がここに居るのだ。

　ごった返している人込みの中に、佐脇の部下・水野もいた。

「おい、警察として船の手配はしたのか？」

「いや……それは無理です。みんな捜索にどんどん船を出しちゃってますから」

「仕方ねえな。とにかく現場に行ってみないことにはな」

佐脇は、メガホンを持っている海保の男に近づいた。

「鳴海署刑事課の佐脇ってモンです」

警察手帳を見せると男も名乗った。

「県警の方ですか。ご苦労様です。私、この件を担当する、第五管区海上保安本部、小松浜海上保安部三等海上保安正、飯出康明《いいでやすあき》です」

長い肩書きを一気に言った飯出は、佐脇に敬礼をした。三等海上保安正というポジションなら警察で言えば警部か警部補で、巡査長の佐脇よりエライ。

「遅くなりました。捜査に同行させてもらいます。これから出る船はありますか」

海保と警察は、他所《よそ》はどうか知らないが、ここ鳴海に関して言えば、良好な関係を保っている。飯出も佐脇への当たりは柔らかい。

「ウチの船は出たっきり、当分戻らないです。漁船に便乗させてもらっては？」

「それは有り難い。すまんです」

飯出が漁協に話をつけてくれて、まもなく出る船に乗せてもらえる事になった。

佐脇と水野が乗り込んだのは、第八洋徳《ようとく》丸。この漁港にある平均的な漁船だ。定員三名のところに五人が乗っている。定員オーバーだが、魚を積んでいない空船だし、この非常時だから、みんな大目に見ている。

「すみませんね」

刑事二人は、皺《しわ》の深い、ゴツイ面相の船長に挨拶して乗り込んだ。警察がチャーターした船であればデカい顔が出来るが、便乗だから佐脇も低姿勢でデッキに立った。

他に乗り組んでいる二人は漁協関係者で、律子の漁師仲間だ。手には強力な懐中電灯と双眼鏡を持っている。その一人は、さっきから目立っている若い漁師だ。少しケンのある、キツい目が印象的なこの男は、黙りこくって海面を睨《にら》むように見つめている。

たんたんたんというエンジン音が高まって、出港した。僚船の事故現場に向かう漁船の中には緊張感と悲壮感が漂って、なんともいたたまれない。

「この船は、『第八』というからには、第一から第七まであるんですか」

息苦しい雰囲気をほぐそうと、船長に水野が訊いた。

「いや、洋徳丸はこれ一隻。八は末広がりで縁起がいいから。船の名前なんて適当なんだ」

はあそうですか、で会話は終わってしまった。

漁港を振り返ると、テレビや新聞といったマスコミ各社も漁船に乗り込もうとしている。札びらを切って漁船をチャーターしたと見える。空にはヘリも飛んでいるが、海面からの映像が欲しいのだろう。うず潮テレビが借りた船にひかるも乗り込むのが見えた。ＮＨＫや地元マスコミだけではなく、大新聞の地方支局、大阪の準キー局の取材班までもが続々到着している。漁港は取材合戦の様相を呈し始めていた。それは、この事故が、極めて大きな意味を持つ大事件であることを示している。

「おい……どうやらこれはオオゴトだぞ」

思っていた以上にな、と佐脇は水野に囁《ささや》いた。

「はい……」

頭のいい水野は、ただならぬ空気を感知して、すでに判っているようだ。

重苦しい空気のまま、漁船は沖に向かった。

大きな船影がいくつも見えた。そのどれもが強いサーチライトで周囲を照らしている。捜索をしているのだ。

「123」と船首に大きく描かれた大きな艦船は、自衛艦だ。佐脇から見ると、海に突き出した巨大な山のように聳《そび》えている。

この方面には疎《うと》い佐脇だが、自衛艦と海上保安庁の巡視船や巡視艇の違いは一目了然だ。自衛艦に比べると巡視船は圧倒的に小さいし、第一、自衛艦の船体はカーキ色だが、巡視船は白いし、大砲もない。

一藻島らしい小さな島影が見えた。すると、この辺りが衝突現場か。

辺りがまばゆくなった。上空のヘリから、サーチライトの強烈なビームが海面に照射されたのだ。

「おい。アレはなんだ！」

一緒に乗り組んだ漁師が叫んで右舷前方を指差した。

白い箱型のものが浮かんでいる。第八洋徳丸は素早く舵を切って接近した。

「これは……操舵室だ！」

若い漁師が悲鳴のような声を上げた。これは駄目だ、という諦めが声音に出ている。

「完全にバラバラだ……」

もちろんこの捜索は破片探しではなく、律子の救助が最優先課題なのだが、付近の海面に人影らしいものは一切見えない。赤外線探知機を使っても、魚群探知のソナーやレーダーを使っても、一切反応がないのだ。

「最悪の事も覚悟しなきゃならんぞ……これは」

舵を取る船長の表情が一段と厳しくなり、一同は黙り込んだ。

過去に起きた類似の事故でも、かなり長期にわたり捜索したにもかかわらず、遺体の一部すら発見出来なかった。自衛艦の強力なスクリューで切り刻まれてしまったからではないか、とニュースを見ながら言う者もいたことを佐脇は思い出し、辛い気持ちになった。

「夜が明けたら、潜水夫を潜《もぐ》らせるかね」

漁師と船長が話しあっている。警察としても海保と協議すべきだろう。船が漁港に引き返そうとした、その時。

黒いものが海面に浮いているのが見えた。

「おいアレは救命……」

船長は何も言わずに全速力で船を向け、無線で「救命ボートを発見した」と知らせた。

第八洋徳丸から遠ざかりつつあった自衛艦や巡視船も、サーチライトをこちらに向けた。

真昼のような明るさの中に照らし出されたのは、黒いゴムボートだった。船外機もついている本格的なものだ。

「救命ボート発見！　救命ボート発見！」

スピーカーで周囲に知らせつつ、巡視船がこちらに針路をとった。だが一番早くたどり着いたのは佐脇の乗る漁船だ。

「おーい！　小嶺さんか？　そこにいるのか！」

漁船に乗っているもの全員が我先に声をかけたが、返事はない。

上空にヘリが接近してきた。ホバリングしながらライトを向け、巻き起こる風に海面に同心円状のさざ波が広がる。ライトは目がくらむほどにまばゆい。

若い漁師が長い棒を救命ボートのロープに引っかけて、懸命にたぐり寄せた。

「おーい！」

やはり、返事はなかった。その筈《はず》だ。ボートに人影はなかった。だれかが乗っていたという形跡もないようだ。

「律子さんは……投げ出されちまったのか。ボートに移る暇《ひま》もなかったのか……」

みんなは唇を噛みしめた。ゴツい顔の船長は、泣いているようにも見えた。

そばに大きな巡視船がやってきて、大きな横波を立てた。

それを受けた第八洋徳丸は、揺さぶられるように大きく傾《かし》いだ。

＊

「発見された救命ボートには、人が乗った形跡はありませんでした。第二陽泉丸が大破した際、海面に投げ出されて、漂流していたものと考えられます」

事故が起きた、その日の夜に開かれた記者会見で、海上保安庁の飯出が発表した。

「なお、第二陽泉丸に乗っていたと思われる小嶺律子さんは現在も行方不明です。本日午後、ダイバーが一藻島付近の海底で、第二陽泉丸の船尾部分を発見しましたが……」

律子の遺体は発見されていない、という言葉を飲み込んだ。

「第二陽泉丸に衝突したのは、海上自衛隊久米基地所属の『たかなみ』改良型の最新鋭護衛艦『いそなみ』四六五〇トンですが、衝突の詳《くわ》しい経緯についての詳細は、現在調査中です」

報道陣から質問が飛んだ。

「『いそなみ』について詳しい情報は入ってますか?」

「海上自衛隊の配備されたばかりの最新鋭護衛艦で、護衛艦側の損傷は軽微である、としか知らされておりません」

飯出の隣には、南海町漁協の組合長が憔悴《しょうすい》した表情で座っている。だが防衛省関係者の姿は、ない。

「ここに海上自衛隊の関係者がいないのはどうしてですか?」

「海上自衛隊は、別個に会見を開くと聞いております」

飯出はそう言って会見を進めようとしたが、集まったマスコミはそれを許さなかった。

「自衛隊が何か隠してるんじゃないですかぁ?」

「最新鋭の護衛艦ということで機密扱いになっているのでは」

「『いそなみ』って、イージス艦に次ぐ重要な船で、最先端の技術を投入したというヤツでしょう?」

「自衛隊から海保に、圧力かかってるんじゃありませんか?」

飯出に記者から次々質問が飛んだ。自衛隊側が完全に悪いという前提での質問だ。

「どうして自衛隊がここに来ないんですか」

「言っちゃなんですが海保は、自衛隊を庇《かば》ってるんじゃないんですか?」

「自衛隊の隠蔽《いんぺい》体質に加担しようっていうんじゃないでしょうね」

もはや会見場の空気は完全に、あくまでも海上自衛隊側の過失を追及し、糾弾《きゅうだん》してやろうという、その一色に染まっていた。

実際、似たような惨事が他県でも起きているから、マスコミの報道もそうなるのだろう。陸上での交通事故でも、たいがい大型車の方に非がある事にされるから、それに倣《なら》っているのだ。しかし……。

会見場の片隅に陣取った佐脇は、会見の一方的な成り行きに、内心首を傾げていた。

この海難事故の捜査は海上保安庁が主体となって行なうことになる。彼らが調べて刑事事件として立件するし、事故そのものの解明は海難審判に委《ゆだ》ねられる。事と次第によっては警察の捜査がメインになる可能性もあるが、今の段階では警察は脇役だ。

佐脇にも思うところはあるが、安易に口を出してはマズいと自重している。こういう他機関との合同捜査の場合、慎重の上にも慎重を期す必要のあることは、常にオレ流を貫く佐脇でも弁《わきま》えている。はみ出し者が組織の中で生き抜く知恵でもある。

午前四時に叩き起こされて現場に行ってから、佐脇も海保の飯出も働きづめだ。ことに真面目な飯出は関係者からの事情聴取に引き上げられた残骸の確認、記録に、各方面との調整にと、休む暇もなく八面六臂《はちめんろっぴ》の大活躍だ。その上、マスコミとの対応もある。佐脇は何度か鳴海署に戻って飯を食ったり雑談したりして一息入れ、合間にテレビも見ている。

ニュースでは今のところ海上自衛隊の新鋭護衛艦と小さな漁船の衝突、という事実関係の報道にとどまり、局によっては事故後の海上自衛隊の対応の鈍《にぶ》さが指摘された程度だが、ワイドショーの論調はまったく違った。

「衝撃！『巨大軍艦』が小型漁船を撃沈！」

「美しすぎる女漁師を自衛隊が見殺し」

「最新鋭護衛艦、漁船を襲う！」

と、完全に自衛艦を悪者にした扱いで、スタジオのコメンテーターも、訳知り顔で「昔から日本の軍隊ってのは国民を守りませんからね。関東軍がいい例です」などと言い放っては悦に入っている。

「現在行方不明の律子さんは、大病で身体の弱ったご主人を助けて一緒に船に乗り組んで漁をしていました。ご主人が寝たきりになって漁に出られなくなってからは、一人で船に乗ることもあったそうです」

律子が船舶免許も漁業の免許も持っていない以上、これは明らかに法律違反なのだが、『美談』仕立てが大好きなワイドショーでは、そんな些細《ささい》なことは完全スルーだ。

ニュースでも一部放送された、かつての取材テープが流れた。日よけ帽を深く被って顔を隠した若い女が、リポーターの突き出すマイクを避けて、逃げるように歩いて行く。その姿をカメラが執拗に追う。

「ちょっとお話を聞かせて貰えませんか。お若くて、漁業も未経験なのに、ご主人を助けて船に乗る御苦労をちょっと……」

「いえ、そんな、苦労だなんて思ってませんから」

その声は、間違いなく律子だった。

カメラは漁村の狭い路地で彼女を追い詰め、ついに袋小路で捕まえてしまった。強引に過ぎる取材で、こういうことをたとえば磯部ひかるは決してやらないが、この女性リポーターは美談を紹介するという使命に燃えているのか、嬉々《きき》としてマイクを突きつける。

「その、ご夫婦の愛情をですね、カメラを通してぜひみなさんに紹介したいと思って……」

「あの……それは結構ですから」

画面の中の律子は、マイクをはねつけることも出来ない様子で困惑しきっていた。

「都会育ちの律子さんが、いきなり漁業をやるのは大変だったのでは？」

「いきなりってことは……いえ、たしかに私、都会の出身ですけど、なんでも慣れだと思います。毎日やってれば、出来るようになるんじゃないですか？」

「でも、力仕事とか大変でしょう？　海も時化《しけ》たりするでしょうし」

「それも、慣れですよ。ここのみなさんは普通にやってることですから」

「でも、お若くてとてもおきれいでらっしゃるのに……せっかくのお顔をお隠しなのは?」

ぶしつけな女性リポーターは、手を伸ばして律子の日よけ帽を毟《むし》り取ろうとするかのような勢いだったが、律子は必死に両手で帽子を押さえて拒《こば》んでいる。

「あの、そんな、お見せするような顔じゃないですから。日焼けしたくないですし」

「律子さんの乙女心が垣間《かいま》見えましたね!」

失敬と言えば失敬なコメントで、オチが付いた。

このインタビュー映像とは別に、ワイドショーは、どこから探してきたものか、漁港で撮影されたホームビデオまで放映した。港で催されたささやかなお祭で、模擬店で干物を焼いて売っている律子が映っていた。特に律子を狙って撮ったものではなく、お祭りの風景全体を撮ったものだが、その画面の一部を大きく拡大して見せていた。かなり拡大したらしく、粒子が粗《あら》く画像が不鮮明だ。だが、若くてスッキリした顔立ちの美人であることは判る。佐脇のように当人を良く知る者が見れば、あきらかに律子だと判る。

「律子さんはきっと、この漁村に溶け込もうとして、目立つのが嫌で、頑《かたく》なに顔出しを拒んだんだと思うんです。そんな律子さんの安否を近所の人たちは心から心配しています」

南海町で撮ってきた近所の人たちのインタビューが流れた。彼らは、夫と夫の実家に尽くす律子のけなげさを褒《ほ》め称《たた》え、真面目な働き者だったと証言し、一日も早く無事に帰って来てほしいと口を揃えた。

「細腕一本で家族を支えていたのに。そんな人を殺した自衛隊は、本当にひどい！」

日焼けした素朴な顔立ちのおばさん連中は、申し合わせたように自衛隊を非難した。

「……どうなんですかね、これ」

職員食堂のテレビを眺めていた佐脇に、声をかけてきたのは鳴海署有数の「事情通」、警務課庶務係長の八幡《やわた》だ。仕事柄、雑多な情報が集まってくるところにもってきて、噂話を聞きつけて広めるのも大好きな、オバサンのような男だ。小柄で猫背で、ちょっと卑屈《ひくつ》な表情が似合うので、陰では「岡っ引き」と呼ばれている。

「なんか、美談仕立てが過ぎやしませんか？」

「うん……」

浅からぬ縁の女を悪く言いたくないし、仮に律子に後ろ暗いところがあったとしても、それには触れたくない。惚れた女だから、いつまでも美しい想い出にしておきたいのだ。

とは言え。

マスコミはバカと思っている佐脇だから、正面切って文句をつけるのは野暮《やぼ》でしかないのだが、この「自衛隊バッシング」はかなり異様な光景だ。

「ワイドショーの連中には、物事の裏を読むとか、別の角度から見てみるとか、そういう発想はないんですかね？　そりゃ、デカい自衛艦が漁船を沈めちまったんだから、自衛隊ケシカランというのも判りますよ。判るけど、どのチャンネル見ても、そういう直流な意見の大合唱ってのは、どうなんですかね。おかしくないですか？　自衛隊の評判を落として日本の国防を骨抜きにしようという、アジア某大国の陰謀かも。ね、そう思いません？」

佐脇と律子の関係は誰も知らない。地獄耳の八幡も知らないものだから、平気で同意を求めてくる。

こういう場合、おそらく亡くなっているであろう律子を悼《いた》む立場の自分としては、このオバサン男を怒鳴りつけるべきなのか。いや、そんなことをしたら、普段の自分のキャラからして、熱でもあるんですか佐脇さん、と驚かれるだけだろうし……と佐脇は返事の出来ないままタバコに火を点《つ》けた。そんな佐脇の気持ちも知らず、八幡の『推理』はとどまるところを知らない。

「保険金狙いの自爆って事も考えられるでしょ。護衛艦なんて小回り利かないんだから、ちょろちょろ動き回る暴走族みたいな漁船に狙われたらイッパツでしょうよ。しかも、その律子って女のダンナはここんとこ、寝たきりなんでしょ？　漁船だってローンが残ってたかもしれないし、借金もあったんじゃないですか？」

「そうだな。自動操縦にして本人は逃げた、という可能性もあるな」

習い性というのは哀しいもので、気がつくと佐脇自身も、いつもの『うがった推理』を口にしていた。惚れた女を貶《おとし》めるような気がして後ろめたいが、やはり、事件の話となれば、裏から表から、いろんな角度から考えるのが刑事の性分だ。職業病と言ってもいい。

「それですよそれ！　事故そのものは海保の縄張りだけど、詐欺《さぎ》とかが絡んでくればウチの領域ですもんね！」

全国的な大事件になったこの件に、あわよくば少しでも絡みたい、という本音をいまや全開にした八幡は、目を輝かせて身を乗り出してきた。

「こんな美味しい事件、海保に独占させるコトありませんよ。佐脇さん、頑張ってくださいよ」

「しかし……勝《か》手にストーリーを作って見込み捜査するのもなあ」

律子の周辺を嗅ぎ回れば、知りたくないことも露見するだろう。後ろめたいことがまったくない人間なんて、この世に存在するのか？

惚れた女だからこそ、美しい想い出のままにしておきたい。外見も中身もオッサンの典型である佐脇だが、そういう少年のような部分も残っているのが、男というモノだ。

「だってウチだって噛むことは噛むんだから、どうせ噛むならメインの役どころで噛んでくださいよ」

「だったらお前が噛めばいいじゃないか。お前、自分がテレビに出たいんだろ？」

図星を指されて八幡は、やっぱり、バレました？　と照れ笑いをしている。いつも佐脇が取材されるといつの間にか傍に居て、マイクを向けられて嬉々として喋るのが、この男なのだ。

「まあ、これから海保のヤツに会わなきゃならないんだが……現在行方不明の女が実は生きていて衝突も計画的犯罪だった、なんて話は仮説以外の何物でもないからな。お前は面白がってりゃ済むが、下手打って矢面に立つのはこのオレなんだからな。慎重にやるよ」

アルミの灰皿に乱暴にタバコをにじり消し、音を立ててパイプ椅子から立ち上がった佐脇に、八幡は咄嗟《とっさ》に背中を丸め、顔を両手で覆う防御姿勢を取った。

「あ？　なんだお前？　おれが殴るとでも？」

佐脇が攻撃してこないと判った八幡は、照れ笑いをした。

「いやその……佐脇サンが凄く怖い顔で立ち上がったんで」

うははは、と時代劇の悪代官のような高笑いを響かせ、佐脇は食堂を出た。

この件は、出来るだけ中立に考えたい。ワイドショーの自衛隊バッシングは余りに感情的だ。かと言って、あまりに出来過ぎた美談だからといって律子がクサいと決めつけるのも、同じように短絡的だ。

だが、いずれにしても、この件には引っかかるものを感じる。

南海町漁協に顔を出す前に警察として調べることがある、と佐脇は決めた。

言うまでもない。『犠牲者』である女・律子の身辺だ。

＊

部下というより、最近では「相棒」と言ったほうがいい水野とともに、佐脇は、律子の家を訪ねた。

小嶺の家は、南海町の漁師集落にあった。町自体が小さいので、この南海漁港の漁師と言えば、みんなここに住んでいる。あとは、旧国道の近くに店が並び、道を挟んで港と反対側には最近開発された住宅地がある。ここの住人は漁業とは無縁で、港側の古くからの住人との交流はない。

漁師町には、海からの強い風に備えて屋根に石を積んだ昔ながらの家もあるが、鉄筋コンクリートの今風の家屋も多い。小嶺の家も、そういう小綺麗な二階建てだった。

「どうしたんですか。いや、自分も、悪いけどもっとボロボロの家を想像してましたけど」

ちょっと驚いた様子の佐脇と同じ気持ちを水野も口にした。

「いや、そりゃ、景気のいい漁師町ならマグロ御殿、みたいな屋敷だってあるだろうが、この辺は、もっと零細《れいさい》な、ハッキリ言えば景気の悪い漁師ばっかりだから」

きっとボロ屋に住んでいるのだろうと勝手に想定していたのだ。生活が苦しいから、律子はその鬱憤《うっぷん》を晴らそうと自分と寝た。さらに無理してでも一人で漁に出ざるを得ず、あげく保険金詐欺を試みた？　という構図が少々揺らいだ。

もちろん、家を新築したからローンがかさんで生活苦、という可能性もある。

「ごめんください」

玄関の引き戸を開けると、白髪《しらが》で皺《しわ》深い顔の老婆が出てきた。腰は曲がり、永年の苦労が全身に現れているが、いかにも穏《おだ》やかな、優しげな顔つきに、佐脇はふと懐かしいものを感じた。

「はい。役所の方ですか。嫁が見つかったんでしょうか？　ご迷惑をおかけして本当に申し訳ないですが、私どもには大事な嫁なんです。どうか……どうか探してやってください」

佐脇を拝まんばかりに哀願する。老婆が律子のことを実の娘のように案じていることが見て取れた。半畳ほどの三和土《たたき》に入った佐脇は用件を告げた。

「いや、我々は警察で……鳴海署の者です。律子さんについて少々伺いたいことが」

「はあ……警察。海難事故でも警察沙汰になるん？　それか、律子が何かご迷惑でも」

昔の人間は、被害者になろうが加害者になろうが、警察と関わり合いになることをひどく怖《こわ》がる。この老婆もそうなのだろうか。

「いや、そういうわけでは。今回の事故で律子さんが被害者である場合も、警察は警察として調べておかなければいけないので……お手数ですが」

あがってもらえや、と奥から男の声がした。

「こっちは後ろ暗いところはなんもねえんだから、刑事さんにはきっちり話をすればエエ」

のそりと姿を現したのは、中年の男だった。

これが律子の連れ合いか？　と目を疑うほどの年配に見える。ガタイは大きくて、かつては逞《たくま》しい海の男だったようだが、今は顔色も悪く、白髪交じりのぼさぼさ頭に無精《ぶしょう》髭《ひげ》、ぶよぶよした腹丸出しのランニングにステテコという、カジュアルすぎる格好で奥の部屋から出て来た。

「小嶺源蔵《げんぞう》さん？」

「そうだよ。寝てたんでな。こういう格好で済まんが」

玄関を挟むようにテレビのある居間と台所がある。源蔵は二人を居間に案内し、一見黒革だが、よく見ればビニール張りとわかるソファにどかっと座ってタバコに火を点けた。

佐脇は素早く家の中を観察した。

一応小綺麗で、まだ古びていない家だが安普請《やすぶしん》で、床も壁もベニヤの合板だ。ひょっとすると柱も、雑木に木目のカッティングシートを貼り付けているのかもしれない。

ソファのある部屋も、フローリングというよりは、板の間と呼ぶべき安っぽい床だ。その床に、これまた安っぽいカーペットが敷かれている。ラグと呼ぶには大きすぎるし、敷きっぱなしで饐《す》えた匂いもする。壁にはヤンマーのカレンダーと、佐脇が知らない演歌歌手のポスターが貼ってある。

テレビはまだブラウン管のアナログ式で、ボケた画像でＮＨＫのニュースを映している。

こんな安っぽい家なら、古くても昔ながらの民家の方が風情《ふぜい》があって住みやすいだろうに、とインテリアの趣味などない佐脇でも感じてしまうほどだ。

「結構なお住まいですな」

それでも挨拶《あいさつ》代わりに家を褒《ほ》めた。

「ええと、ご病気でらっしゃる。お邪魔して済みません」

佐脇は一応頭を下げたが、一見してこの男の病気は、本人の不摂生が昂じたものだと判った。タバコを吸いつつ無遠慮なゲップをしたが、ひどく酒臭い。酒とタバコの混じった不快な口臭が漂う。

「かあさん、お茶。それともあんた、ビールの方がいいか？」

源蔵は濁った目で佐脇を睨むように見た。

この男の女房を寝取った佐脇としては、ぶん殴られても仕方がない立場ではあるが、当人は何も知らないようだった。

「いやお茶で……職務中ですから」

「ほうか。じゃあ、ワシ、ビール」

源蔵は年齢としては五十くらいだろうが、老け込んで見える。その男が、八十近い老婆を顎《あご》で使っている。

「おい」

佐脇が水野に目で合図した。

それで察した若手刑事は立ち上がって、台所でお茶の用意をしている老婆のところに飛んでいった。台所には電化製品はひと揃いあり、巨大な冷蔵庫がうなりを上げていた。

「お手伝いします……あ、お食事中でしたか？」

台所のテーブルには、一人分の食事の用意がされていた。茶碗と汁椀は伏せてあったが、近海魚の煮付け、わかめと素麺《そうめん》の和《あ》えたものといった手作りのおかずが並んでいる。

「ああこれは……私らはもう終わって、これは、アレですわ、陰膳《かげぜん》ってやつ。あの子がいつ帰ってきてもええようにな」

老婆はそう言いながらガスレンジに火を点けて湯を沸かし始めた。

「ビールわい？　ビールはどないしたんや！　先に持ってこんかい！」

源蔵は叫んで立ち上がったが足がふらついて、ソファにドスンと尻もちをついた。

「冷蔵庫から出しゃええだけやろがい！」

「そんなに飲みたかったら自分でやればどうです？　ご主人」

この男はもうアル中決定だな、と心の中で舌打ちしながら、佐脇は言葉だけは丁寧に使った。

「なんや？　警察までワシを馬鹿にしくさって！」

もうエエわい！　外で飲んでくる！　と喚《わめ》いて、源蔵はサンダルを突っかけて外に出た。それはまるで、ビールを口実に佐脇から逃げたかのようだった。

「足を悪ぅしましての」

老婆は息子が出て行った玄関を見やった。

「それからは船に乗るのも不自由するようになって。せっかく船を新しくした時やったのに。それまでは、この港でも一、二を争う腕利きの漁師やったけんど、もう……」

老婆は顔を曇らせて言葉を切った。

「それで、嫁を貰うことにしたんや。勧めてくれる人もあっての。あの子のやる気も出るやろうと。足悪うても、嫁がいれば助けてくれるしの。でまあ、元はボロ屋に住んでたんやが、それじゃ嫁も嫌がるだろうと組合にお金借りて家も新築しての」

お茶の用意を手伝いながら、水野は老婆の話を聞いた。

「失礼ですが、それは律子さんのことですか？　源蔵さんはそれが最初の結婚で？」

「いいや。律子さんは二度目じゃ。最初のは出て行ってしもうた。息子が酒を飲むもんで」

詳しく話す事はなかったが、源蔵の酒癖が離婚の原因だったのだろう。

「それでは息子さんが律子さんと再婚するので、思い切ってこの家を新築したんですね？」

「いいや、それは前のヨメの時の事で」

歳のせいか、老婆の言うことは要領を得ない。

「前のヨメが、田舎のボロ屋じゃイヤじゃと言うんで。けっこう無理して借金して建てたんじゃが……家の造りも、まあ、いろんな事を言うてきよったが、ここいらであんまり妙ちくりんな家を建てるのもヒトの目があるよってな、まあ普通の家にしたんやが、それも気に入らんかったようでの。ヨメが愚痴《ぐち》を言うと息子が手を上げることもあって」

「つまり、前のお嫁さんのために新築したにもかかわらず離婚されて、息子さんはしばらく独身だったけれど、お話があって律子さんと再婚した、ということですね？」

水野が整理したことに、老婆はまあそういうことじゃと頷いた。

「そもそも律子さんと息子さんとは……どのようなナレソメで？」

水野がさらに質問したが、老婆の答えはあまり要領を得ない。

「さあ、私もよう知らんのですが、なんでも県外の知り合いに紹介された、みたいなことを言うとりましたですけんど」

実際によく知らないのだ、という困惑した口ぶりだ。

「三年前だったかの。ある日突然、あの子が律子さんを連れてきて、そのまま結婚ということにな」

源蔵と律子は、結婚に至るかなり以前から交際していたということだろうか？

「前のヨメに比べると、律子さんは、それはもうエエ人でな。あの子が酒を飲んで怒鳴っても口答え一つせず、うまぁく宥《なだ》めて。病気が悪うなってからはあの子の支えどころか、あの子の代わりによう働いてくれてな。おかあさん大丈夫ですから、私も漁師町育ちで、こういう仕事はやったことがあるんです、言うてな。せやから食べモンも、肉より魚が好きで……若いのに、ほんま、ええ子なんや。帰って来てさえくれれば」

老婆は涙ぐんで手を合わせた。

「あの子には、苦労ばっかりさせてしもうて……」

老婆が、実の親のように律子の無事を必死に案じているのが伝わってきた。状況から考えれば、事故から二日経ってもまったく何の手がかりもないということは、生きている可能性は殆《ほとん》どない。漁師の家族なら、そのへんの見極めはシビアなものがあるはずだが、おそらく情の深さから、老婆には諦めることができないのだろう。

「息子さんは、あれ、アル中ですよね？」

気の毒だと思いつつ、それでも佐脇は訊いた。

「いつからです？　律子さんと再婚する前から？」

「アル中やなんて……」

老婆はおろおろして言い訳をした。

「あの子は、足が悪いんですワ。で、それで、ついお酒の量が多いこともあって……」

「でも、足が悪くても出来る仕事はあるんじゃないですか？　市場とか港関係とか……ここなら知り合いばっかりだろうし」

「ずっと漁師でやってきた者が陸《おか》に上がると、なにかと勝手が違うんですわ。あんたがたやって、急に警察やめなあかんことになったら困りますやろ」

「そりゃ、急な商売替えしたら当座は困るだろうが……でも、息子さんは足を痛めてもうずいぶん経つんじゃないのか？　嫁さんだって二人も貰ったんだし」

「言われてみればそうなんやけど。漁協の人や近所の人にもずいぶん言われましたんですけど……みんな私が悪いんです。男の子は一人だけやったさけ、つい、甘やかして育ててしもうて。それで律子にもさんざん苦労をかけて。でも、いつも言うてくれたんです。おかあさんが優しくしてくれるから、私は何にも辛《つら》いことは無いって。今まで、どこでもこんなに優しくしてもらったことはなかった。おかあさん、ずっとここに居ていいですか、ほんとのおかあさんやと思うてます、言うて」

あの子も詳しゅうは言わんかったけど、ずいぶん苦労してきたみたいで、それなのに、今また、こんなことになってしもうて……と老婆は涙ぐみ、声を殺して泣き始めた。

水野がおろおろし、老婆を慰《なぐさ》めている。

「泣かないでくださいよ、お婆《ばあ》ちゃん。律子さんがもう帰って来ないと決まったわけでは」

明らかな気休めを佐脇が手で制した。

「そういや、律子さんの親御さんとは連絡は？　もちろん取り合ってるんでしょうな？」

「それなんやけど……」

老婆は首を横に振った。

「あの子は天涯孤独《てんがいこどく》とかで、親兄弟親戚はおらんということで……それでも訊いとけばよかったんやけど、あの子は話したがらなかったんです。せやからどこにも連絡できませんし、電話もかかってきません。それでホンマにええのか、申し訳ないと思てるんですが」

老婆は、的確な表現を探すように目を彷徨《さまよ》わせた。

「そんなこともあって、律子のことは、実の娘のように思うてました。向こうもそう思うてくれとったはずや。うちの息子さえ、もっとしっかりして働いてくれとったら、こんな事にはならんかったと思うとな……ほんま」

老婆は何度も涙をぬぐい、震える声で話した。

「この暮らしも、恥ずかしい話ですけど、律子の稼ぎだけが頼りだったんです。女一人で船出させたりして……無理をさせてしもうて……なんぼ漁師町の育ちや言うても、女の細腕や。頑張るにも、限りというもんがありますわな」

老婆は立ち上がり、テーブルの陰膳を片付け始めた。

「こういうことしてると、何時までも未練が残ってしもうて良くないですわな。阿呆や、思われるでしょう。それでも諦めきれんのです。せめてもう一度、顔が見たい。謝りたいんです」

だいたいの状況は判った。これ以上のことは、もっと材料を揃えて訊きに来なければ、という認識は佐脇も水野も同じだった。

お茶の礼を言って辞去し、署に戻る道すがら、佐脇は水野に指示を出した。

「小嶺には借金があるんじゃないか？　船や家のローン以外にもな。暮らしぶりはまあ普通だったが、律子だけが稼いでたんじゃ、ローンだけでアップアップだろう」

判りましたと水野は頷いた。

「小嶺律子の身上調査もかけましょう。まったく身内がいないって事もないはずですし」

「それとな、あの婆さんは、小嶺律子が漁師町育ちだと言ったよな？　だけど、テレビのインタビューとかでは都会育ちだと言ってた。いったい、どっちが正しいんだ？」

＊

調べは進んだ。

署に戻って、水野が警察ならではの情報網を駆使すると、たちどころにハッキリした。

まず小嶺家には、源蔵や律子、そして源蔵の母親・清子《きよこ》の名義で多額の借金があった。

家や船のローンだけではない。それも銀行や農林中金といった金融機関以外にも、サラ金系からも借りていて、総額は一億円近い。

漁業は、いい時もあれば悪い時もある文字通りの水商売とはいえ、細々とした沿岸漁業だ。大当たりの一攫千金《いっかくせんきん》的水揚げ、などということは、まずあり得ないはずだ。

源蔵が酒に逃げたくなるのも判らないことではない。

「船と家以外は、源蔵の医療費が大きいみたいですね。酒を飲むったって、街に繰り出して豪遊するわけじゃないんでしょうから、知れたものでしょうけど」

外から戻っていつものように職員食堂でラーメンを啜《すす》っている佐脇の横で、水野が調査結果を報告した。

「……ところで佐脇さん。最近ラーメンはここでばっかり食べてますけど、例の、行きつけの店はどうしたんですか？」

「うん……言われてみればそうだな。まあ、人間というのは好みも変わるしな」

それより、と佐脇は水野に先を促《うなが》した。

「オレのラーメンはどうでもいい。お前の報告はまだあるんだろ?」

「はい。借金あるところに保険金アリ、だと思って調べてみたら、案の定でした。小嶺が所有する漁船『第二陽泉丸』には三億の保険がかけられていましたし、小嶺本人や律子にも合計五億の保険が。まあ、自然を相手の仕事ですから、保険に入ってるということ自体は、ごく普通のことではあるんですけど。ちょっと額が大きいですね。月々の保険料の支払いも、生活を圧迫していたはずです」

うん、と生返事をしながら、佐脇はカレーにもスプーンをつけた。

「判った!」

そう叫んだ佐脇に水野は目を輝かせた。尊敬する敏腕刑事の天才的推理を、固唾《かたず》を飲んで聞こうと身を乗り出した。

「最近オレがここでばかり食っているのはメニューが多いからなんだ。ラーメンにカレーに丼《どんぶり》にそばも食えるし日替わり定食もある。行きつけだったラーメン屋は、たしかに美味いが、ラーメン一筋だ。他のものは絶対に、餃子《ぎょうざ》すら出さないからな」

水野は露骨にがっかりした様子だが、気を取り直して続けた。

「それとですね、小嶺律子ですが、旧姓太田《おおた》。太田律子。本籍地は奈良県桜井《さくらい》市、粟殿《おおどの》寿町《ことぶきちょう》になってます」

「奈良？　奈良って海はないよな？　小嶺の婆さんは、律子は漁師町育ちだと言ってたろ」

「本籍地は、ということですから。住民票の移動については目下、調べ中です」

たとえ街で生まれた街育ちでも、親が田舎の出身で戸籍を移していなければ、本籍が田舎になっている場合も多いし、その逆もある。とはいえ……。

「刑事というのは、すべてを疑ってかかるのが商売だ。って誰かテレビで有名な刑事が言ってなかったか？」

そうでしたっけ？　と水野がボケた。

「とにかく、律子の身元は洗ってくれ。何か匂うぞ、これは。過去も不明、現在の行方も不明の犠牲者か」

あんた、ほんとうは何者なんだ、どこから来て、今どこにいるんだ……佐脇は心の中で惚れた女に問いかけていた。天涯孤独、という言葉にも妙な引っかかりを感じざるを得ない。

課長の大久保に今日一日の報告を済ませた佐脇は、家に帰った。家と言っても、元々住んでいたアパートを逆恨みで放火され、焼け出されて以来、恋人と言うより長年の付き合いの、今やほとんど家族といっていい地元テレビ局のリポーター・磯部ひかるのマンションに転がり込んだままだ。

「最近、ずいぶん規則正しい毎日ね」

キッチンで何かを作っていたひかるは、皮肉っぽい目で、玄関に立つ佐脇を見た。

巨乳ぶりが地元で愛されているひかるは、地元ローカルのアイドルになっている。隣の県に入ったらまったく無名だが、この県にいる限りは顔が知れた有名人だ。

「まあ、ここんとこデカいヤマもないしな」

「そう？　あの、鳴海海峡の自衛艦衝突事故は？」

「あれは海保のヤマだ。ウチは海保の周りをチョロチョロしてるだけだ」

「そう？」

ひかるは、疑わしそうな声を出した。

「ご飯にする？　お風呂にする？」

「それとも私？　とは言わないのか？」

佐脇はネクタイを緩めながらひかるに近寄り、抱き寄せた。

「やっと私に順番が回ってきたのね。ご執心《しゅうしん》の人がいなくなったから？」

「……なんだそりゃ」

佐脇はひかるから手を離して、冷蔵庫から缶ビールを出した。

「気づいてたのか」

「当たり前でしょう。判らない方がバカよ。まあ、私は、いちいち言わなかったけど。佐脇さんの場合、下半身は必要経費って感じだから、マトモに考えない方がいいと判ってるんだけど」

ローカル・アイドルはテーブルにポテト・サラダをどんと音を立てて置いた。

「私が同じ事をしたとしたら、どんな気持ちになる？　まあ、文句も言われず、見て見ぬフリをされる方が傷つくかもしれないけど」

「ちょっと何言ってるのか判らない」

佐脇は缶ビールを呷《あお》った。

「そりゃ、お前さんが浮気すりゃおれは怒るよ。一度や二度のつまみ食いならスルーするがな。でも本気になりかけたら話が違う」

「本気になりかけてたでしょ、律子さんと」

口に含んだビールをゆっくり飲み込んだが、次の言葉が出てこなかった。

「判ったのよ。今度は本気かもなって。相手が誰なのかまでは判らなかったけど。そうしたら、今度の事故でしょ。とたんにアナタはきちんと帰ってくるようになったし、昼間、携帯に電話しても繋《つな》がるようになったし」

今までの経験からして、こういう局面でしらばっくれたりはぐらかしたりしても、解決にはならない。ましてや逆ギレなどすれば最悪の結果を招く。

　佐脇は潔《いさぎよ》く謝った。居候《いそうろう》している身だし、身体だけではなく、心でも律子に惹かれてしまったのは事実だからだ。

「悪かった」

「仕方ないよ。局にあるビデオとか見る限り、凄い美人だもの。漁師の仕事って肉体労働だからスタイルも引き締まっていてワイルドで……いい感じだったんでしょ」

でも律子は死んだのだから、もう終わったけど、というニュアンスを感じて、佐脇は口の中が苦くなった。

「……言っておくが、彼女はまだ死んだと決まったわけじゃない」

「そう。だったら、しばらく帰って来ないでくれる？　ここ、私の部屋だし」

切り口上で言ってきたひかるに、佐脇は返す言葉がなかった。下手に抗弁しても、泥沼の言い合いになるだけだ。佐脇の言い分《ぶ》に分はないが、かと言ってひかるに一方的に断罪されるのも違う気がする。

ここは時間を置いた方がいい。ひかるが自分を必要と思えば、その時、よりは戻るだろう。

佐脇は缶ビールを飲み干すと、黙って出て行った。

その夜は、律子との思い出が残る、南海町のモーテルまで行って、泊まった。

濃厚なセックスの残り香を感じる部屋に一人で寝ているのは妙な気分だったが、ここにデリバリーの女を呼ぶほど佐脇は女に飢えてはいないし、セックス中毒でもない。

＊

翌朝は、漁港を散歩してみた。

朝の八時。初夏の朝日を浴びて、海はキラキラと輝いている。

明け方の漁から船はほとんど戻っていて、市場の競りに間に合わすための積み出しも、とっくに終わっている。早朝の作業が一段落した漁港は閑散として、女衆が水を撒《ま》いて掃除をしたり、男衆は漁網の手入れをしたりしている。そんなのんびりした風景が広がっている。

魚を焼く美味そうな匂いがしてきた。例の居酒屋から漂ってくるものだ。一仕事終えた漁師たちに、食事を出しているのだ。

アジの干物を焼く、何とも言えない香りに誘われて、佐脇も居酒屋に足を向けた。

と、その時。

けたたましい叫び声が辺りに響いた。男同士の怒号の応酬だが、片方の声に聞き覚えがあった。

小嶺か？

佐脇は、昨日訪れた小嶺の家に向かった。

怒鳴り合う声はますます激しさを増していくので、佐脇の足も自然と速くなる。

「こっちはな、弁護士もなーんも怖くないんだ！　金がないちゅうんなら、ほれ、そこにあるテレビと冷蔵庫、売って金にして来いや！　ババアの金歯も抜いて金に換えてこい！」

「なんやとコラ！」

小嶺源蔵は声だけはデカいがまったく内容のない、合いの手のような言い返ししか出来ていない。

「おう。お取り込み中ごめんよ」

佐脇がいきなり玄関を開けると、三和土《たたき》で怒鳴り散らしていた男がぎょっとしたように振り向いた。のどかな漁村で、まさか後ろから不意打ちされるとは思っていなかったのだろう。口調はヤクザだが、一応スーツ姿だ。

「なんじゃコラ。こっちの用件の邪魔するなやコラ」

絵に描いたようなヤクザの取り立てに、佐脇は思わず笑ってしまった。

「レトロやのう。そういう取り立ては近々、重要無形文化財に指定されるぞコラ」

佐脇はそう言うや否や、いきなり男の胸ぐらを摑み、玄関の外に放り出してしまった。男と相対していた源蔵は、怒りで顔を青黒く変色させていた。これ以上やり合うと心臓でも破裂しかねない様子だ。

「取り立てですね？」

佐脇の問いに、源蔵は頷いた。

「ヤミ金か？　幾《いく》らつまんだ？」

源蔵は片手を広げて見せた。

「五十万？　いや、五百万か」

源蔵は惨《みじ》めな顔で頷いた。

五百万円。

玄関を後ろ手に閉めた佐脇は、路地でひっくり返っているヤクザの取り立て屋を蹴《け》った。頭を打って脳震盪《のうしんとう》を起こしたらしい。

「お前、鳴龍会か？」

「う。そ、そうだけど、それがなんじゃコラ」

意識が戻ると凶暴さも戻った。

「新入りか。オレは、お前ンとこの伊草とは長い付き合いのモンだ」

「若頭を呼びつけにするなコラ」

三つ揃いのスーツだがネクタイはせず、柄物のシャツの襟を派手に外に出した着方をし、薄いサングラスを掛けているのは、Ｖシネのヤクザものでも参考にしたファッションか。高校を出たてか中退かという若さで、上からは暴れてこいとでも言われているのだろう。勢いだけの突っ張ったバカだ。

佐脇はもう一度、この若い男の脇腹を蹴った。

「オレは鳴海署の佐脇ってモンだ。この界隈でオレを知らねえヤクザがいるとはな」

咽《のど》の奥で「げっ」という声を漏らした相手は逃げ出そうとしたが、佐脇が足払いを掛けたので、再び転倒した。

「ちょっと聞かせてくれ。お前ンとこは小嶺にいくら貸したんだ？」

「……元金は二十万だけど、今は利息がついて五百万かな」

「その利率は戴《いただ》けねえな。グレーゾーン金利が違法のこのご時世に、まだ頑張ってるヤミ金か。ご苦労様なこった」

「ねえ、こっちも商売なんだから、返してもらわないと困るンすよ。それに、小嶺ンとこは、自衛隊に沈められたんでしょ。国から賠償金とか慰謝料とか見舞い金がガッポリ入るじゃないスか。集金に来るのは当然でしょうが」

「バカかお前は。まだ九時前だ。こういう取り立ては完全に違法だ。現行犯でお前をしょっぴけるんだぜ」

佐脇は若いヤクザの頬を思い切り平手打ちした。

「最近はバカじゃヤクザもやってけないぞ。もっと利口になりな」

今度は逆の頬を叩いてやる。

「だいたいな、お上の遣り方はヤクザのカツアゲとは違うんだ。事故りました、ハイ賠償金ですみたいに金がすぐ振り込まれるわけねえだろうが。国からの金ってのは、さんざん焦らされたあげく、忘れた頃にやっと振り込まれるんだ」

いたぶるように今度は相手の鼻を殴った。若い男はドボッと大量の鼻血を出した。

「いいか。この件、オレが担当だと上に伝えろ。判ったか」

そう言って、顔を血で真っ赤に染めた若い男を放してやった。男は、尻尾《しっぽ》に火をつけられた猫のように全力で走り去った。

小嶺の家に戻ってみると、玄関には鍵がかかっていた。どんどんと扉を叩いて呼んでみても、反応は一切返ってこない。佐脇とは話すのも嫌なのだろう。

恥部を晒《さら》してしまったんだから仕方がないか。

切り替えの早い佐脇は、漁協に足を向けた。

事務所には海保の飯出もいて、漁協幹部と話し込んでいた。

「おや、これは飯出さん。早いですね」

「いえ今後の事をいろいろとね。捜索をどうするかとか、漁協とのすり合わせも多くて」

佐脇が事務所の中を見るともなく見回すと、壁際に置かれている長い机の上から、見覚えのある色彩が目に飛び込んできた。

ワインレッドの布地。そこに散らされた白い小さな花柄。

ビニールの証拠品袋に入れられた、それは律子が身につけていたシャツの断片だった。衝突の衝撃か、あるいはスクリューに巻き込まれたものか、シャツの生地は無残に引き裂かれ、ほんのわずかな切れ端でしかない。それでも佐脇には、その布地を下から持ち上げていた、律子の弾けるようなバストをありありと思い浮かべることができた。

あらゆる感覚がどっとよみがえってきた。律子の躰の硬く締まった手触り。なめらかな肌。その髪の匂い。佐脇をまっすぐに見上げるまなざし。その声。その笑顔。そして、佐脇のものをしっかりと包み込んだ、吸いつくような肉襞の感触。

律子はもういない。二度と会うことも、両腕にかき抱くこともかなわない。

殴られたような衝撃とともに佐脇は呆然と立ちすくんだ。

目頭が熱くなり、鼻の奥にツンと痛みを感じた。

まさか、これほどまでにあの女に惚れ込んでいたというのか……。

「もしもし、佐脇さん、どうされました？　ご気分でも悪いですか」

気がつくと長机の前に突っ立ったまま、証拠品袋を握りしめていた。

「これは証拠品として海難審判に必要なものですから。第二陽泉丸の操舵室から回収しました。まあ、あまり見て気分のいいものじゃありませんけどね」

佐脇の手から証拠品袋を受け取った飯出が、心配そうに覗きこんでくる。

「ああいや、ちょっと疲れが出たのか、ぼんやりしてしまって」

咳払いをして誤魔化した。

「ところで飯出さん。ちょっと……いいですか」

訊かなければならないことがある。佐脇は飯出を事務所の外に連れ出した。

「つかぬ事を伺いますが、海保としては、『保険金詐欺』という可能性は検討されてませんか?」

「それは……第二陽泉丸が、ということですか?」

「まさか海上自衛隊が保険金詐欺はせんでしょう」

飯出は佐脇をじっと見た。

「いろいろな可能性についてはもちろん考えてます。海難審判ではそういうことも審査されますからね。ただ、今の段階では、事故原因の究明、および行方不明者の発見が先決であろうと」

「それはもちろんです。小嶺律子さんを一刻も早く発見しなければなりません」

飯出は、律子が意図的に自衛艦に船をぶつけて事故を装った可能性を否定しなかった。

借金の取り立てや夫のだらしなさなど、すべてが嫌になった律子が自殺した可能性もあるし、律子自身は激突寸前に船を離れたのでは、という推理も今の段階では否定出来ない。

「事件の捜査をする者にとっては、どんな可能性も排除出来ません。しかし今、それについて、私が何か意見を言う事は差し控えます」

「海保は厳しいんですな。ウチは、可能性が前提の話ならオープンにしますよ」

「ならどうして私をここに連れ出してヒソヒソ話をするんです?」

飯出は本心では佐脇を身内として認めていないということか。身内同士なら、腹を割った話をするのかもしれない。

「保険金詐欺……警察は、その線でやるんですか?」

飯出に逆に訊かれて、佐脇も同じようにはぐらかした。

「つまり、こちらとしても、あらゆる可能性を排除しない、という意味です」

その時、佐脇の肩を馴れ馴れしく叩く者があった。

「まあまあ。佐脇さんも飯出さんも、難しいお話はそのくらいにされては」

馴れ馴れしく割って入ってきたのは、初めて見る男だった。堅苦しくスーツを着て、ネクタイもきちっと締めて髪も七・三に分け、小役人の匂いをぷんぷんと漂わせた、四十前の銀縁メガネの男……。

「この件は、我々と海保さんがじっくりやってますから、所轄はあんまりしゃしゃり出ないほうがいいですよ」

のっけから高飛車な態度の男を佐脇が睨《にら》むと、相手は、これは失礼と名刺を差し出した。

「公安調査庁の栗木《くりき》。この件を、まあ、総括して担当してるってわけです」

端正な二枚目と言われればそういう顔立ちだが同時に、ハンサムだが鳴かず飛ばずで燻《くすぶ》っている俳優にも似た、パッとしない感じも漂っている。

「まあ、県警さんには説明するまでもないでしょうが、この件は、相手が自衛隊、しかも海上自衛隊の最新鋭艦の事故だからねえ。ウチ以外にも、内閣情報調査室が重大な関心を持って推移を見守ってる。もちろん、当事者として防衛省も動いている。当然、日本の国防にも関連する以上、東アジアの安全保障の観点から外務省も絡んでいるし」

栗木は中央官庁の名前を列挙した。さながら田舎警察の刑事は引っ込んでろ、と言わんばかりの態度だ。

「で？」

だが薄ら笑いを浮かべた佐脇の反応に、栗木は絶句した。田舎刑事が全然恐れ入らない事態は想定外だったようだ。

「でって、アンタ。このマターは、漁船同士の衝突みたいな単純な事故じゃないんだよ。軍事や外交、国際政治までが絡んで、実に大きなややこしい問題なの。だから扱いは慎重に、かつ思慮を以《もっ》て当たらねばならん。お判りか」

「そりゃ当然だよな。しかし、オタクらには捜査権はあるんですか？　悪いが、ここは鳴海署の所轄なんでね、ここで起きた事件は、全部ウチが扱う事になってるんですよ。お判りですよね。じゃあ、あちらからお帰りください」

佐脇は、駐車場を顎で示した。

「わ、私は公安調査庁の人間だぞ」

「だから？　それがどうかしましたか？」

佐脇にはこんな、こけおどしの肩書野郎に恐れ入るつもりは無い。わざと慇懃無礼《いんぎんぶれい》な笑みを浮かべてやった。

「公安と言や、どうせ県警の公安《ハム》やサッチョウの公安《ハム》からも人が来るんだろ？　連中もたいがいウザいが、場数だけは踏んでるからな。けどオタクらは……」

佐脇は哀れむような目で栗木を見た。

「ハッキリ言って、使いモンにならねえからな」

警察内部での、刑事畑と公安畑の刑事の間の反目や暗闘が、小説などで面白おかしく描かれる事があるが、それはほぼ作り話だ。実際は、刑事部の人間が公安部に移ったり、その逆もあって人事の交流があるから、いちいち対立していては後が大変なのだ。伝統的に、この二つの部門は手法が違うので、そのやり方で意見が食い違う事もあるが、あまり深刻な事にはならない。初動捜査を公安の手法でミスり、事件が迷宮入りすることもあるが、それが大々的に報道されることはない。

しかし、公安調査庁は別だ。常に廃止が検討されている、さながら盲腸のような役所で、現実にまったく何の役にも立っていない。予算の無駄の典型のようなところで、名前から想像される日本版諜報機関でも全くない。それは、今までに全く何の成果も挙げた事がないという、その事実が雄弁に物語っている。調査官と称する職員は、ネットや新聞、テレビで情報を収集して、大学生が書くようなリポートを書いて暇《ひま》を潰《つぶ》しているに過ぎない。

「おい、あんた。こんな連中に現場に出張《でば》ってこられるのは迷惑以外の何物でもないのだ。鳴海署の佐脇とか言ったな。お前の事は本庁に報告しておくぞ」

「どうぞ！　それであんたが出張してきたアリバイが作れて良かったですな」

顔色を変えた栗木は佐脇を睨みつけ、飯出の肩を抱いてなにやらヒソヒソ話を始めた。チラチラと佐脇の顔を窺いながら話しているから、どうせろくな事ではないだろう。

佐脇と栗木の板挟みになった形の飯出は、ひたすら困惑している様子だ。

「いいか佐脇君とやら」

栗木は虚勢を張るように声を荒らげた。

「この件は、私と海保の飯出君で仕切る。君は必要があれば呼ぶから、所轄は所轄らしく、刑事は分を弁《わきま》えて、泥棒の逮捕とかヤクザの取り締まりに精を出したまえ」

「はいはい判りました。で、栗木サン。アンタが出てきたってコトはアレですか？　自衛艦にぶつかった小嶺律子は革命思想を持った左翼ゲリラで、一人でテロを企てたとでもお考えですか？　公安調査庁のお偉い方がわざわざ東京からお越しになるくらいだから、さぞや確固たる疑いがあるんでしょうな？　おそらくは極秘事項だと思いますが、その根拠の一端なりとも教えていただければ助かります。今後のためにも勉強させてくださいよ。ほれ、このとおりです」

佐脇はそう言って深々と頭を下げ、両手を合わせて拝む真似《まね》までして見せた。

「それは……」

栗木は目を泳がせたが、言葉が続かない。佐脇は確信した。証拠ひとつ、根拠ひとつ、この男は握っていない。馬鹿か。それは機密だから明かせないとでも言えば良いものを。

「ははあ。言葉に詰まるところを見ると、よほど高度な国家機密事項があるんですな。だから、私のような警察機構の末端に位置する者には教えられないと。そういうことですな」

「如何《いか》にも、そういうことだ」

「おお、そいつは大変だ。この田舎町が、どうやら大がかりな国際的謀略だかなんだかの舞台になっているらしいと、知り合いの記者に教えてやらなきゃな。ソースは某政府高官、と」

栗木は慌てた。

「それは絶対に困る。そんなことで私の名前を出されては。いいか、この件については何も言うな。余計なことを一言でも喋ったら、おたくの署長に、いや県警本部長に私から話が通ると思え！　わかったな」

恫喝《どうかつ》したが、声がみっともなく震えている。栗木はきびすを返して事務所に入っていった。

「……佐脇さん。いちいち煽《あお》ってどうするんですか」

飯出が困惑した表情で、佐脇を窘《たしな》めた。

「あの御仁が妙に意地になって居座ったりしたら、困るのはこっちなんですよ」

飯出も、あの男には迷惑しているのだ。

「まあ、公安調査庁には、海保の上の方から話をしてもらおうと思いますが」

海保は国土交通省の外局で、公安調査庁は法務省の外局なので、かなり上の方同士で話をしてもらわないと通じないだろう。

「たしかに、あの男が言ったように、これから防衛省の調査担当が出てくるでしょうし、国土交通省の事故調が調べるかもしれません。テロの可能性が少しでもあれば、外務省だって出てくるでしょうし……」

今、佐脇が出任せで言ったことを、案外、東京の本省の連中が真面目に考えているかもしれないと、飯出は匂わせた。

陰謀論が大好きな鳴海署の庶務係長・八幡なら、なんというだろう?

『そうですよ。外国に金を貰って特攻した可能性も大いにあるんじゃないですか。いや、スポンサーは北朝鮮ですよ! きっとそうですよ!』

てな事を言うかもしれない。

脳内で、八幡がさも言いそうなせりふが再生され、佐脇は内心ひそかに爆笑した。

「ンなわけ、ねーだろうが」

旧国道のバス停で鳴海市内行きのバスを待ちながら、佐脇は考え続けた。

だが次第に、満更これはジョークではないかもしれない、と思えてきた。

保険金詐欺?

それとも、外国の工作に加担した? おそらくは巨額の報酬を得て。

どちらの仮説についても、また肯定・否定のいずれについても、栗木の能力では、その分析材料すら集められないだろう。

では、オレには何が出来るか?

佐脇が自問自答するうちに、バスがやって来た。

「佐脇さん。ヤバいことしちゃったんじゃないですか?」

鳴海署の屋上に呼び出した八幡は、話を聞くやいなや目を輝かせた。

「その栗木とかいうヤツが出てきたってコトは、佐脇さんが言う通り、外国の勢力の影がちらついているからじゃないですか？　佐脇さんは図星を指してしまったんですよ。極秘事項なのに」

八幡は、ニヤリと笑った。

「もしかしたら佐脇さん、国際的陰謀に巻き込まれてしまったかもしれませんよ。外国のスパイに命を狙《ねら》われたりして。いいや、公安調査庁が佐脇さんを消しに来るかもしれない」

八幡は完全に、愉しんでいる。

「バカ言うな。あの連中はタダの事務屋だ。ジェームズ・ボンドみたいにピストル撃ったり格闘したりするような荒事をするのは……なんだ、オレの担当じゃねえか」

野次馬根性丸出しの八幡と話す場所として、いつもの職員食堂ではなく屋上を選んだのは、こんなヨタ話といえども、誰が公安調査庁に通じているか判らないと用心したからだ。佐脇の動静の一部始終が筒抜けになる可能性は否定出来ない。まあ、あの役所には、そこまで綿密な情報網を張り巡らす能力はないし、仮に情報が入ってきても活用する術《すべ》を知らないのだが。

「しかし八幡。お前はこの前、保険金詐欺の可能性をとうとう喋《しゃべ》ったんだぞ。それが今日は何だ？　一転して外国のスパイ説か」

「じゃあ佐脇さんには、スパイ説を否定するなにか根拠があるんですか？」

そう問われて、さあなあ、と首を振る佐脇に、八幡は嬉々として言い募《つの》った。

「小嶺律子は、一人で漁船に乗っていて日頃の疲れが出て居眠りしてぶつかってしまったのかもしれない。保険金目当てに自爆したのかもしれない。あるいは外国から金を貰ってテロの下請けをしたのかもしれない。反対に、律子側に過失はなくて自衛艦が操船ミスしてぶつけたのかもしれない。すべて可能性のある話でしょ？」

ああそうだ、と佐脇は頷いた。

「今のところ可能性のある仮説は全部、『あり』だと思うほうが良いんじゃないですか？」

八幡は、情報通であるのを誇示するように、声を落として佐脇の耳元で囁《ささや》いた。いかにも重要な話を切り出す、という態度だ。

「……そして、スパイ説については重要なポイントがあります。衝突したのは最新鋭の護衛艦ですよ。久米に配備されたばかりのぴかぴかの新造船です。装備だって、実はイージス艦より凄いらしいんです。そんな船が、易々と漁船に特攻されてしまったんですよ？普通に考えてもカッコ悪い事だし、あるいは最新鋭の護衛艦の性能の限界が露呈してしまったのかもしれません。海上自衛隊は海軍として対外的に威信を落としたでしょうし、もっと言えば新しい護衛艦の盲点を仮想敵国に知らせてしまったかもしれません」

「……というと？」

だから、と八幡はイライラした。

「今、日本の仮想敵は、中国と北朝鮮ですよね？　どっちも日本の威信が低下すればするほどオイシイはずですよね。ことに中国は海軍力増強の真っ最中で、東アジアの覇権を狙っているのがミエミエです。北朝鮮はと言えばご存知の通り、こっちには核があるぞミサイルもあるぞと必死で脅しを掛けてます。ね？」

「お前が国際情勢から軍事バランスまで諸般の事情に通じてるのはよく判った。褒めてやる。だから、結論を言え」

回りくどい八幡の話に、短気な佐脇は焦《じ》れてきた。

「じゃあ言っちゃいますよ。ほんとうにここだけの話ですよ」

八幡は大仰にあたりを見回し、声をひそめた。もちろん屋上に二人以外の人影はない。

「護衛艦にテロ攻撃！　となれば大騒ぎになります。当然外交問題になるし、下手すると日米安保が発動します。でも、実はそこまでのリスクを取る必要はないんですよ。単に海上自衛隊のメンツを潰すとか、新型護衛艦の性能を試すとかいう目的ならば、外国の『ある種の勢力』、いやぶっちゃけ『アジア某大国』が工作してきてもおかしくないですよ。いや、あの国ならそのぐらいはやり兼ねない。何しろ『中央アジア某小国』に侵攻して、住民の虐殺・弾圧を行ない、そのあとに自国民をどっさり移住させて事実上乗っ取ったという、そういうことをやった国ですよ。小嶺律子を雇って体当たりさせるぐらいは、朝飯前というか日常茶飯事でしょう、あの国においては」

いかん、こいつは骨の髄まで陰謀論に毒されている、と佐脇は辟易《へきえき》し、話を終わらせようとした。

「まあ、テロではないとして、仮にもそういう話になったら、田舎警察の出番じゃなくなるな。それこそモロに栗木の縄張りだ」

「いや……上の方がマジにその線を検討し始めたら、公安調査庁みたいなチャラい連中は引っ込むでしょう。連中が現場に来て活躍するわけがない」

チャラい連中、という表現に、佐脇は大声で笑った。

「しかしまあ、チャラい連中だからこそ、腐ったプライドはある。そこが逆に厄介《やっかい》なんだがな」

「そこは気をつけた方が良いです。なんせ佐脇さんは、この田舎警察のホープなんですからね。ただでさえ目立つんだから、身辺には注意してくださいよ」

妙に持ち上げられるのが気味悪い。憎まれ口を叩かれるほうがまだマシだ。

その日は、水野と関連の調べものをしたり、一番苦手な事務作業をしたりして疲れた。

昨夜売り言葉に買い言葉で出てきてしまったから、佐脇には帰るところがない。

また寮にでも入るかと思いつつ、今夜はビジネスホテルに泊まる事にして、酒を飲みに出た。

鳴海市の旧市街、港が栄えた昔は中心街だったが、今はすっかりいかがわしい店だらけになった二条《にじよう》町に足を向け、馴染《なじ》みの酒場に入った。ここは寡黙《かもく》なバーテンが一人だけのストイックなバーだ。エロいサービスがあって当たり前のこの近辺の飲み屋では例外的な存在だ。だから客も少なくて静かなので、一人で酒を味わいたい時は、必ず来る店だ。

「よっ」

ドアを開けると、カウンターの、佐脇がいつも座る席には先客がいた。

一度もこの店で見かけた事のない新顔だ。仕立ての良いスーツを着て、やたら大きな声で喋っている。しかもその声が明るくて良くとおる。くすんだバーの、その男の周りにだけスポットでも当たっているような雰囲気だ。若くはないが年寄りでもない。声が響くし、話し方がリズミカルなので、実際より若く感じるのかもしれない。

「いやはや、この街に来るのにJRを使おうと思ったら、運賃は高いわ時間はかかるわ連絡は悪いわの三重苦で参りましたよ。誰もが飛行機を使うと決めて掛かってるんですかね。飛行機なんて環境に悪いのに、どうしてそっちの方が安くつくのか、仕組みが理解出来ませんよ。オレ、バカだから」

この店のオーナーでもある無口なバーテン相手に一方的に喋り、一人で笑っている。躁《そう》的だが、話している内容はたわいもないものだ。東京からの出張サラリーマンかと思ったが、どことなく栗木に似た雰囲気を感じた佐脇は警戒して身構えた。

とにかく、いつもは静かな店が、この男一人が場違いな大声で、しかも北関東らしい訛《なま》りの入った東京弁で喋りまくっているのが気に入らない。縄張りを荒らされて、面白くないのだ。

いつもと違う席には座ったが、酒をオーダーする段になって嫌気が差し、「また来るわ」と席を立とうとしたまさにその時、バーテンがワンショット・グラスに入ったウィスキーをカウンターに置いた。

「あちらのお客さんからです」

佐脇が見ると、縄張りへの侵入者が、愛想のいい笑みを浮かべてグラスを掲げている。

「せっかくだが」

そのまま店を出ようとした佐脇に、男は、「まあ一杯だけ、どうぞ」と声をかけた。

「この二条町ってところはなかなか面白いですね。日本のレーパーバーンという感じ。あ、レーパーバーンってのは、ドイツはハンブルクのイカガワシイ界隈のことですけどね」

男はチラッとウンチクを披露した。

「そのお酒は、他所者《よそ》がお店の雰囲気を壊してしまったお詫《わ》びです」

ストレートに言われたので、「じゃあ一杯だけ」と席に戻った。

グラスの中のウィスキーは一口飲んだだけで、強いクセを感じた。

「正露丸《せいろがん》みたいな味だな。しかし……美味い」

それを聞いた男は、ニヤリとした。

「アナタは正真正銘の酒飲みですね。仲良くなれそうだ」

立ち上がって握手を求めてきた。身長百九十はあろうかという大男だ。しかし、ガタイはデカくても、武闘派という感じではない。さしずめ学生時代にラグビーでもやっていたインテリという風情だ。

「ラガヴーリン、十六年ものです。シェリーの甘い香りがそのパワフルさを感じさせ、口に含んだ時の力強さを予感させてくれ、口の中でオイリーな味わいが強く広がり、シェリー独特の甘さとアイラ特有の塩辛さが何とも言えない。と、能書きを書いた本にありましたが、私もそう思います」

男の受け売りは邪魔でしかないが、佐脇はこのシングルモルトの味にハマった。濃い琥《こ》珀《はく》色も、このウィスキーの独特な味と香りを、いやがうえにも引き立てている。

「失礼。私、こういうものです」

すかさず男が差し出した名刺には『警察庁警備局参事官・檜垣逸郎《ひがきいつろう》』とあった。

「ついにサッチョウのハムがお出ましか。いや、こっちの話」

先に名刺を出されれば仕方がない。礼儀上、佐脇も自分の名刺を出した。

「サッチョウの参事官となると、警視長でらっしゃいますね？　私から見れば雲の上の方だ」

「いやいやそんな。至って調子が良くて運が良かっただけの男です。古い言葉を使えば、C調男ってヤツです。栃木の田舎モンは明るく朗《ほが》らかにしてねば」

檜垣は陽気に謙遜して見せたが、こういう種類の人間が実は一番手強い。ストレートに威張《いば》っていたり斜に構えていたりすれば、それは逆に自分の弱点を曝《さら》しているようなものだから扱いやすいのだが、地方出を隠さず快活で愛想が良くて、まるで腰の低い営業マンのような、こういう男は却《かえ》って扱いにくい。平気でへりくだれる分、守るべき部分への防御が固い、いわゆる「食えない」タイプが多いのだ。

「なかなか美味い酒だが、この店にこんな酒があったとは知らなかったですな」

警戒しつつ、檜垣と並んで座った佐脇にバーテンが言った。

「もちろんウチには置いてません。このお客様の持ち込みです」

佐脇は、静かに酒を味わう時にはシングルモルトのウィスキーを好む。好きな銘柄はいくつかあるが、田舎のバーだから品揃えには限りがある。かといって知らない酒を本で調べて頼むほどのマニアでもないから、店にあるものを飲む。

それでも、シングルモルトにこだわるという、佐脇にしてみれば俗っぽい、格好悪い振る舞いは、他人には余り知られたくないことだった。

「佐脇さんなら、気に入るだろうと思いましてね」

この銘柄はスコッチでも、それほど知られているものではない。しかも佐脇の好みにピンポイントというのは……単なる偶然か？

「正直にタネを明かしますとね、入江《いりえ》サンに訊いたんですよ。今度佐脇さんに会うだろうから、いろいろと教えてくれって」

エリート警察官僚である入江と佐脇とは、曰く因縁のある関係だ。地元選出代議士のスキャンダルを隠蔽《いんぺい》するためT県警の問題児たる佐脇を始末しに来た、入江はいわば中央から送り込まれた刺客《しかく》だった。一度は敵対し、文字通り死闘を繰り広げたと言っても大袈裟ではないが、結局佐脇が勝利して入江が警察庁に戻ってからは、皮肉の応酬をしつつも情報交換する仲になっている。とは言っても情報に関しては、今のところ、入江からの輸入超過状態ではあるのだが。

「佐脇さんは、とにかくクセはあるが美味い酒がお好きだと。それが当人の性格でもある、と、入江さんは言ってましたよ。当たってます？」

佐脇の脳内にはさらなる警戒信号が点灯したが、檜垣には他人の懐《ふところ》に入り込む特技があるようだ。それは、この男の栃木訛りに負うところが大きい。方言は人を油断させる。

「警備局というと、公安の総本山ですな。その参事官というと」

「いやいや、近年、事案がいろんな分野にまたがるようになってきたんで、公安とか外事とかのセクションが邪魔になってきたんです。かといって今の機構は、それなりに長年かけて構築されたものだけに、タテ割りの弊害もあるが利点も多いので。で、全体を総括する、いわば調整官的な意味合いで、この私が居るという次第でして」

「公安とか外事とか、凄いことになってきましたな……」

「まあね、漁船のぶつかった相手が相手ですからねえ。海上自衛隊の最新鋭の護衛艦、昔で言えば戦艦ですからね。戦艦大和《やまと》に漁船がカミカゼ攻撃、みたいな話ともなれば、そりゃもう、いろんな憶測を産むわけで」

檜垣はナッツを摘まんでポリポリといい音を立てた。

「今日、公安調査庁の使えねえヤツに会いましたよ」

佐脇の言葉を聞いて、檜垣は吹き出した。

「それ、栗木でしょう！　あいつ、ホントにダメな奴ですからね。まあ、あの役所自体、どうしてまだ存在するのか不思議で仕方がないんですが」

入江もハッキリ言う男ではあるが、目の前にいる檜垣ほど開けっぴろげではない。あくまでも標準語を崩さない入江に対して、訛りを隠そうともしない檜垣は、相手に親しみを感じさせる特技があるようで、こいつは一緒に酒を飲むと楽しそうなやつだ、と悔しいが思わされてしまう。

「で、佐脇さんは、小嶺律子について調べてるでしょう？　ここは一つ、情報の共有化ってやつを図って、無駄を省きませんか？」

「そいつはいいんだが……こっちが知り得た事を一方的に吸い上げられるのはなあ。どうせこっちが書いた捜査資料も、いずれはオタクに回されることになるのだし」

意味がないのではないか、と言外に言いたい佐脇に檜垣は答えた。

「でも、文書になってしまうと、生の情報のニュアンスがこぼれ落ちるじゃないですか。私としては、そのへんを直《じか》に伺いたいわけですよ」

「それは判りましたが……はっきり言って、こっちがトクになることはありますかね？」

言っている意味が判らないのかという苛立ちが顔に出たのだろう、檜垣は「いやいやこれは失礼」とすかさず謝った。

「もちろん、世の中あらゆることがギブアンドテイクですよね。ましてや情報はその最たるものだ。佐脇さん。私はあなたを金で動かすつもりはない。お互い警察官ですからね。かといって、栗木のように威張り散らしてバカな真似もしたくない。だから、情報には情報でお礼をしましょう。佐脇さんを信用して、こちらも腹を割りますよ」

それから檜垣が口にしたことは、おそらく警察庁としての考えを明確に示すものだった。

「ウチの関心は、ズバリ、外国の勢力が、この件に絡んでいないか、という事だけです。

もちろん、小嶺律子さんを最初から犯人扱いして調べるんじゃないです。護衛艦側についても乗組員の中に外国の……そうですね、『ある種の勢力』と繋がりのある人間が居なかったかどうか、それも調べています。そっちについては別の者がやっているので」

「なるほど」

先に自分の手の内を見せてきた檜垣に、佐脇は感じるものがあった。

「では、こちらもお話ししましょうか。これは、調べればすぐに判ることですが、小嶺家にはかなりの額の借金があります。しかも、筋の悪いところからも借りていて、厳しい取り立てにあっています」

佐脇も、返礼として、知り得た事を檜垣に話した。もちろん、律子とねんごろな関係にあった事はとりあえず秘密だ。

「そして、律子に関しては、身元に関して不審な点があるので、今、それを調べているところです。少なくとも、病気の夫を助けて細腕一つで慣れない漁に出ていたのに……という、ワイドショーが流している美談とは違うものが見えてきております」

「なるほどね。多額の借金となれば、危ない筋からの誘いに乗ってしまう土壌はあったわけですね」

「話が国内で済めばウチの仕事、済まなければそっちの仕事ってことになりますかね？」

「そうもいかないと思いますよ。自衛隊が絡むとなると、いろいろややこしいんで。まあそのへんは、佐脇さんの迷惑にならないように、ウチとしても交通整理しますけど」

助かります、と佐脇は頭を下げて、二人は乾杯し直した。

檜垣は、入江同様に油断がならず、しかも相当出来る人物ではある。敵になるか味方になるかは、今後の展開次第だな、と佐脇は腹の中で思案しつつ、とりあえず相手の陽気な酒に調子を合わせた。

第三章　不穏なリンケージ

檜垣は見てくれ通りの酒豪だった。文字通りの「うわばみ」だが、乱れることなく、紳士的な酒だった。

佐脇も、酒に酔って無茶をすることはない。羽目を外した行動を取るのは、酔ったフリをしているのであって、その意味で酒は完全に濡《ぬ》れ衣《ぎぬ》を着せられ続けている。

だがその晩は栃木モンに負けるかと闘争心を燃やした結果、潰れてしまい、目を覚ましたのは二条町にある連れ込み宿だった。

こういうところは休憩で使うところであって、泊まる場所ではない。特にこの辺の宿は昔のままの古い建物だから、ダニがいるのだ。

全身をぼりぼり掻きながら鳴海署に出勤すると、水野が膨大な書類を前に、上司が来るのを待っていた。佐脇には定時出勤という概念はない。自主的フレックス出勤だ。

「お待ちしておりました。いろいろ調べたんですが」

佐脇が来るのを待ち兼ねた様子の水野は、用意した家出人リストや指名手配リスト、失踪者リストなどを次々に出してくる。

「どこにも『太田律子』という名前はないんです。戸籍はありました。しかし、住民票の登録は、本籍地のままで、三年前に結婚して小嶺源蔵の籍に入るまで、移動はありません」

「それが事実だとしたら、それはそれで、まあ、そういうことなんだろうな」

佐脇は意味のよくわからない言い方をした。

「だが、本籍地のまま住民票は移さないっていうヤツは多いよ。さらに各種リストに名前がないのは、律子は家出人ではなく指名手配もされていないし失踪中でもない、と確かなのはそれだけか」

律子に何か隠していることがあったとしても、その手がかりはまったくない。

「過去において特に疑うべきことはなかった、と考えるべきか、それとも、調べが足りないと考えるべきか」

佐脇はタバコに火を点けた。が、慌てて消した。鳴海署は食堂以外禁煙だからだ。

「ここはマスコミの論調というか、世間の期待通りに、小嶺律子は悲劇のヒロインであるという線でまとめるのがラクではあるけどな」

実際、問題視されることが出てこなければ、警察はそれ以上調べることはない。捜査する理由がないからだ。しかし、ある人間の生きてきた軌跡がまったく摑めないというのもおかしな話ではないか？

「たとえば、学生が住民票を田舎に置いたまま都会で暮らしてる場合ってありますよね。就職する段になって慌てて移したりして」

「じゃあ旧姓太田律子は、社会人じゃなく学生だったってか？　学生のまま、あのオヤジと結婚したと？」

「学生じゃないにしても、バイトだったら住民票まで求められない場合もあるのでは？」

佐脇は少し考えて、学籍簿を調べさせることにした。太田律子はどこかの学校に通っていたはずだ。調べる範囲は全国とした。

「太田律子なんて、同姓同名が山ほどいますよ。凶悪事件の重要参考人でもないのに、そこまでやりますか？」

「そう言うが、お前、ヒマだろ？」

調べとけやと言い残して佐脇は第二のオフィスと呼ぶべき職員食堂に行った。

「おばちゃん。ビールとか熱燗《あつかん》出さないの？　頼むやつはきっと多いぜ。儲《もう》かると思うけどな」

午前十時までは朝食が出る。ご飯にアジの干物に生卵というシンプルなものだが、酒のツマミにぴったりだ。

「何をバカなことを。勤務中にお酒飲もうなんてのはアンタだけだよ」

食堂のオバサンはにべもなかった。

「アンタ、もしかしてアル中なんじゃないのかい?」

アル中男の女房を調べている自分までがアル中だったら世話がねえなとぼやきつつ、佐脇が朝定食に箸《はし》をつけていると、「いたいた」とニヤニヤしながら八幡がやってきた。

「どうですか、その後。スパイや公安との死闘を繰り広げてますか?」

完全に野次馬として愉しんでいる風情だ。

「お前は、オレが死んだら一番喜ぶクチだな」

「滅相もない。僕は佐脇さんの安全を誰よりも願ってるんです」

誰よりも、というのが極めて嘘臭い。

事務職なのに、勤務時間にふらふら食堂に顔を出す八幡も、佐脇の悪影響を受けて不良警官ぽくなってきたようだ。

「ところでお前は、小嶺律子が外国に雇われて体当たりをしたんじゃないかって言ってたよな」

佐脇は、玉子掛けご飯を掻き込みながら言った。

「ええ、言いましたよ。あれは絶対、日本の国防力を調べる為の、某国の策略に間違いないです」

「この前は仮説と言ったが、今は絶対間違いない話に昇格したのか」

「あれから僕も、いろいろ調べましてね、で、この仮説はおそらく事実だろうと確信するに至りました」

八幡は得意げになおも自説を開陳した。

このところの八幡は、生来の噂好きが昂《こう》じてか、ネットにどっぷりとはまって、携帯電話までいわゆるスマートフォンに買い替えて、勤務中もネットのチェックを欠かさない。『マスコミは本当のことを何も報道しない。信用がならない』が最近の口グセだ。

「この件はですね、日本をめぐる国際政治状況と、そして東アジアにおける軍事バランスを総合的に考えなければ正しい答えなんか出てきませんよ！」

八幡は、目を輝かせてなおもウンチクを披露しようとした。が、突然顔色が変わると口をつぐんでそそくさと席を立ち、小走りに出て行ってしまった。

殺し屋でも来たか、あるいは公安の人間か、もしくは東アジア某大国の工作員でもと、佐脇が周囲を見ると何のことはない、八幡の上司の警務課長がコーヒーを飲みに来ただけだ。

仕事をサボるのにも根性が入っていないと心ゆくまでサボれない。八幡はまだまだ修業が足りないようだ。

命じられた調べものに忙殺されている水野を置いて、佐脇は単独で南海町に向かった。律子や、その夫・小嶺源蔵についてさらに調べるためだ。仮説を立てるのはいいが、きっちり裏を取り証拠を固めていかなければ、仮説は仮説でしかない。あらかじめ立てたストーリーに添った証拠集めなどしようものなら冤罪《えんざい》一丁上がりだ。

調べはあくまで客観的にやらなければ。

相手がヤクザや泥棒なら、多少の罪を被せたところで大して胸は痛まないが、この件は違う。栗木が言っていた通り、一方の当事者は自衛隊であり、国なのだ。

＊

自分で運転してきた覆面パトカーを漁協の駐車場に置き、まずは漁協事務所にいる海保の飯出を表敬訪問することにした。

飯出によれば、海上自衛隊に対する捜査の主導権は、海保より海難審判所の理事官が握っているらしい。海難審判所は海の事故専門の裁判所で、海難審判所の理事官は検察の役回りを担《にな》って、事故に至った原因の解明を行なう。それに対して海上保安庁は、海の警察として事故についての刑事責任を追及する。それにプラスして国交省の事故調も動いているし、佐脇が代表する地元警察と、もちろん海上自衛隊も動いている。関係各所の動きは極めて輻輳《ふくそう》しているのだ。

「近々、現場海域で、事故が起きた同じ時間帯に、大規模な現場検証をするそうです。もちろん自衛隊の護衛艦『いそなみ』も臨場して、あの日起きた事の再現をすると」

今は小嶺律子の捜索がメインだが、あと数日で捜索は打ち切られて、事故の捜査に重点が移るらしい。しかしそれを決定するのは海保上層部だ。

「だから、私みたいな現場の末端にいる人間にはどうなってるのかがよく判らないんです。こっちは第二陽泉丸のあの日の動きを調べて報告したし、それは、海保のレーダー記録画像でも裏付けられてるんですが」

事故の当日、第二陽泉丸は他の漁船と同じように、早朝の底引き網漁をするために、午前三時に南海町漁港を出港した。途中までは他の漁船と同じ海域に向かっていたが、ある時点で第二陽泉丸だけが針路を変え始めた。不審に思った僚船が無線や携帯電話で第二陽泉丸に連絡を取ったが、応答した律子からは、「今日はこっちで勝負してみる」という返事だった。それならそれで、と放っておいたらしい。

船団で漁をするところと、南海町のようにもっと小規模で、漁船が個々に漁をするところとでは、流儀も違うし漁師の結束も違う。

そのうちに海上自衛隊の艦船が姿を現したので、僚船は互いに注意を促《うなが》す無線や携帯電話で連絡を取り合ったのだがその時には律子の返答はなかったと。

「ですからね、我々が調べた限りでは、第二陽泉丸が何らかの原因で暴走して、『いそなみ』の針路に入り込んでぶつかったという形です。操舵系に異常が発生したのか、エンジンに異常が発生したのか、それとも人為的ミスだったのかが判るのは、これからですけどね。明日、サルベージ会社が海底に沈んだ第二陽泉丸の船体を引き上げる予定ですが……なにしろバラバラになってるんで……」

「となると、自衛隊側に問題はなかったって線なんですか」

「回避義務は当然ありますので、当直の見張りと回避操作がきちんと行なわれたか、その当否が問題になってきますよね。過去、自衛艦が絡む海難事故では、いずれもそこが争点になりましたし」

飯出によれば、海難審判所と海保は密接に連絡を取り合い、調べたデータについても共有しているに等しい。おそらく導き出される結論は同じだろうということだ。

だが海難審判とは別に、海保は刑事事件としての立件を行なう。関係者の過失を判断して書類送検するのだ。そしてここに別の要素として事件性が絡んできた場合が、佐脇の出番だ。だが、事件の本筋はあくまで海保が捜査する。

陸の警察が必要ではないのかどうか、その判断をするのはまだ早い。

佐脇は次に、小嶺の家を訪ねてみた。こういう場合、担当刑事は毎日顔を出すものだ。

そして、小嶺の家の近くでうろうろする、怪しげな男の姿を佐脇は認めた。その男は以前に見かけた覚えがある。いや、見かけたどころではない。律子に付きまとっていたこの男に、佐脇は蹴りを入れて退散させたのだ。

佐脇に気付くや、こそこそと立ち去ろうとするその男に、わざと声を掛けてみた。

「おい。お前。律子さんはたぶん、亡くなったぞ」

ストーカー男は立ち止まり、ゆっくりと振り返った。

「お前、それでも付きまとうのか？　ストーカーってのは相手が死んでも続けるのか？　闇金の取り立てなら葬式に乗り込んで、香典かっさらうくらいはやるかもしれんがな」

「ふん。香典洗いざらいさらわれるぐらいで済めばいいがな」

やはり、律子と一緒の時、出会った男だった。ヌメヌメした感じの爬虫類《はちゆうるい》に似た印象のある、中肉中背の、ねっとりした視線が記憶にこびりつく、あの男だ。

「闇金の連中は、遺品を漁《あさ》って金に替える。死体から金歯だって抜く。言葉は古いが、亡《もう》者《じや》そのものじゃねえか。警察のクセに、あんた案外知らねえんだな」

小嶺源蔵に似たやるせなさが目の辺りに漂っている。この男も金で苦しんでいるのか？

「あの女は……律子か。死んじゃいないよ。オレには判るんだ」

「お前、何か知ってるのか？」

佐脇は男にずかずかと歩み寄った。男はもう逃げない。

「刑事さん、アンタはナニを聞きたい？」

挑戦的に聞き返してきた。

「小嶺律子が死んじゃいないと今、あんたが言ったその根拠だ。こんな時に冗談だったで済ますんじゃねえぞ」

佐脇は殺気立っていた。こんなストーカー風情に、人の生き死にをネタにする資格はない。だが男は佐脇をせせら笑った。

「ふん。だいたいあんた、律子のナニを知ってるんだ？　デカだサツだと威張ってるようだが、どうせナニも知らねえだろ」

形勢が逆転して、今度は男が佐脇を値踏みするようにじろじろと見た。

「オレは、あの女のコトは、全部とは言わないが、ほとんどすべてを知ってる。だから、あの女にかぎって、自衛隊のデカい船にぶつかったくらいで死にゃあしないと判るんだ。あいつはそんなタマじゃない」

「ほう」

佐脇はこの男に興味を持った。

「お前は霊能者か？　何もかもお見通しってか？　そのへんの詳しい話をじっくり聞かせてもらおうか」

そう言ってもう一歩前に出た。

「実に興味深くて込み入った話のようだから、署でじっくり聞かせてもらうのがいいかもな」

しことにした。

「ま、待てよ」

距離を詰めてきた佐脇に、男は硬直した。形勢はふたたび逆転した。

「た、逮捕するのか？」

令状もないし現行犯でもないから逮捕など出来ないのだが、ここはトボけることにした。

「そいつはお前次第だ。逮捕して欲しけりゃ公務執行妨害で挙げてやる」

佐脇はおっとっと、とよろける真似をした。

「これで、お前がおれを突き飛ばしたから暴行ってことで逮捕出来るんだぜ。まあこれは公安が使う手だが」

男は追い詰められた顔になり、弱々しく言った。

「わかった。ここでなら話す。ここでなら応じてやってもいい」

「そうかそうか。場所はどこでもいいんだ。話してくれよ……ああ、その前に、お前さんの名前を聞いとこう」

男は短く「盛田《もりた》」と答えた。

「盛田岩雄《いわお》。早い話が、律子の最初の男だった。あの女には、かなり突っ込んだんだよ、金をな」

「金って……女に使った金を後からどうこう言うのはみっともないぜ」

そう問いながら、これ以上の話は道ばたの立ち話で聞くことではないと判断した。

「やっぱりここじゃマズかろう。そのへんの店って訳にいかねえし……車の中はどうだ?」

「く、車に乗ったらそのまま警察に直行するんだろ」

この盛田岩雄という男は、よっぽど警察には行きたくないらしい。

「とにかくオレは、あの女にかなり金をつぎ込んで、離れられない仲だったんだ。なのにある日突然ドロンしちまって。店の連中も知らないと言うし、これは完全にダマされたなと思って探してたら、テレビであの女がのうのうとインタビューに答えてるじゃねえか」

ひかるの局がネットに流した「美人過ぎる漁師」を見たのだろう。

「顔は映ってなかったが、あの声と、それから体つきで判った。どうせ顔だって整形して変わってるだろうしな。だけどオレは声で判るんだ。あの女はこんなところに居たのかって、すぐにオレは飛んできたんだよ」

盛田は勝ち誇った顔になった。

「そうしたら亭主がいるどころか、お前みたいなポリ公とまでツルんでやがって……やっぱりあの女は相当なタマだと思ったわけだ」

それを聞いた佐脇は、心底呆《あき》れたように言ってやった。

「おいおい。それだけか? で、何だ? お前は店で女に愛想をつかされて、それでストーカーになって、逃げられてばっかりなもンだから、今度もまた逃げられたと思い込んで、それで律子は死んじゃいないと主張するわけか」

こいつはアタマがおかしいのか？　妄想が昂じて暴走してるんじゃないのか？　タレントや有名人の恋人だと思い込む少々おかしい人種は最近多いが、その中にはテレビにちょっと映っただけの人物に恋してしまってつけ回す新種も現れている。この盛田はそのタグイか？

「判った。やっぱりちょっと署で話を聞こう」

足を踏み出して盛田の腕を摑んだ途端、激しく振り解かれた。

「お前の言う通り話したろ！　それでなんで捕まらなきゃいけないんだ！」

「捕まえるんじゃない。話を聞きたいだけだ！」

「じゃあオレに触るな！」

触るな！　と言いながら逃げようとする盛田の右腕を捕まえて背中にねじりあげた。

だが盛田はさらに激しく抵抗して、必死に腕を振り解こうともがいた。

「おらおら、本気で公務執行妨害で逮捕するぞ」

うるせー！　と叫ぶや、盛田は体当たりしてきた。不意を突かれた佐脇はよろめいたが、咄嗟《とっさ》に逃げようとする男の足を引っかけた。

つまずいて倒れかけたが、必死で体勢を立て直した盛田は、なおも逃げようとしている。

それを追いかけようとした、その時。

悲鳴が聞こえた。

女の悲鳴。しかもそれは切羽詰まっていて尋常なものではない。「助けて」と言っているようだが絶叫なので言葉になっていない。今にも殺されそうな、必死の鋭い悲鳴だった。

一瞬迷った佐脇だったが、盛田は逃げるにまかせ、悲鳴のする方に走った。

今はまだ大丈夫だ。だが襲われているとおぼしい女性が刺されたりすれば、悲鳴は即、呻《うめ》きに変わる。今のところ、強弱はあっても悲鳴は続いている。

佐脇はひたすら声のする方に走った。

どうやら、悲鳴は小嶺の家の方から聞こえてくるではないか。

あの家には老婆と、アル中のオッサンしかいないはずだ。だがこの悲鳴は婆さんのものではない。もっと若い……少女と言ってもいい、若い女の悲鳴だ。

近づくにつれ、悲鳴は間違いなく小嶺の家から聞こえてくることが判った。

玄関を開けて飛び込むか。いやここは慎重を期して裏に回り、そっと中に入って何が起きているか確かめて対処すべきか。

助けを求める悲鳴が続いている以上、被害者とおぼしき若い女は、少なくとも今は生きている。だが突然踏み込んだ場合、犯人が反射的に取り返しのつかない事をしでかすかもしれない。

物音を聞いて、近所の住人たちも顔を出した。

佐脇は警察手帳を掲げて、声を出すな、落ち着いてくれ、と両手で制した。

「裏口はどっちだ?」

一人が黙って指さしたので、佐脇は小嶺家の裏口に回った。

「ここからは私が入ります。みなさんは手出ししないように」

判りましたね、と念を押して、佐脇は小嶺の家の中にそっと侵入した。

悲鳴はまだ続いているが、次第に声が震えてきて、今にも死にそうに弱ってきた。

裏口は、台所にある「勝手口」だった。以前来た時は開けっ放しだった間仕切りの、引き戸が閉まっている。すりガラスの入った引き戸なので、向こう側の様子はおぼろげながら、判る。

数人の人影が見えた。感じとしては多分、男だ。二人が立っていて、二人がしゃがみ込んで誰かを押さえつけている。

押さえつけられているのが、どうやら悲鳴の主の女だ。激しく抵抗している様子で、押さえつける男も舌打ちしつつ手荒く扱っている。何度も平手打ちをし、腹の辺りを殴っている。その都度、悲鳴に吐くような呻きが混じって、ますます弱々しくなってきた。

「わ、私、関係ないんです。だから、止めて」

「おう。お前、この家にいて『カンケーナインデス』とかいう言い訳が通じると思ってるのか? あ? ここの婆さんやアル中オヤジはもう使いモンにならねえから、お前を売り飛ばしてもいいんだぜ、え?」

服を破るびりびりという音がして、女の悲鳴は絶叫に変わった。

「や、め、てっ!」

すかさず、ビンタの音がした。

「うるせえ。いい加減観念しろ!」

佐脇は、向こうから見られないように身をかがめ、ガラス戸を少し開けて、隙間から向こうを覗《のぞ》いた。

高校生くらいの女の子が押し倒されて、ヤクザが一人、馬乗りになっている。その横に立っている男二人が、それぞれの足で女の子の手首を踏みつけて、もう一人が足首を押さえている。激しく暴れるので全身の体重をかけて押さえ込んでいる。

馬乗りになった男が、女の子の薄いピンクのTシャツを引き裂くと、花柄の可愛いブラが剝《む》き出しになった。

「おい。下も脱がしてしまえ」

馬乗りになった男が、足首を押さえつけている男に命じた。

了解、とその男は、彼女が穿《は》いているジーンズのジッパーを降ろし、剝くように脱がし始めた。

「止めてって！」

少女が足をばたつかせて必死に抵抗するので、馬乗りの男は容赦なく平手打ちを加えた。

「おい……やり過ぎるなよ」

立っている男がブレーキをかけようとしたが、馬乗り男は「これくらいやって跡を残しておかないと、あのアル中オヤジはビビリませんぜ」と言い返した。

「開き直った貧乏人ほどタチの悪いもんはないっすよ。なんであいつらあんなに鈍感なんだ？　だからこっちもかなりのことをしないとね」

そう言いつつ何度も往復ビンタを繰り返すうちに、少女はぐったりしてしまった。

その様子を覗き見している佐脇は、すぐには飛び出さずに推移を窺《うかが》った。今なら単なる傷害だが、ちょっと待つだけでもっと罪状がつけられそうだ。

馬乗り男がズボンを降ろし、勃起した一物を少女に挿入しようとしたところで、身体が自然に飛び出した。

佐脇はガラス戸を開けて「そこまでだ！」と怒鳴った。

「な、なんだお前……」

「オレは鳴海署刑事課の佐脇ってモンだ。お前ら全員、強姦致傷で逮捕する」

立っていた二人は、反射的に逃げ出した。足首を押さえていた男の胸に佐脇の蹴りが入る。男は壁に吹っ飛び、後頭部をしたたかに打って失神してしまった。

下半身を丸出しにして犯そうとしていた男も完全に逃げ遅れ、佐脇に襟首を摑まれた。

「判ってるな？　お前ら、ヤミ金の取り立てに来たんだろ？　貸金業規制法違反と強姦致傷で現行犯逮捕だ」

佐脇はそう言うと、逃げ遅れた男が中腰になっている、その股間を蹴り上げた。

うっと呻いた男がくの字になったところにさらに膝蹴りを見舞い、首根っこを摑んで額《ひたい》を柱に何度も叩きつけた。

「た、助けてくれ……」

額を割られ、往年のプロレスラーのように流血した男は泣きを入れた。

「こ、降参しますんで……」

佐脇は男の両腕を柱に巻き付けた上で手錠をかけた。伸びたまま引っ繰り返っている男にも、後ろ手に手錠をかけた。

「他の連中は、おって捕まえてやる」

刑事の顔になった佐脇が半裸状態の少女に顔を向けると、何度も殴られた彼女は、目の下から頬にかけてを紫色に腫《は》らしている。胸は完全にはだけて、そこから熟し切らない乳房がのぞき、下着まで脱がされた下半身には薄い陰りが目に入った。

佐脇は、何かないかと探して、ソファの上にあったタオルケットを掛けてやった。

「大丈夫か？　大丈夫じゃないよな。とにかく、医者に行こうか」

「あ……殴られただけだから……」

レイプ寸前だったのに、彼女は妙に気丈だった。

佐脇は携帯電話で水野を呼び出し、ヤミ金の男を署に連行するよう命じた。電話しながら、佐脇は男の服を探って身分証を見つけた。

「ふむ。友愛《ゆうあい》ローンか。当然、ヤミ金だよな？」

電話を切った佐脇は、凄みのある笑みを浮かべて、少女をレイプしようとした男をしげしげと見た。

「お前ら。今時こんな荒っぽい取り立てやりやがって、タダで済むと思ったのか？」

「だって……まさか刑事サンがいるとは思わないし」

「オレが入ってこなかったら、この子を犯《や》っちまうつもりだったんだろ？　それは見せしめか？　それとも、女に飢えてたからか？」

タオルケットにくるまった少女は、殴られてかなりの面相になっているが、なかなか可愛い。さっきちらりと見えたバストも大きい方だし、腰もきゅっとくびれて、借金のカタに好きにしていいと言われれば、大いに若い男の劣情をそそるだろう。

佐脇に捕まった二人は、まだ若いチンピラだった。年の頃は、ハタチになるかならないか。金のないチンピラに寄ってくる女は居ないから、取り立てに来た家に、若くて可愛い女がいるのを見て逆上してもおかしくはないだろう。

「つうか、小嶺の野郎、オレらを舐めてたんで……アル中のクセに」

「そのアル中から取り立てそこなったのか」

アル中とは言え、ガタイはデカくて海で鍛えた男だ。一方、ヤミ金のチンピラはチャカやドスをチラつかせることは出来ない。脅迫罪で訴えられるかもしれないし、危害なんか加えたらその時点でアウトだ。のらりくらりと言い逃れ、あげくの果てに開き直る小嶺には、こいつらも手こずってきたのだろう。

その苛立ちとヤりたい盛りの劣情が暴走して、たまたま居合わせたこの少女に矛先《ほこさき》が向かったのはとんだ災難だった。

まもなくして、近所の交番から巡査がやってきたり、サイレンを鳴らしたパトカーに乗ってきた水野がヤミ金男を連行したり、犯されそうになった女の子を佐脇が病院に連れて行って打撲の治療をしたりなど慌ただしい動きがあって、落ち着いて少女に話を聞くタイミングはなかなか来なかった。

やがて、彼女の治療も終わったので、佐脇は病院の一室を借りて二人きりになった。

少女は、小嶺里紗《りさ》、十七歳と名乗った。

「小嶺って事は……君はあの小嶺の親戚なのか?」

「源蔵おじさんの姪《めい》。私の母が、おじさんの妹なんです」

彼女の家もいろいろと複雑で、離婚した母親と鳴海市内で二人暮らしをしていたが、学校でイジメにあい、さらに授業料が払えなくなって高校を中退。その後アルバイトをしていたが、律子がいなくなって大変だろうと小嶺の家に来たところに、あのヤミ金の取り立て屋が押しかけてきたのだと言った。

「今日は小嶺のおばあちゃんは病院だし、おじさんは朝から居なかったんで、私が家の中を掃除してたら……あの人たちが、『カネ返せやゴルァ』って」

ヤミ金被害の増加とともに貸金業規制法が改正され、最近では悪質な取り立ては影をひそめている。だがさっきの様子からすると、小嶺源蔵が相当舐めた真似をして業者を怒らせてしまったとしか思えない。返すカネはないと開き直ってケツをまくったか、のらりくらりと、あるいはへらへらした態度で返済を延ばそうとしたものか。

「あたしがびっくりして何も言えないでいると、あの人たち、お前を叩き売って、秘密レイプショーで輪姦されているところを源蔵に見せつけてやる、って……」

秘密レイプショーとはまたSM小説の読み過ぎか、と思わず佐脇は笑い出しそうになったが、実際に冗談ではなく、里紗は犯される寸前だったのだ。

佐脇は表情を引き締めた。連中は、どんな名目をつけてでも里紗を犯りたかったのだろうし、それがひいては源蔵への見せしめになると考えたのだろう。

「今からお前をやるのはオレたちの駄賃と思えって言われたし」

里紗は殴られた顔を氷で冷やしている。変色はしばらく残るだろうが、腫れは引きつつあった。表情はちょっと生意気だが、可愛い顔立ちだ。鼻がツンと高くて口許がちょっと緩《ゆる》んだ感じが、拗《す》ねたような、ちょっと不良っぽい雰囲気を作っている。肩まであるしなやかな髪を茶髪に染めているのも清純派とはほど遠いが、だからといって挑発的に睨みつけてくるわけでもなく、乱暴な言葉を使うわけでもない。

「君、言葉に訛りがないな」

この辺の高校生なら方言丸出しで喋るのが普通だが、里紗は違った。

「ずっと違うところにいたから。もっと東の方。みんなで住んでた頃ね」

遠回しな表現だが、離婚する前は、という事か。

「で、どうする？　こんな事があったから、母ちゃんところに帰るんだろ？」

しかし里紗は首を横に振った。

「帰らない。やっぱりおばあちゃんちに居るつもり。だってあのヒトたちはもう来ないでしょ？　捕まったんだから」

「あのヤミ金限定なら、取り立てには来ないだろう。だが、源蔵は他のヤミ金からも金を借りてるはずだぞ。他ンところが諦《あきら》めてくれればいいがな」

里紗の顔色が変わった。しばらく考えていたが、やがて長いため息をついた。

「いい。やっぱり、あそこに居ることにする」

親と上手くいっていないのだろうか。不幸な家庭はそれぞれに不幸だから、下手に関わるのは面倒だ。例によって『夜の職業紹介所』を買って出て、この少女にも仕事と住むところを斡旋してやるか、どうしようか、と佐脇が考えているところに水野がやってきた。

「佐脇さん、報告します。『友愛ローン』については、貸金業規制法違反で家宅捜索して、社長を挙げました。実行犯の中村《なかむら》と市川《いちかわ》ですが、明日には書類送検出来ます。逃げた松本《まつもと》と片岡《かたおか》は広域指名手配をしました」

「御苦労」

刑事二人が話しているところに、里紗が割って入ってきた。

「あの……レイプって未遂でも、親告罪っていうんですか、被害者が訴えないとダメっていうアレ」

「ああ。普通はそうなんだが、今回は犯人が四人だから、親告罪にはならないんだよ。自動的に罪を問われる」

そうですか、と里紗は俯向《うつむ》いた。年頃の女の子としては二重の意味で辛《つら》いのだろう。

「小嶺はウチでは調べが付かないところから多額の借金をしている公算が高い。友愛ローンはもう攻めてこないだろうが、他ンとこがやってくる可能性もある。どうにかならんものかな」

警官を一般民家に張り付かせるのは相当な事情のある場合に限られる。今回のような場合ではちょっと無理ではないか。

どうすればいいか、佐脇が頭を悩ましていると、小嶺の母と源蔵が駆けつけてきた。老婆は小走りに駆け込みつつ、もう泣いていた。

「りっちゃん！」

老婆は里紗に抱きついて、おいおい泣き出した。

「こんなことになってしもうて……なんて言うて詫びたらええものか……悪かったなあ、済まんなあ」

「いいよ、お婆ちゃんが謝るコトじゃないし」

「今日はたまたま月一度の検診でなあ。この子が家におってくれさえすれば」

そう言われた源蔵はバツが悪そうにそっぽを向いた。顔が赤く、酒臭い。

姪がヤミ金に襲われている時、この男は酒を飲んでいたのか。

佐脇はキレかかった。

「あんた、相当ヤミ金の恨みを買ってるな」

「ナニを言う！」

源蔵は目を剝いて佐脇を睨みつけた。

「なにか、警察はヤミ金の肩を持つんか？　まだたった十七のこの子に、こんなひどい事をしたヤクザに味方しようっちゅうんか、警察は！」

「馬鹿を言うな。警察は断固、ヤミ金は取り締まる。だがな、最近のあの連中は法律が変わって締め付けも厳しくなって、すっかり大人しくなってる。なのに、あんな無茶な取立てをしたのはなぜだ？　アンタが相当に舐めた真似をしたせいだろうが？　あの連中だってお上品なインテリってわけじゃないから、限度を超えればキレるし暴走もする」

この言い方はヤミ金の味方をしてると思われるかもしれない。だが、捕まえた二人はケチなチンピラであるにしても、この小嶺源蔵も相当なタマだ。

「で、今日、アンタはどこにいた？」

源蔵は無精髭で覆われた顔を掻いた。

「ちょっとな。まあ、いろいろある」

「いろいろある、じゃ判らん。どこに行ってたんだ」

「……組合だ。自衛隊からの見舞金やら賠償金がいつ頃払われるのか訊きに行って、組合長とちょっと飲んでた。仕事の話で接待を受けたんだ！」

疚《やま》しいことは何もない、と胸を張る源蔵に佐脇は呆れた。

「おいおい。まだ自衛隊は何も発表してないぞ。そんなにすぐ金が出るわけないだろうが！　だいたい、源蔵さんよ、アンタはてめえの女房が行方不明だってのに、まだ捜索に加わったことすらないそうだな」

「それがどうした？　ワシの船がバラバラになったんやぞ。どうやって捜索するんや」

「普通は、誰かの船に無理矢理乗り込んででも、率先して捜索するもんじゃないのか？」

「ナニ知った風なことを言ってやがる」

源蔵はこのど素人が、と言わんばかりに吐き捨てた。

「よその船にこのワシが乗り込んでも、足手まといになるだけやろうが。船頭には船頭のやりかたがある。それにワシは身体が利かないしな。何も判らんくせに、偉そうな事抜かすな」

なるほど、こいつはこうやって開き直るのかと、佐脇は妙に感心した。ヤミ金の取立屋も、こんなダメ男に居直られては逆上もするだろう。その結果、何の罪もない姪に矛先が向かったわけだが、それも、この男は真摯《しんし》に受け取っていない。

気がつくと、佐脇は源蔵を一発殴っていた。

病室のパイプ椅子を派手になぎ倒して、アル中男が床に引っ繰り返っている。

「あいてててて。なんやこのオマワリ……病人を殴りよって。それでも警官か」

「ああ、警官だよ。オマワリもたくさんいるんでな、オレみたいな半端者も混じるわけだ。漁師にアンタみたいなダメ野郎がいるようにな」

老婆はおろおろするばかりだ。源蔵は言い返せないままに母親と姪を連れて、憤然と病室を出て行った。

「大丈夫ですかね？」

病院の廊下を遠ざかって行く小嶺家の三人を見送りながら、水野が言った。佐脇を訴えるんじゃないかと心配したのだ。

「始末書書きゃ、済むんじゃないの？」

佐脇は意に介する風もない。

＊

ヤミ金の取立屋四人は、大阪の業者から債権を買い取っていた地元の関係者だった。地元ということは、鳴海を拠点にするローカル暴力団・鳴龍会も関係していることになる。この辺りで、鳴龍会を通さずに裏稼業を営《いとな》むことはできない。いかに弱小ミニ暴力団とはいえ、ヤクザはヤクザだ。最近になって多少の不協和音はあるものの、鳴龍会は関西の巨大暴力団と繋がりがあるのだ。

「すんません。けど、あの四人は、どうやら個人的にやってたみたいで」

鳴龍会のナンバー2である若頭の伊草は、電話で佐脇に弁明した。

「つーことは、オタクら最近、組内《くみうち》の統制が取れてないんじゃないのか？」

「まあねえ……そう言われれば一言もないんですが」

地元の組としても全体にシノギが苦しくて、金が潤沢に回っていない。下への締め付けだけを厳しくするわけにも行かず、組員、準構成員、舎弟などにはある程度の「副業」を認めなければやっていけない状況になっていた。地方の経済的疲弊《ひへい》をヤクザだけが逃れられる筈《はず》もない。カタギ衆の儲けを掠《かす》め取るのがヤクザ稼業である以上、特に地方を直撃しているこの不景気に、鳴龍会だけが無傷である訳は無かった。

「逃げた二人は、おっつけ警察に突き出しますんで。キッチリやってください」

「おう。言われるまでもなく、キッチリやるよ。今回は強姦未遂も付いてるからな」

捕まえた二人の供述から、やはり小嶺源蔵はヤミ金数社から借金しており、その額は雪だるま式に膨張していることが判った。

「するとですよ、佐脇さん、源蔵はもしかしてそのヤミ金筋から、ヤバい儲け話を持ちかけられて、それが上手く行けば一攫千金で完済出来ると思ったんじゃ……」

刑事課のデスクで調書を整理しながら、水野が言った。

「その線はあるかもな。友愛ローンの帳簿は押さえたんだろ？　調べりゃ判るだろうが、そういう関係が以前から続いていたという可能性もあるな」

自分ではまるで書類仕事をせずに、タバコを吸いたそうにいじってばかりいる佐脇の言葉に、水野が反応した。

「というのは？」

「だから、友愛ローンじゃない別の業者かもしれんが、そいつらが小嶺源蔵に、いわば借金のカタにヤバい仕事をさせていたという可能性だよ。船があれば、いろいろ利用法はあるだろう。まあ、現時点では推測でしかないが」

刑事課の時計は、そろそろ十七時を指そうとしていた。

「おい水野。サービス残業なんかすることない。飲みに行こうぜ」

課長の大久保が睨みつけるのもお構いなく、佐脇は大声で言って席を立った。

もっとも、飲みながら話すのも、仕事のことばかりなのだが。


「覚醒剤の密輸ルートなんですが、漁船がヤミで運搬してるって事例があるんです。これは他県での話ですが、実際に捕まってます。沖合に停泊した外国船から覚醒剤を受け取って陸揚げする、運び屋です」

二条町の、佐脇の行きつけの酒場で、カウンターに並んだ水野が説明した。

以前は、中国の漁船や北朝鮮の貨物船が直接日本の港に入って覚醒剤をヤクザに渡すという大胆な真似をしていたが、警察の手入れを何度も受けてからは、はるか沖合に停泊する船から外国籍の漁船やボートで日本の沿岸まで運ぶ方法がとられるようになっている。だが、それも怪しまれて捕まることが多い。

「で、最近は、沖合の船が海に投げ落とした覚醒剤の包みを日本の漁船が回収して港に運ぶ『瀬取り』という方法に変わってます」

「それを、小嶺源蔵がやっていたと言うのか?」

「ええ。小嶺だけではなく、小嶺律子も」

その可能性は大いにあるだろう。だが、源蔵と律子がそういう行為に手を染めていたとして、それが自衛艦との衝突にどう結びつくのか。

繋がらねえなあ、と佐脇と水野が話していると、「見つけた! やっぱりここでしたか」と八幡が顔を出した。

「いえね。昼間の話が尻切れトンボだったんで。たぶんこの辺かなと思って」

「お。陰謀史観の大家の御登場か」

佐脇はニヤニヤした。

「お言葉ですねえ。ボクは、報道の裏側を見ることに目覚めただけなのに」

そう言いつつ、八幡は妙に真面目な顔でカウンターの佐脇の隣に座った。

「というより、南海町の一件を担当している佐脇さんにだけは、是非とも事件の背景について知っておいてほしいと思いましてね」

ネットの影響で見事に右寄りになった八幡は、保守系の雑誌からその種の専門誌までを読むようになり、「新聞やテレビが絶対に伝えない、国際政治の裏情報」などを得々と披露することが増えている。

「某国、いや、この際だからハッキリ言ってしまうけど、中国。中国は航空母艦まで持とうとしてるんですよ。東シナ海にある尖閣《せんかく》諸島も、日本は自国の領土だと主張してますけど、いつも中国の戦艦がすぐそばに停泊してるんです。おそらく数年以内に日本海でも東シナ海でも、日本は制海権を失うでしょう」

「え？　日本に制海権なんてあったんですか？」

八幡の陰謀史観を完全に眉唾《まゆつば》だと思っている水野が茶々を入れた。

「だからな、今までは極東の海軍力は、日本が一番だったんだよ」

オマエ何も知らないのかという顔で八幡は水野に言い返し、佐脇に向かってさらに熱弁を振るった。

「で、もし中国が日本海や東シナ海の制海権を掌握したらどうなると思います？　そうなったら海洋資源の開発もやり放題。しかも日本海に核ミサイルを搭載した中国の原子力潜水艦が進出すれば、アメリカ本土が射程に入ります。つまり、現在アメリカが日本に提供している核の傘が、有名無実になるってことですよ」

八幡は得意げに喋ってビールを呷《あお》ったが、すぐさま水野の反論を浴びた。

「ちょっと。おかしな事言わないでくださいよ。中国の核ミサイルがアメリカに届くから、だからどうして核の傘が無効になるんです？　アメリカ本土に届くなら、日本はとっくに中国の核ミサイルの射程に入ってるって事でしょ。ならば核の傘は既に無効では？」

受け売りをそのまま喋って穴を突かれた八幡は絶句した。

「いや、だから、日本が核攻撃を受けた場合、アメリカが日本のためにすぐに報復攻撃を行なうという保証がなくなったってことだよ。アメリカが中国に核ミサイルを撃ち込めば、日本海にいる中国原潜が、ロスだかどこかに向けてすぐに撃ち返す。アメリカにとって、そこまでの犠牲を払って守るべき国か？　日本は」

「けどそうなったら全面核戦争じゃないですか。現実的じゃないですよ。だいたい、今の状況で核戦争になる可能性ってあるんですか？　中国が現在、カネを儲《もう》けて豊かになってるのは、アメリカや日本と商売して上手くいってるからでしょ？　そういうお得意様と多少揉めたとしても、正面切って大喧嘩して、一体誰にどんな得があるって言うんです？」

「まあ、そういう考え方もあるでしょう」

八幡は突然、ニュースキャスターのような口調になった。

「だけど、軍備ってのは、もしものことを考えて準備するものだろ。それを言い出したら、自衛隊だって要らなくなる」

「だから、あんなものは無駄遣いでしかないっていうんです！　最新鋭の護衛艦のクセに漁船に衝突して沈めちゃうし」

水野は吐き捨てるように言った。相手がウヨクな物言いをして意見が合わないと、どうしてももう片方はサヨクな物言いになってくる。

「いいや。それじゃ話にならん。それを平和ボケというんだ」

八幡も、受け売りの知識をすべて吐き出すように応戦した。

「だからここでその最新鋭の護衛艦、つまり、今度の事故に話がつながってくる。よく聞いてよ。いい？　その、極東の盟主たらんとする中国の野望をただ一つ、邪魔するものが、ある。それが、米軍が海上自衛隊に全面的に技術供与している防空及び対潜哨戒システムなんだよ！」

得意げに言い切ったが、水野がぽかーんとして無反応なので、八幡は苛《いら》ついた様子だ。

「だから水野クン、まだ判らないの？　今回の事件の本質を、今ボクが鋭く指摘したっていうのに！　つまり中国にとって海自の高性能艦船こそが、まさに目の上の瘤《こぶ》なんだってコト。だから、今回の事件を起こして一番トクをするのは中国なんだよ！」

水野は相変わらず「はぁ？」という表情だ。

「さらにこういう情報もある」

八幡はムキになった。

「漁船を沈めた護衛艦の艦長は、対中国強硬派で有名なんだよね。知らなかっただろ？　防衛関係の専門誌にペンネームで投稿したこともあるし、結構有名な存在なんだ。いずれ自衛隊制服トップの統合幕僚長にまで登り詰めると言われている人材でもある。で、中国にしてみれば、そんな人物の存在が面白くなくて、こういう事件を起こして艦長を失脚させようとしたとも考えられる。艦長はおそらくこの事故のせいで、防衛省内の出世コースからは間違いなく外れるだろうし」

「そういや、自衛隊の誇るイージス艦の機密情報が、乗組員の私物コンピューターからネットに流出した事件もあったよな」

八幡がツバを飛ばして熱く語れば語るほどますます冷淡になる水野、という構図が面白くて佐脇も横から口を挟んでみた。

「そうです。そこですよ！　そもそも日本の海防の決定的な鍵となる、最新のイージス艦の情報までが流出したんですよ！　日本では最高レベルの軍事機密でさえ守られない。こんなお漏らしし放題の国に、とてもじゃないが最先端の技術なんか供与出来ないってんで、アメリカの信用を決定的に失って、日本は最新鋭の次期主力戦闘機を売って貰えなかったんですよ！」

「バカ高いモノを言いなりに買わされなくて良かったじゃないですか。だいたいステルス戦闘機なんて日本に必要ないでしょう？　世界第二位でナニがいけないんですか？」

クールな水野に八幡はますます熱くなった。いまや憂国の士という悲憤慷慨《ひふんこうがい》ぶりだ。

「だーかーら。そんな甘い事言ってるから、日本は中国にやりたい放題やられるんじゃないか！　だいたい友愛だとか、話せば判るだとか、今どきそういう甘いことを言っている国は世界中で日本だけなんだよ！　振り込め詐欺に引っかかってあっさり大枚ドブに捨てる年寄りどもと同じくらい、お目出度《めでた》いよ。ああもう、見ていて歯がゆくて仕方がない！」

八幡の顔がどんどん『国士』のようになっていくのは不気味だが、彼が感じている『歯がゆさ』については日々犯罪の現場を見ている佐脇にも理解はできる。

「まあ、オレたちも、悪党どもに性善説で相対《あいたい》したら幾らでもダマされて、いいように調書作らされちまうってのと同じことだよな。ことに相手のハラが読めない場合は、性悪説で行かなくちゃな」

佐脇は八幡にちょっと賛成したくなった。

「世の中全体もほどよい案配に悪くなってきたからな。日本の社会が悪くなった、というのとはちょっと違う。いわゆるグローバルなんとかっていうあれだ。要するに、日本も他《よ》所《そ》の国並みに心底、性根が腐った、筋金入りの悪党が増えてきたってことだろ」

「佐脇さんの言うのはグローバルスタンダードでしょう」

水野が佐脇の発言にチェックを入れる。

「そう。その何とかスタンダードだ。ついて行けてない連中が多いんだよ。だいたい振り込め詐欺やら悪徳商法の連中に虎の子の金を巻き上げられる年寄りは、相手が悪党だとは思いもしないからな。よその国との関係も同じことだろ。アメリカだって中国だって、てめえの利害で動くのが基本なんだ。ヤクザの抗争という事で考えれば判りやすいや。表向きどんな理屈をつけようが親切ごかしで近づいてこようが、しょせん連中の狙いはカネだ。カネの奪い合いだ。テメエの利益の邪魔になるものは何としても潰そうとする。外交だってそれと同じことだろ」

「そう言ってしまえば身も蓋《ふた》もないですけどねえ」

水野は憂鬱《ゆううつ》そうだが、八幡は、わが意を得たり、という表情になった。

「そこなんですよ、ボクが言いたいのは！」

八幡は目を輝かせ身を乗り出してきた。

「この、南海町の衝突事件。この件のウラにはたぶん、いろんな思惑が渦巻いてますよ。だいたい、中国はあんなにガタイがデカいから、統制が取れてませんよ。中国海軍は日本近海でかなり派手な示威《じい》行動をしてますが、それは政府のコントロールの及ばないところで、海軍が独自の判断で暴走してるフシもあります。それって恐いでしょ？」

その時、背後から一同に声がかかった。

「恐いだろ。そりゃ軍部が暴走して戦争になったりしたら。戦前の関東軍と同じだ」

どこかで聞いた声だ、と佐脇が振り向くと、そこには人気のピークを過ぎたトレンディドラマの俳優のように整った、だが迫力のない顔立ちの男がこちらを向いていた。

「これはこれは栗木さん。公安調査庁のキャリアがこんな安酒場に何の御用で？」

栗木はカウンターの後ろのテーブルに、いつの間にか座っていた。この男は頭は良くないが、気配を消すことだけは出来るようだ。

「いや、お前たち、田舎警察の連中が、顔を揃えてナニ話してるのかと思ってね。ちょっとご意見を拝聴させて貰ったよ」

栗木は、嫌みたっぷりに言った。

「その通り。中国ってのは、そういう恐い国なんだよ。チベット問題だって、やってることはひどいが、まるで統制が取れていない。それは、このメガネのチビが言った通りだ」

栗木は八幡を完全に見下した物言いをした。

「ついでだからいいことを教えてやろう。かねて係争中の、日本海大陸棚にあるガス田、知ってるよな？　中国が勝手に開発してるところだ。そのガス田のすぐそばまで、中国がこれ見よがしに軍艦を接近させ、周回させていたのを日本のマスコミが報道した。すると、なんと当の中国から防衛省に宛てて、そういう軍事行動を公開するなという不可解なクレームが来た。これをどう考える？」

栗木は、葉巻を取り出し、おもむろに火をつけて吹かしてみせたが、まるで似合っていない。

「中国共産党と軍の意思が一致していれば、こんなクレームはありえない。つまり問題の示威行動は海軍の一部による暴走であると解釈すべきなんだ。中国政府からのクレームの真意も、海軍への牽制と、日本側へのフォローにあると解釈すべきでね」

どうだ、お前らにはこんな高度なことは理解できないだろう、と言わんばかりのしたり顔で栗木はなおも続ける。

「さらに、前の国家主席・江沢民《こうたくみん》は上海《シャンハイ》交通大学の出身で、海軍への思い入れが強い。ここ十数年の海軍力の増大にも、そのことが与《あずか》って力があると考えられる。しかも江沢民はかなり強力な反日感情の持ち主でもあったんだ。そういう後ろ盾があるんで、中国海軍が増長しているという見方もある」

「うわー。お客さん、詳しいんですねえ!」

カウンターの向こうからママが感心したような声を上げた。

「そんなこと私らはバカだから、全然知りませんでしたよ。日本は今、大変なことになっているんですねえ」

ふふ、と自尊心をくすぐられた栗木は二枚目風の笑みを浮かべた。だが、さすがは客商売というべき店のママのせっかくのフォローを、八幡がたちまち台無しにした。

「けど、それってまるまる他人の受け売りだけどね。今あなたが言ったことがそのまま書いてある本、読みましたよ。『平成海防論』。当然アンタも読んだんでしょ」

図星だったのか顔色を変え逆ギレしそうになった栗木の先手を、佐脇が取った。

「ああ、ご紹介が遅れましたな。こちらは泣く子も黙る、日本が世界に誇る、恐るべき情報機関、いいか、聞いて驚いちゃいけないよ、なんと公安調査庁のエージェントであらせられる、栗木殿だ。栗木殿、こいつらが田舎警察の冴えない野郎どもです」

「ああ、あの日本のＣＩＡ、オウム事件を新聞で知ったという、公安調査庁ね」

すかさず八幡が調子を合わせる。

「面白いジョークがあるんですよ。行政改革で公安調査庁が生き残ったのはなぜか？　あんまり何もしないから誰もその存在に気づかなかったからだって。なにしろ存在感がないんで、処分し忘れちゃったんだって」

ママも含めた店の全員が笑った。笑わなかったのは栗木だけだ。

「不愉快だ。帰る。せっかくいろいろと教えてやろうと思ったのに」

「ご親切にどうも。でも、アナタが教えてくれそうなことはだいたい知ってますから」

八幡が追い打ちをかけると、栗木はドアノブを摑んだ。

「おい、ただ飲みするなよ。金は置いていってくれ。で、この県にも長居は無用だな。出張費の無駄だ」

佐脇にそう言われた栗木は、顔を真っ赤にして千円札を床に投げ落とし、憤然として店を出て行った。

「……いいんですか。あんなにコケにして」

八幡は意気揚々としているが、水野が心配した。

「ちょっとやり過ぎたかもな。バカなくせに威張ってるやつには我慢ならなくてな」

Ｔ県警は間違いなく田舎警察だし、ましてやその片隅の鳴海署など田舎警察中の田舎警察だ。だがそれを正面から笑いものにするのはマトモな大人のすることではない。つまり、栗木はコドモ以下のイビツな精神の持ち主なのだが、同じレベルに落ちてやり返したのも大人げなかったな、と佐脇はちょっと苦い気持ちになった。

「まあ、八幡大先生の言うことにも一理はある。田舎警察とは言え、そういう国際政治や陰謀やらの存在も一応考えに入れておかないと、大きな魚を逃がすことになりかねない」

なんといっても佐脇自身、現に公安の総本山と接触があり、マスコミが報道しないこと、表に出せないことが、どうやらこの事故に関してはあるようだとの感触を得ている。

栗木が帰った後も、八幡と水野は暑苦しい議論を続けている。それがうるさくなった佐脇は後ろのテーブルに移動して、一人で飲み始めた。

この二人のかみ合わないやり取りを傍《はた》から見ているうちに、思い出したことがある。

それは、以前の事件で取り調べた鳴龍会のチンピラ二人組、金津《かなつ》と河村《かわむら》のことだ。いかにもいまどきの若者で常識も礼儀も何もなく、二人を子分にしていた北村《きたむら》のことが、悪党とは言え気の毒になるほどの使えない連中だった。

こいつらがある事件の鍵を握る人物の死体を、あろうことか着衣のまま、持ち物も処分せずそのまま埋めたばっかりに北村が再発掘を余儀なくされ、それが事件の解決に結びついたのだが、そいつらを取り調べた時の話の通じなさ加減が、八幡と水野のやりとりで、はからずも思い出されたのだ。

優秀な若手刑事である水野も、噂好きでかぶれやすいのが玉に瑕《きず》で仕事はそれなりに出来る八幡も、そんな凸凹《でこぼこ》コンビを引き合いに出されたと知れば怒るだろうが、どうも、あの二人のことを思い出すと、何かが引っかかって仕方がない。

その二人のボスだった男、当時鳴龍会のナンバー3で、若頭の伊草にクーデターを仕掛けた北村は、現在入院している。関西に拠点を置く広域暴力団と結んで一気に鳴龍会の跡目を奪おうとしたが失敗し、警官隊と銃撃戦になって重傷を負ったのだ。死ななかったのは悪運の強さと言うべきか。

北村と、問題の凸凹コンビ、金津と河村の事を思い出すと、どうも何かが引っかかって仕方がない。それがなんだったか、ハッキリ思い出せないのが余計にイライラする。

喉元まで出かかっているのに、はっきり出てこない記憶ほど、もどかしいものはない。

「悪い。ちょっとオレ、お先するわ」

ウヨク対サヨクの議論がますます白熱し、まさに佳境に入った、という様子の八幡と水野を後に残し、佐脇は店を出ると鳴海署に戻った。

「あれ？　佐脇さん、こんな時間にどうしたんです？」

当直の警官に驚かれつつ、佐脇は資料庫に入って、問題の事件、地元新聞の論説主幹失踪事件の、金津と河村による供述調書を探した。

「あったぜ！」

そのくだりはすぐに見つかった。前後の供述を読んで調書を取った時のことを思い返すと、佐脇は自分が何に引っかかっていたかがわかった。

『あの倉庫っすか？　凍ったサカナがどっさりある？　あの倉庫なら、関西から来た組の偉いヒトに、とにかく中を徹底的に片付けろって言われて、怒鳴られながらやってたら、なんか油紙の包みみたいのが出て来て、なにげに開けようとしたらボコボコにされたっす』

枝葉のことなので調書には載せなかったが、参考人聴取で、金津と河村は、たしかそう言っていたのだ。

北村と銃撃戦になった南海町漁港の冷凍倉庫が関西にある広域暴力団の持ち物であることは、以前の事件で明らかになっている。ほとんど密輸同然の取引で買い取った冷凍マグロを問題の倉庫に保管して、市場価格が上がったところで出荷していたのだ。

前回、北村を挙げた事件では、その冷凍倉庫に連れ込まれた佐脇は危うく凍死させられるところだった。

『油紙の包みを開けようとしたらボコボコにされた』というのは、二人がうっかり開けようとした包みの中身が、見られては困るもの、有り体《てい》に言えば覚醒剤だったからに違いない。もちろんその後、倉庫の捜索はしたのだが、時既に遅く、それらしきモノは痕跡《こんせき》すら残っていなかった。

地元暴力団・鳴龍会と関西の広域暴力団には、以前は太い繋がりがあった。だが鳴海という地域全体が衰退して商売の旨味《うまみ》がなくなると、そのパイプも細る一方だった。それでも、何とか切れずに続いているのは、鳴龍会の勢力圏に港があるからだ。特に、律子が暮らしていた南海町のようなところだ。田舎の零細な漁港は目立たないだけに、場所を押さえておけば、いろいろと利用出来るはずだ。

こうなれば早速、北村本人に話を聞かねばなるまい。

「いらち」な性格の佐脇は、思い立ったら即行動に移す。すでに深夜なのにも構わず、入院中の北村に会いに行くことにした。

北村は鳴海市民病院に入院している。全身に銃弾を受けたあとは危篤《きとく》状態が続き、入院して半年経った今も、危機は脱したものの面会は制限されて重症患者の病棟に入っている。回復すれば即逮捕される身の上だから、二十四時間警察の監視が付いている。

「おう」

顔見知りの警官に片手を上げて、佐脇は病室に入ろうとした。

「どうしたんです、こんな時間に。もう消灯ですよ」

腕時計を見ると、午前零時に近い。

「こんな時間まで監視してるのか。御苦労だな」

「いえ。職務ですから」

若い制服警官は背筋を伸ばして答えた。

「ちょっと別件で確かめたいことがあってな。こういう事は本人に訊くのが一番だから。お前も疲れたろ。ちょっと休憩してこい」

「イヤ……しかし」

真面目な若い制服警官は顔を強ばらせた。佐脇のこういう言葉にはヤバい裏がある。警察の取り調べもまだ出来ない状況で、個室に入れられている北村だ。しかも事件の当事者である佐脇がこのタイミングで来ること自体、あり得ない。

「遠慮せずに一息入れてこいって。先輩の親切は素直に受けるモンだぜ」

ニヤリと笑う佐脇にゾッとしたものを感じた警官は、「はあ……そこまで言っていただけるなら……」と持ち場を離れた。

ドアにかかった札を「面会謝絶」に裏返した佐脇は、個室に入った。

北村は、眠っていた。両腕から点滴のチューブと、身体状態をモニターする電極が伸びている。

さっき、ここに来る途中、ナースステーションの前を通り過ぎたが、当直の看護師たちは忙しく動き回っていた。この病院もご多分に漏れず不景気で人手が減らされて、休むヒマもないのかもしれない。という事は、モニターに多少の変化が現れても、看護師たちは見過ごす可能性が高い。いや、短い時間ならモニターを切ってしまっても判るまい。

「よお、北村。加減はどうだ」

佐脇はベッドに座って北村の頰《ほお》を叩いた。

切れ者の経済ヤクザとして君臨していた頃のカッコイイ風貌は今や跡形もなく、悴《やつ》れた顔に無精髭が伸びた、年相応のオヤジがベッドの上には居た。

「お前、日がな一日寝てるんだろ。ちょっとは起きろ」

最初はぺたぺた叩いていた頰を、佐脇はいきなり平手打ちした。人権派弁護士が目撃したら卒倒するだろう。

「……な、なんだ」

これにはさすがに北村も目を覚ました。

「寝起きが悪いな。睡眠薬でも処方されてるのか」

「い、いや、すまん……」

この乱暴な相手が誰なのか、北村は咄嗟《とっさ》に判らないようだった。

「ああ、佐脇……佐脇……さんですか」

北村の顔に怯《おび》えが走る。

「お前、ヤクザのクセに、いつまで寝てンだよ。やっぱりインテリはダメだな」

「……内臓がね、けっこうダメージを受けてましてね」

北村は弱々しく言った。

「死んでもおかしくなかったんだ」

「それは自業自得だろ。オレだってあの時はお前に殺されそうになったんだ。ヤケになって刃向かうから、警察だって撃ち返すのが当然だろ」

佐脇は、点滴チューブを弄《もてあそ》びながら言った。

「まあいいや。もう済んだことだしな」

「いや、全然、済んだ話じゃないですよ、こっちには」

北村は、警察を相手取って、過剰な危害を加えられたと訴訟を起こそうとしている。

「おっと。今日はその話で来たんじゃねえんだ。お前に訊きたいことがあってな」

佐脇の指は、話しながらも点滴のチューブを手繰って、薬液の入ったバッグの下にあるチャンバーにたどり着いた。ここのツマミで点滴の落下速度を調節する。

「これ、ツマミを開けたら薬が一気に落ちるんだよな?」

「貴様、な、ナニを考えてる……」

「もしくは、これを引っこ抜いてオレが息を吹き込んだら、ジュースのストローを吹くみたいに、お前の身体の中でブクブクが出るんだよな?」

「お、おい、何をするつもりだ?　人を呼ぶぞ」

ナースコールのボタンに伸びかけた北村の手を、佐脇はあっさり払った。

「外で見張ってた若いヤツにも休憩するように言った。つまりはここの病室に北村サンよ、今はあんたとオレと、水入らずってことだ」

北村は、自分の命が佐脇の手にあることを悟って震え始めた。

「そう。オレはお前の生殺与奪の権を握ってるってヤツだ。判るね？」

北村が黙って頷く。

「お前、回復したらきっちり逮捕されて裁判になって、刑務所に行く事になるが、まあ、死刑ってことにはならないだろう。しばらくお勤めして貰う事になるが、出て来たらやっぱりヤクザに復帰するのか？　お前の頭を使って、鳴龍会の経済顧問にでもなるのか？」

「それは……その時になってみねえと判らないだろ」

「どっちにしても、命あっての物種だよな？　あれだけ蜂の巣になってくたばり損なったんだ。その悪運の強さを無駄にするな」

「だからナニが訊きたい？　さっさと言ってくれ」

モニターを見ると、北村の血圧がぐんぐん上昇していくのが判った。不整脈らしいモノまで現れている。

「これ、面白いな。ウソ発見器みたいなもんか？　ホントのことを言わないと血圧が上がって、すぐバレたりしてな？」

「だから、さっさと訊いてくれよ！　おれはお前さんの顔なんか見たくないんだ！」

「判りました。では、第一問」

佐脇は、なおも点滴のチャンバーを弄《いじ》りながら訊いた。

「鳴龍会は、覚醒剤密輸に絡んでるか？」

「いや……ウチはその商売は御法度《ごはっと》だから」

「そうだな。でもってお前は伊草たちと対立して、今の御時世でそんなお上品なこと言ってたら商売にならねえって喧嘩になったんだよな。で、だ。関西の広域暴力団はどうだ？」

「やってるね。むしろそっちがメインになってるんじゃないか？　クスリも密輸となると、資金力や組織力がないと出来ないからな」

「では、その下請けめいたことを、鳴龍会、ないし、お前が請け負ってたことはないか？」

その質問に、北村は言い淀《よど》んだ。

「おい。黙ってるのは認めたものと見なすぞ」

「ノーコメントだ」

北村は、逮捕後に行なわれる自分の裁判のことを考えている。関西の命を受けて覚醒剤の密輸という重罪に荷担していたことまで明らかになれば、一生、刑務所から出てこられないかもしれない。

「まあいいや。じゃあ、お前自身のことは言わなくていい。知ってた範囲のことで答えてくれ。ということはつまり、関西の広域暴力団は、外国から覚醒剤の密輸をしているな？」

「ああ」

「その手口は、外国籍の船が日本の沖合に停泊して、覚醒剤の包みを海に投げ捨てる。それを、暴力団が雇った船が回収して、日本国内の港に陸揚げする。そういうことだな？」

「ああそうだ。たとえば借金まみれになって言いなりになるしかない漁師ってのも、探せばいるもんでね。日本の領海の外に出ちまえば、海保は何にも言えない。中国や北朝鮮の軍艦が来れば自衛隊が出て行くが、貨物船とか漁船なら、文句は言えない。いや、漁船の場合だと、排他的経済水域で操業してると問題になる場合もあるがな」

さすがに詳しいな、と佐脇は褒《ほ》めてやった。

「ご褒美に、薬をたくさんやろうか」

と、チャンバーを緩めようとした。

「やめろ！　やめてくれ！　アナフィラキシー・ショックが起きる！」

さすがはインテリヤクザ。自分の病状や治療法も勉強して、ナニがどうなっているのか知っているのだ。

「じゃあ、お前たちが関西の下請けで動いたことはあるのか。この際だ。言えよ」

しばらく黙ったあと、北村は力なく頷いた。

「南海町の漁港、あそこの冷凍倉庫はお前たちが便利に使ってたよな？　あそこは密輸マグロ以外にも、仕舞ってあるものがあるよな？」

「今はないはずだぜ」

「今はなくても、以前からの話では、どうだ?」

　北村は、不承不承、頷いた。

「あの辺の、借金まみれの漁師を使ったことは?」

「そこまでは知らない。これは本当だ。関西系のヤミ金と、そのバックにいる組が、どう連動して動いていたかまでは知らないんだ。それは本当に知らないんだ」

「そうか?」

　佐脇は、チャンバーのツマミをいじった。点滴の落ちる速度が上がってきた。

「ヤメロって。おれは知ってることは正直に喋ってるんだぜ!」

「南海町の、小嶺源蔵って知ってるか?」

「さあ、知らないな」

「じゃあ、美人過ぎる女漁師ってのは?」

「それも知らない。だからさあ、おれだって関西の連中がこっちでやってることを、何もかも把握してるわけじゃない。連中も、結構こっちで好き勝手やってたんだから、そんなもの全部は判らないって言ってるんだよ!」

　北村の血圧が危険ゾーンに入り、モニター画面全体が点滅し始めた。

「じゃあ、一般論で訊こうか。南海町の漁師が、さっき言った覚醒剤密輸に嚙んでる、という話は聞いてるか？」

「聞いてる、聞いてるが、誰がやってるかまでは知らねえ」

「本当のことを言えよ！　知らねえってのは本当か？」

「本当だよ！　本当に知らないんだ！」

「関西の連中が、いちいちこんなド田舎まで来て、借金でピーピー言ってる漁師を締め上げて密輪をやらせてたっていうのか？　え？」

佐脇は点滴チューブを引っこ抜いた。

「わっ！」

北村は、その次に起きることを想像して顔面蒼白になった。

「友愛ローンって知ってるな？　鳴龍会系のヤミ金だ。その友愛ローンが、関西系のヤミ金からこの辺のヤツの債権を買い取って取り立ててるんだが、それはどうだ？」

「あ、ああ。奴らなら知ってる」

「だったらだ、その友愛ローンの連中なら、この辺でヤミ金に追われて火だるまになってるヤツらの名簿は持ってる。そうだよな。で、お前は、関西と結んで鳴龍会を乗っ取ろうとしたよな？」

「あ……ああ。関西の力を借りるのに、そういう名簿を渡したことはあったよ。はい、確かにそういう名簿はいくつか渡しました！　これで満足か？」

「まだ満足じゃねえ」

佐脇の顔に鬼のような笑みが浮かんだ。

モニターが警告の電子音を発し始めた。いくら忙しいとは言え、ナースステーションの看護師たちが気づくのも時間の問題だろう。

「関西の広域暴力団で、この件を仕切ってるヤツは誰だ？　名前を言え！」

佐脇は、点滴チューブを口に当てて、思い切り息を吹き込む真似をした。

「待て！　言う！　言うから、やるな！　判ったな？　言うから絶対やるな！」

さながら常軌を逸した異常者を宥《なだ》めるような怯えきった口調で北村は佐脇に懇願した。

「み……箕田《みのだ》ってやつだ」

そうか有り難うよと言って佐脇が病室を出るのと、モニターが大きな警報を鳴らしたのが同時だった。

ナースステーションから慌てて走ってくる看護師と佐脇は廊下ですれ違った。緊急事態に取り乱した様子で駆けていったので、看護師には佐脇の姿は目に入らなかったかもしれない。

病院の外に出ると、佐脇は携帯電話で水野を呼び出した。

「おい、八幡センセイとの朝まで生討論は続いてるのか？　ちょっとお前に頼みたいことができた。明日、出勤しなくていいからチョクに大阪に行け。調べてほしいことがある」

いくつか指示を与えて携帯を切ると、水野と八幡が腰を据えているさっきの店は避けて別の酒場に入り、ナイトキャップ代わりのハイボールを飲んだ。

第四章　魑《ち》魅《み》魍魎《もうりょう》のダブル・フェイス

「うぃーっす」

北村を締め上げ、水野に大阪出張を命じたその翌日。佐脇はいつものように昼前に出勤した。

「おい佐脇。お前、自分の判断で水野を出張させるな。そういうのは私が決める」

刑事課長の大久保が、開口一番そう言った。

「は、何のことで？　……というか何でそれをあんたが知ってる？」

「だから水野本人がきちんと私に、こういうことで、と届けを出して行ったよ。真面目で有能な若者の前途を奪うような真似はするな」

水野は今の捜査状況を説明し、佐脇さんにはある種の確証があるようだからと大久保を説得して大阪に向かったらしい。

「さすが我が部下。オレが寝坊して届けが遅れると読んでたな。感心感心」

大久保は、佐脇を値踏みするように見つめた。

「お前の確証って、なんだ？」

「悲劇のヒロインとしてワイドショーの話題独占の小嶺律子に関することです。美談の陰にはイロイロあるってことです」

「現在の状況は水野から聞いたが……署長がお待ちだ。署長室に行け」

トップに呼ばれるのは、良い知らせではない。どうせろくでもないことを言われるのだろうと思ったら、案の定だった。

新任の鳴海署長・大橋《おおはし》は、佐脇の顔を見た途端に怒鳴った。

「おい、佐脇。余計なことをするな！　いいか。たった今、お前は『いそなみ事件』からきっぱりと手を引くんだ！」

「は？　いそなみ事件？」

「だから。例の、漁船と自衛艦が衝突した事故のことだ」

警察的には海上保安庁が命名した『鳴海海峡における漁船第二陽泉丸と自衛艦いそなみの衝突事故』と呼ぶのが正式だが、長ったらしくて警察内部でも誰も使わず、ワイドショーで用いている『律子さん事件』をそのまま通称として使うようになっている。

「本部長じきじきのご指示なので、これは命令だぞ」

鳴海署長の大橋は、すでに定年間近だ。とは言ってもまだまだ元気で脂《あぶら》も抜けていない。有利な天下りをしたいので、鳴海署ではひたすら無難に勤め上げようとしているが、佐脇が居る以上そうもいかないことは判っている。なので、せめて火の粉が自分に降りかからないよう、徹底的に責任転嫁を計っているのだろう。

この事件についても、「命令を伝えた以上、自分に責任はない」ということにしたいという魂胆《こんたん》がミエミエだ。

「なるほど。それは承《うけたまわ》りました。では署長のキャリアに傷が付かないよう、極力努めます」

「ああ、そうしてくれ。この署は定年間近な警視の墓場と言われているんでな。やっと小さな警察署長になれたと思ったら鳴海署で、その後の人生オジャンという例が多い。前任も前々任もそうだ。私も鳴海署長を拝命した時には目の前が真っ暗になったよ」

「要するに、テイのいい肩たたきだったんじゃないですか」

佐脇は、何もかも自分のせいであることを完全に棚に上げている。

「拝命するか、さもなくば早期退職か。どちらかを選べという、いわば阿吽《あうん》の呼吸ってやつで」

「ふっ、ふざけるな！　すべては君のせいなんだぞ！」

大橋は声を荒らげた。

「とにかくだ、この件については、本部長にサッチョウの方から直接に話があったらしい。なんでも公安調査庁から警察庁にクレームがあったとかなかったとか。そんな雲の上の揉《も》め事に、なんでこの鳴海署が巻き込まれる？　君、心当たりはないか？」

ないわけはない、知ってるんだぞ、という顔で大橋署長は聞いてきた。

「そうですな。田舎《いなか》警察はひっこんでろと言われたので、ここで引っ込んではT県警の名折れだと思い、捜査の続行を主張した以外の事柄については思い当たりません」

「まったく余計なことを。いいか、とにかくだ、この件は、刑事事件としては海保が担当する。事故の経緯については海難審判所が審判する。ウチは特に出番はないだろう。なにしろ自衛隊が絡んでるし、所轄では無理だ。そもそも県警本部が出張ってこないしな」

「それは、県警としては調べないということですか？」

普通は、県警から刑事がやってきて所轄の刑事と一緒に捜査するのだが、今回に限り、そういう動きはまったくない。

「たとえばウチには内緒で、県警の公安部が動いてるんですか？」

「いや、それもないようだ。君も知っているだろうが、動いているのはサッチョウの公安だ。事がデカいんで、県警としては一切、手出しせずにサッチョウにお任せするんだろう。上がそうすると言うんだから、それでいいじゃないか。ウチのレベルじゃ手に負えん」

その方がラクじゃないか、そうだろ、と署長は損得を持ち出した。

「下手こいて詰め腹切らされるのは損だ。君にだって将来がまったく無いわけじゃない。

なぁ、ここはひとつ、安全運転で行こうじゃないか」

現場叩き上げでイカツイ風貌の大橋は佐脇を宥めにかかった。

「つまり、こういうことですね。この事件のバックにはケチな保険金詐欺《さぎ》や、シャブを扱ってるヤクザなんかより、もっとデカくてヤバい筋がもしかしてあるかもしれないと。だったら田舎刑事には無縁の世界ですから、面倒な事は御免ですよね」

「判ってくれるか？」

そうかそうかと大橋は喜んで、握手を求めてきた。

「うれしいねえ。きちんと話せば判りあえるヒトだと思ってたんだよ、君のことは」

「ああ、しかしですね、小嶺律子の身元照会については継続させてください。ここでひとつ海保に恩を売っておくのも、今後何かの役に立つかもしれない」

「そりゃそうだな。海保サンとはこれからも仲良くしていかねばならんしな」

万事心得てますからと応じて署長室を辞去した佐脇だが、もちろん、大橋の言葉に従うつもりはなかった。捜査としては鳴海署の出る幕はないだろうが、所轄の刑事を完全に見下す公安調査庁の栗木だけは、ぐうの音も出ない目に遭《あ》わせてやりたい。上に泣きついて組織の力を使ってやり返すというのは、子供の喧嘩《けんか》に親の威《い》を借るようなものだ。その遣り口が気にくわない。

さらにサッチョウ公安の檜垣も、人当たりが良く、愛想も良すぎるのが胡散《うさん》臭いと言えば胡散臭い。あの男も、腹ではナニを考えているのか判らない。

せめて手を引く前に、あの連中に一矢《いっし》を報いてやれないものか。

佐脇は思案しつつ、取りあえず南海町に向かった。名目は、ヤミ金の魔手から小嶺家を守ること。警察官を二十四時間張り付けて警備することが出来ないので、自分が行くという名目だ。

＊

「おい、源蔵さんよ。本日モ反省ノ色ナシってヤツか」

小嶺の家では、相変わらず源蔵が飲んだくれてソファに引っ繰り返って寝ている。

老婆と里紗は台所でお昼を食べていた。あんなひどい目に遭ったのに、里紗はこの家から出て行かないようだ。いや、事情があって出て行けないのかもしれないが。

「行方不明の嫁さんを探しにも行かず、姪《めい》がお前さんの借金のカタに売り飛ばされそうになったというのに、平気の平左で酒浸《びた》りか」

「ポリ公黙れ！」

源蔵は喚《わめ》いた。

「ひとンちに勝手に来て好きな事言うなや！」

それにだな、と源蔵はどろんとした目で佐脇を睨みつけた。

「今日で捜索は打ち切りだと。つまり、律子は死んだって世間は認めたって事や。そやろ?」

源蔵は鼻を鳴らし目頭を押さえて見せたが、嘘泣きのように見えなくもない。

どうせお前は保険金が欲しいだけなんだろ、と口に出かかったが、何とか思いとどまった。

「まあまあまあ、刑事さん。この前は大変なところを助けてもろうて。どうぞどうぞ、お上がりください」

何もありませんけどお茶ぐらいは、と老婆が慌てて出てくる。

「ああ、おばあちゃん。その後、ほかのヤミ金は来ましたか?」

「いいえ。それがな、取り立ての怖い電話も、ぴたっとなくなりまして」

騒ぎになったので各社様子見をしているのだろう。

玄関先で立ったままの佐脇に里紗がお茶を持ってきた。殴《なぐ》られた痕《あと》は多少残っているし、心の傷もあるだろうが、見たところは元気そうだ。

「そうか。とりあえずは良かった。警官を張り込ませるわけにもいかないんで、何かあったらここに電話してよ。ヒマだから、飛んでくるから」

名刺を渡すと里紗は、はにかんだ笑顔を見せた。

「ナンパするヒマあるんなら悪党を捕まえてろ、このクソ税金泥棒が！」

佐脇は、口だけは勇ましい源蔵を無視して、外に出た。

漁協事務所に寄って、海保の飯出と情報交換した。源蔵が口走った事は本当だった。

「今日いっぱいで小嶺律子さんの捜索は打ち切ります。その上で、明々後日、当該艦船である護衛艦『いそなみ』を立ち会わせた現場検証を行なう予定で、各機関と調整中です」

「そうですか。私も立ち会って宜《よろ》しいですよね？」

「もちろんです。この後、海難審判と並行して、海保としては刑事事件として書類送検し、地検が『いそなみ』の艦長などを起訴するという、そういう流れになります」

事故の捜査は着々と進行していた。

「現状では、特段、県警の力をお借りする必要はないようです」

「それは結構。こっちも仕事が少ないに越したことはありません」

鳴海署管内は田舎で事件は少ないが、その分人員も少ないので、一人が抱える事件は多い。佐脇のように自由に動くのは、それが許されているのではなく、単に佐脇が好き勝手をしているに過ぎない。

それじゃあと事務所を出て、漁港周辺をぶらぶらしていたところを、中年の漁師に呼び止められた。

「あんた、小嶺ンとこの姪っ子を助けたんやて？」

赤ら顔の男は興味津々《しんしん》な様子で訊いてきた。

「いやまあ、それが仕事だから」

謙遜するでもなく佐脇は答えた。

「それにしたって四対一だろ。モッサリした冴《さ》えないオッサンだと思うとったのによ」

その男は、幾分尊敬したような眼差しで佐脇を見た。

「で、どうやの、あのウチは？」

「どうやのって、小嶺さんとこなら、ご近所さんの方が詳しいでしょ？」

横紙破りな刑事とは言え、職務上知り得た事をみだりに口外してはならない事は判っているし、信用問題になるから、それなりに口は堅《かた》い。

「でも、あんた、訪ねていったんやろ？　家ン中に女っ気はあった？」

「だから、十七歳の姪っ子がいるから、そりゃ女っ気はあるが」

「そやないよ。十七のガキの話と違うよ」

男は、秘密を誰かに喋りたくてウズウズしている様子だ。

「律子さん、居なかったかね」

「居るわけないだろ！　見つからなくて捜索打ち切りだって言ってるのに……」

佐脇はそこでハッと思い当たり、「もしかして」と言いかけた。

「そうよ。察しがエエな。律子さんを見たという奴がおってな」

「どこで？　いつ？」

　つい、私情が交じって、男の胸ぐらを摑みかねない勢いで聞き返してしまった。

「仕事熱心やね、刑事さん」

　相手が冷笑したように見えた。

「いやぁね、律子さんは、刑事さんが知ってるのかどうか知らんが、飛び切りの美人やったからね、懸想《けそう》というか岡惚れするヤツが少なからず居ってな。まあ、人妻やから、横恋慕なんやけど」

　男の話では、その中でも飛び切り律子に夢中になっていた、達也という若いヤツが、律子に似た人影を目撃したというのだ。

「その達也やけど、相当アツくなっとってな、律子が遭難したと知った時は大変やった」

　そう言えば、佐脇が漁港に駆けつけた時、殺到した報道陣や野次馬を怒鳴りつけて排除したり、佐脇たちと同じ漁船に乗ってゴムボートを必死にたぐり寄せたりしていた若者が印象に残っている。

「で、律子の亭主が、あのロクでもない源蔵やろ？　律子さんは絶対、騙《だま》されて嫁に来たんやとか、達也がいろいろ言うんで、狭い町やし滅多なこと言うんやないと、おれたちも始終たしなめとったんやがな」

「……その若いヤツが、律子さんを見たって？」

律子恋しさの余り、幻覚を見たんじゃないか？　若いヤツはすぐのぼせ上がるから、その可能性は大いにある。

「ほうよ。昨日見たってよ。で、声をかけたらふっと消えたって」

「そりゃ、ユーレイなんじゃないか？」

「信じるも信じないも、あなた次第やってか。まあ、そう考えるのが普通やろうなぁ」

その男は言うだけ言うと、上機嫌で、鼻歌交じりに歩き去ってしまった。

こういう話は、居酒屋で聞くのが一番だ。酒が入れば口が軽くなるし、その話ならオレが一番知っているという競争心みたいなモノが働くのか、みんなが我先に知ってることを話してくれるのだ。

だが、まだ陽は高い。夜までどうやって時間を潰そうかと思案しかけたが、ここは漁港じゃないかと思い出した。

漁港の朝は早い。同じく、夜も早い。

夜明け前に漁に出て、市場に間に合わせて出荷するために朝早く戻ってきて、昼までに雑用を済ませ、夜は早くに寝てしまう。ならば午後の今の時間は、漁師たちの『遊びの時間』ではないか。さっきの男も酒が入っていた。

佐脇は、前に律子と何度か入ったことのある居酒屋に足を向けた。

案の定、と言うべきか、店にはいかにも漁師らしい、陽に焼けた、がっしりした体格の男たちがチューハイやホッピーを飲んでいた。

「お。刑事さん。ウチに来る借金取りも追い返してや」

ああいう武勇伝は一気に広まる。そして佐脇はなかば、この集落では身内として認められたかのような扱いになっていた。

「悪質な取り立てなら力になりますよ」

佐脇は苦笑いしながらカウンターに座った。

「ほな、そん時は頼むわ。今日はアジが美味《うま》いよ」

それじゃあと佐脇はアジのたたきを頼んでチューハイを飲んだ。

「ところで、刑事さんは、この村で、ナニを調べてるの？」

初老の漁師が一人自分のテーブル席からビールとコップを持ってやってきた。

「用もないのに来ないよな？」

「まあ、あんな大事故の後ですんでね、いろいろと関連したことを」

「そういうのは海保の仕事やないのんか」

今までだって、事故と称してそのウラにいろいろ事件が隠れていたこともあったが、そういうのは海保が調べていた、と初老の漁師は言った。

「漁師だって今日びはカネかかるのよ。なんせ船がないと仕事にならん。網だって高い。石油も値上がりするし、レーダーだとかなんとか新しい装備もせにゃならんし、大変なんや。だから、カネ絡みの事件もよくある」

「幸吉《こうきち》さんよ、あんまり言うな」

元のテーブル席から声がかかった。

「痛くもない腹探られるぞ」

「この刑事さんはそういう四角四面と違うやろ。その証拠に、こんな昼間から酒飲んどる」

幸吉と呼ばれた初老の漁師は、佐脇のジョッキを指差した。

「とにかく、昔から、保険金詐欺はよくある話なのよ」

幸吉はけっこう出来上がった口調で言った。

「上手《うま》く行ったこともあるし、海保や保険会社に見破られたこともある。近藤《こんどう》ンちのユースケなんか、時化《しけ》の時に船出して、空の船が見つかって、当人は行方不明で死んだことになって保険金一億下りたんだが、気仙沼《けせんぬま》で名前換えて漁師やってたのがバレた。他には、ホントに死んで金をせしめたのもあったな。覚悟の自殺ってヤツだ」

「だから幸吉、もう黙れ」

仲間が連れ戻しにきたが、幸吉は摑まれた腕を振り解いた。

「でもよ、小嶺ンところは違うよ。なんせ相手が自衛隊だからな、フェリーだって相手が悪いのに、自衛隊じゃ悪すぎだろ。取れる金も取れんぜ」

そうなのか？　佐脇は疑問に思い、聞き返してみた。

「金が取れない？　親方日の丸なら、一番取りっぱぐれがないんじゃないのか？」

「そう思うところが素人《しろうと》の浅ましさよ」

　鳴海海峡は交通量も多く、それぞれ足の速さが違うフェリーに貨物線に漁船、そして自衛艦までが入り乱れ、様々な方向に行き交っているから、事故も多い。今回のような大事故なら大騒ぎになるが、接触程度のものは日常茶飯事に近い。漁船同士なら話は早いが、相手の船が大きくなればなるほど所有する会社も大きくなって、交渉が面倒になる。その最たるものが国を相手にしなければならない海上自衛隊だ、という。

「なんせお役所仕事やから、過失を認めるのも、金を払うのも遅い。何を決めるにしても会議会議の連続だ。時間がかかるとこっちは干上がるがお国は関係ないもんな。一番面倒な相手が自衛隊ちうわけや」

　なるほどねえ、と佐脇は相づちを打った。最も安心出来る相手だと思っていたが、実状はそうでもないようだ。まあ、国相手の国家賠償の請求訴訟などは、最高裁まで行って、金が支払われるまでに何年もかかるのが普通だから、幸吉の言うことは嘘ではない。

「それにや、実は……律子さんを見たっていう奴がおるんよ」

　来たか、と佐脇は身構えた。ここは初めて聞く、という態度を見せないと相手の機嫌を損《そこ》ねる。

「それは、どういうことです？　事故の後って意味ですよね？」

「そうや。昨日の夜見たって、そいつがな」

佐脇が食いついてきたのに、幸吉は満足そうに頷《うなず》いた。

「ワシは知らんよ。見た言うんは、達也っていう若いヤツや。オヤジの後を継いで漁師になって、やっと一人前になってきたんやが」

さっきの酔っぱらいも、同じ事を言っていた。

「達也はなあ、他で女を見つけりゃええもんを、えらい律子に執心《しゅうしん》しよってな。源蔵がおっても、船から荷物を運んでやったり、掃除を手伝ったりしてな。誰が見ても、律子を狙《ねら》ってるのモロ判りだったもん。まあ、あんなええ女、この辺にはおらんから、夢中になるのも判るし、達也以外にも狙ってる男はおったけどなあ」

「お前もじゃねえか」

と幸吉はテーブル席の仲間からヤジを飛ばされた。

「当たり前や！　顔もいいし、オッパイなんかこんなやったし」

幸吉は手真似で律子の巨乳ぶりを示した。実際はそんなに大きくはなかったが、そのへんの萎《しな》びたオバサンの胸と比べれば、それはそれは魅力的だったろう。

「ま、チャンスがあれば是非って、みんな思っとった。アイツに興味のない男はキンタマ付いとらんのや。でもまあ、源蔵もおるし、こんな狭い町じゃすぐバレるしな、そうなったらカアチャンと大変なことになるし、律子も居辛くなるだろうしで、みんなお互い我慢しとったんや。しかし達也だけは、若いけん。そういうのはお構いなしに、もう、イケイケどんどんで」

「そういや、自分の船そっちのけで、律子の船に乗って一緒に漁をしてやる、とか言ったところを見たぜ」

テーブル席の男も話に加わった。

「律子は、派手なように見えて、実は堅い女でな。しつこく言い寄る達也を頑として相手にせんかったし、自分の船にも乗せんかったな。そういうところが、また、惚れてまうわけよ」

一同は全員、律子ファンクラブの会員のような顔になっている。

「なんせ、あのカラダで、夏なんかTシャツ一枚や。波しぶきで濡れてたらもう、ブラジャーなんかスケスケでよ。人目さえなかったら、その場で押し倒したくなったことが、何度もあったがな」

「でも、不思議と、みんなでやっちまおうってな話にはならんかったな」

「そりゃ、輪姦《まわ》すより一人で犯りたかったからな」

それでよ、と話がいっそうディープな妄想エロ話になろうとしたときに、扉が開いて、若い男が入ってきた。長身で引き締まった筋肉質。少しケンのある、キツい目に見覚えがある、印象的なイケメンだ。あの事故の夜、目立っていた若い漁師だ。ポケットがたくさんあるベストにジーンズ姿から、磯の香りがぷんと匂った。彼を見た瞬間、我先に話をしていた男たちは、黙ってしまった。

つまりは、この男が達也だということだ。

達也には、今の今まで、みんなが自分の噂をしていたことが判ったようだ。一同を、まるで睨《にら》むようにねめ回すと、カウンターの隅の席にどかっと座り、ビールを注文した。微妙な緊張感が店を支配した。今までワイワイ騒がしかったのが、しんと静まり返り、古い演歌のＢＧＭがうるさいほど響いている。

「……なんだよ。話を続けろよ。店の外まで聞こえてたぜ」

達也は挑戦的にみんなを睨みつけた。

「どうせオレの噂話してたんだろ。オヤジのクセに、オバサンみたいに女々しい井戸端会議かよ」

「そうトンがるなって、達也」

幸吉が宥《なだ》めた。

「で、オレが律子さんを見たって言ったことも、どうせネタにして笑ってたんだろ」

達也はすべてお見通しだぜと、自嘲の笑いをしてみせた。

「だけどな、オレは本当に見たんだからな」

「おい達也……もう止めろ」

幸吉たちは目やアゴで佐脇を示して黙らせようとした。

「このオッサンが刑事だからか？　それは知ってるけど、オレは嘘を言ってるんじゃない。何がいけないんだ？」

「達也……お前も頑固やな。オヤジさんを思い出すぜ」

幸吉がしみじみした口調で言った。どうやら達也は父親を亡くして後を継いだようだ。

「オレにやましいことは何もない。律子さんは生きている。オレはこの目で見た」

やれやれ、と幸吉たちはそれ以上窘《たしな》めるのを止めた。

「で、ただ今ご紹介に与《あずか》りました、オレがその刑事なんだが」

知っているなら話が早い。佐脇は達也に近づくと、警察手帳を見せた。

「よかったら、ちょっと話を聞かせて貰えないかな？」

その『決まり文句』に店にいた一同はどよめいた。

「いやいや、そうじゃないんだ。オレは、とにかく、いろんな情報を集めたいんだ。話を聞くってのは、単純な意味だ。逮捕するとかそういうことじゃないから。だいいち、彼を逮捕する理由がない」

おお、そりゃそうだ、と店の中の空気はほぐれた。

「そもそもこいつが横恋慕して、一方的にのぼせ上がってただけやもん。律子には相手にして貰えなかったんやし」

テーブル席の誰かが悪気なく口にした言葉に、だが達也は激高した。

「なんだと！　もういっぺん言ってみろ！」

「おい達也。いい加減、頭を冷やせ。お前が律子さんに惚れてたのは誰でも知っとる。けど死んだ女の事はもう諦めろ。だいたい亭主がとうに諦めとるのに、お前がウダウダ言うのはおかしいやろ」

「だから、あの亭主はただのロクでなしの穀潰《ごくつぶ》しじゃねえか！」

怒りのあまり達也がビール瓶を叩き割りそうになったので、佐脇はその腕を捻《ねじ》り上げた。

「やめなって。静かに話そうじゃないか。あんたの話をオレは初めて聞くんだから、チャチャは入れない。黙って聞くから」

佐脇が冷静に言ったので、達也も落ち着きを取り戻した。

「……昨日の夜だよ。妙に眠れなくてさ、タバコ吸いながら漁港の辺りをぶらぶらしてたら、律子さんそっくりの女の人が、港の防波堤を乗り越えて来るのを見たんだ。そりゃオレも驚いたさ。ユーレイが出た！　と思った。その女の身体は濡れてなかったから、海から泳いできたわけでもなさそうだったし。そんな女が、夜、防波堤の向こうから来るか？」

「だからそれは」

見間違いだと、漁師の誰かが言いかけたが、達也に睨まれて慌てて口を噤《つぐ》んだ。

「いやあれは、ゆうべの深夜、防波堤の上にいたのは、間違いなく律子さんだった」

「顔は見たのか？　間違いなく小嶺律子だったのか？」

佐脇の問いに、達也は首を振った。

「……いや、暗くて顔は見えなかったけど、あのスリムな躰つきと、身のこなしは間違えようがない。オレ、声をかけたんだけど、その時走り出した、その足の速さと走り方が、絶対に律子さんだった」

「お前、律子を口説いて、手込めにしようと追いかけて、逃げられたことがあるんやろ」

酒の入った漁師のチャチャに、達也は「そんなんじゃない！」と怒鳴ったが、それ以上怒る事はなかった。

が、達也は黙って席を立つと、そのまま店を出て行ってしまった。佐脇は後を追った。

「あんな飲んだくれ連中に、何を言っても無駄だ！」

足早に歩く達也は吐き捨てた。

「オレは、もっと話を聞きたい。詳しく話してくれないか」

達也は黙って歩き続け、漁港の外れに来た。

倉庫などがある港から、海に向かって防波堤が延びている。テトラポッドに守られたコンクリートの壁は、小さな漁港を囲んで隣の磯とを区切り、数十メートルほど沖に延びたところで、九〇度曲がっていた。鳴海海峡から来る大波から港を守るためだ。

「……ここに律子が居たって?」

　達也は頷いた。

　防波堤は内側と外側を、たくさんのテトラポッドと消波ブロックで守られている。

「ここまで小舟で来て、ブロックを足場にして登ってくることは可能だな。事故からこっち、海は穏《おだ》やかだし」

　現場を調べる目付きで佐脇は場所を改めた。

「律子さんは生きてるんだよ。どこかにいて、町の様子を見に来たんだ」

「……なんのために?」

「さあ、それは……」

　達也は首を振った。

「律子さんが生きているとして、やっぱり残した家族が心配だから、かな?」

「家族って言ったって、あんな連中」

　達也は吐き捨てた。

「オレは、何度も誘ったけどダメだった。相手にして貰えなかったんだが……」

　こんな狭い町に暮らす者同士では、律子だってやりたくてもやれなかったんだ。佐脇はそう言ってやりたかったが、口にはしなかった。

「でも、いろいろと話はしたよ。あの人、相当ひどい目にあってここに来たんだ」

律子がこの青年・達也に、自分のことを、断片的ながら話していたというのか。

「律子さんは前に都会で結婚していたことがあって、それがムチャクチャひどい男だったんだそうだ。その男はすごい暴力亭主で、しかも金にルーズで筋の悪いところからの借金まであって」

どうも達也は、自分を白馬の騎士みたいに思っているようだ。可哀想な律子を救えるのは自分だけだと思い込んでいる。

「夢を壊すようで悪いが、こっちで調べたところによると、律子の戸籍には結婚歴がない。お前さんが言うのは、同棲《どうせい》だったのか、事実婚だったのか、それとも……」

「知らないよ、そんなことは。だけど、あの人は、男運が悪いんだ。自分が作った借金でもないのに、律子さんが返さなければならなくなって……それはとんでもないと思って逃げてきた、って」

「世の中には、そういう女はいるんだよ。ダメ男に惚れてしまう女。ダメ男が寄ってくる女……源蔵もそのパターンじゃないか」

「源蔵の場合は違うだろう」

「そうかもしれないが、まあ言えるのは、律子が相当の『ワケアリ女』だったって事だな。それでもアンタはあの女を好きなのか」

「もちろんだ」

　そう達也は言い切った。

「こう言っちゃナンだが、そういう不幸な女ってのは、往々にして相手の男まで不幸にする場合もあるぜ。アンタはまだ若い。他の女にした方がよかないか？」

「なにを言い出すんだ？」

　達也は佐脇を睨みつけた。

「あんたも、そのへんのオッサンと同じ事言うんだな。オレに説教しようったって無駄だぜ。オレが律子を幸せにしてやるんだ」

　その一本気な言葉に、佐脇は思わず笑ってしまった。最近滅多に聞けない純粋すぎる愛の告白だったからだ。

　それが、達也の気分を害した。

「それ以上言うな。余計なことは何も聞きたくねえ」

「まあそう言うな。オヤジの言うことにも多少の真実はあるんだ。アンタはまだ若いから冷静さを失ってる。ワケアリ女ってのはいろいろと大変だぞ。妙な男もウロウロしてるし……だいいち、どこでどういう生活をしようってんだ？　あの女と」

「もういい！　これ以上話すことはない！」

　聞き飽きた説教を佐脇が口にしたのだろう、達也は防波堤から走り去ってしまった。

やれやれ。まあ、若いから仕方がないか……。

佐脇は、達也の後ろ姿を黙って見送ると、防波堤に腰を下ろして漁港を見渡した。

港を取り巻くように、小さな町があり、家々には明かりが点いていた。小さな漁港の防波堤なので、民家までの距離は近い。肉眼でも家の窓から中がすっかり見える家もある。

時計を見ると、午後六時。そろそろ夕飯の時間だった。

食卓に一家が揃って食事をする家があり、まだ夕食を作っている家もある。

その中に、小嶺の家もあった。老婆と里紗が台所に立って、何かを作っている。湯気が立っているから煮物でも作っているのだろう。

もし、律子が本当に生きていて、失踪が意図的なものであるならば、彼女はここから、つかの間自分に与えられた安らぎの場所を眺めていたのだろうか。そこにはもう、二度と帰れない場所だと思いつつ。

いやそれ以前に、律子が『意図的な失踪』をする理由や目的があったのか？

保険金詐欺を計画し、小嶺の借金をチャラにしようとした？　だが、律子はそこまでするほど小嶺源蔵を愛していたのだろうか？

もし仮にそうだとしても、様子を探るように姿を見せるだろうか？　電話くらいするかもしれないし、計画を家族ぐるみで練ったのだとしたら、安全な連絡方法も打ち合わせたはずだ。だが、達也に見つかるようなヘマはしないだろう。なんせ保険金詐欺はバレたら元も子もない。

佐脇が考えを巡らせていた、その時。

防波堤の海側から人影が現れた。下からコンクリートをよじ登ってきた、その細身のシルエットが、一瞬、律子に見えた。

背が高くてスリムなその人影は、女だった。胸が大きく、腰がくびれている。Tシャツにハーフパンツを穿《は》いているが、上下ともぴっちりしていて、身体のラインをそのままに見せている。

「律子!」

佐脇には、その姿は律子にしか見えなかった。達也が言ったことは本当だったのか。

女は防波堤の、佐脇が居る場所より、港寄りの地点に立った。

「アタシは律子じゃないよ!」

そう叫ぶと、そのまま漁港に向かって走り出すと、佐脇も反射的に後を追った。

「誰だお前は!」

さっきの声は明らかに律子とは違う。しかし、ならば誰だ?

女は長い脚で、広いストライドで走ったが、こういう時の佐脇は速い。

思い切ってジャンプして、女の腰にタックルした。

「きゃあ」

女は倒れ、振り向いた。

漁港の街灯に照らされた顔は、律子ではなかった。派手な顔立ちに、どことなく日本人離れした印象がある。

「お前、律子を知ってるな？」

「知らないよ」

女は言下に否定した。

「ならどうして律子の名前を知ってる？」

「あんたらが話してたのを聞いたのさ。防波堤の下で」

「どうして防波堤の下にいたんだ？」

「知りたいか？」

そう言ってにやっと笑うと、女は佐脇を突き飛ばし、またも逃げ出した。

女は路地を抜け、旧国道に走り抜けた。

佐脇も猛然と走って距離を縮め、女に追いついて腕をつかんだ。

すぐ先に、律子と何度も入ったことのあるモーテルのネオンが光っていた。

「私、その律子さんのこと、知っているかもしれない。あなたに話したいこと、ある。だったら、あそこで話そうよ」

ぎこちない日本語を話す女がモーテルを指さし、佐脇もごく自然に、そちらに向かって歩き出すという流れになった。

女の色っぽい雰囲気と、つかんだ二の腕のひきしまって弾力のある手ざわり、全身から立ちのぼる香りに、不覚にもそそられてしまったのだ。

考えてみれば律子が失踪し、ひかるのマンションからも追い出されて以来、女に触れていない。これは、佐脇にしては異例のことだ。

酒とセックスは欠かしたことがなかったのに、と佐脇が苦笑したのを、女は見とがめた。

「ナニがおかしい？」

「いやまあ、こっちのことだ」

二人で、部屋に入った。そこも、何度か律子と使ったことのある部屋だった。

「オレに話すことってなんだ？」

そう言いつつ、佐脇は品定めするように女を見た。

ぴちTというほどでもないが、身体にフィットしたシャツの胸は大きく膨らんでいて、ハーフパンツから突き出た脚も、すらりと長い。

一瞬、律子と見間違えた顔は、よく見れば律子とはまるで似ていない。しかし、メリハリのある派手な目鼻立ちと、いかにもフェラチオが上手そうなぽってりした唇は、すこぶる官能的だ。

「まさか、ここでお話だけしかしない、ってな野暮は言わないだろうな？」

「アナタ最初からそのつもりだったね？　いいよ。ワタシもそのつもりだから」

「じゃあ、積もる話は後回しとしようか」

どうやら佐脇には、この女がツボにハマった。据え膳は絶対に戴くのをモットーにしている以上、喜んで戴く。

「アナタ、どうするのが好きか？」

女はセクシーにくびれた腰を捻った。その腰の揺らぎが、いかにも男を誘っているようでなまめかしい。

女が肩を揺らすと、豊かな乳房も一緒にぷるぷると揺れる。

「オレは至ってノーマルなんでな。特別なことはいいんだ。いいんだが……」

そう言いながら佐脇は立ったまま女を抱きすくめると、唇を奪った。

舌を差し入れると女も濃厚に応じてきて、二人は舌を絡め合った。

ディープキスをしながら、手を豊かな胸に滑らせた。

以心伝心で、女も舌を使いながら、自分でブラのホックを外した。

薄いシャツ越しに揉むバストの先端は、すでに硬く勃っていた。

それを佐脇は鷲掴みにして下からゆっくりと揉みあげ、指の間に挟んでくじった。

「ああっ……」

女の腰が、いっそう激しくくねった。

「あんたの名前を聞いてなかったな……」

「そうね……レイとでも呼んで」

偽名か本名か源氏名か、女はそう名乗った。

佐脇が胸を揉むうちに、レイの息づかいが激しくなってきた。上気するにつれ、その瞳もかすんだように潤《うる》みはじめ、身体全体がかっと熱くなってきた。熟した女体からは濃厚なフェロモンが立ちのぼる。レイの場合、それははっきりと香りで判った。

女芯の熱い芳香のような、官能のテンションをいやがおうにも掻《か》き立てる淫《みだ》らな香りが、レイの全身から発散している。

「ねえ、ワタシ、したいよ」

レイは腰をくねらせ、瞳は淫欲に輝いた。官能が全身に溢《あふ》れて妖《あや》しく揺れている。

佐脇はレイをベッドに押し倒し、シャツを脱がして、豊満な乳房に舌を這わせた。

硬く勃った二つの乳首を交互に舌でレロレロしながら、手は女の下半身に伸びた。

片手で器用にハーフパンツのボタンを外しジッパーを降ろして、中に侵入した。

レイの女陰はすでに、洪水のように淫液が湧き出して、濡れていた。

「刑事さん、スケベね」

そう言いつつ、レイは濡れそぼった媚肉を、自分から佐脇の指に押し当ててきた。

彼の指はレイのショーツに入り込み、ずぶりと牝穴を抉《えぐ》った。

「ンあああ」

レイは奇声を上げた。ずいぶんご無沙汰だったような、飢《う》えた声音《こわね》だ。

指を深く挿《さ》し入れて、中をぐいぐいと掻き乱した。

「ああ。あああっ。どうせなら、アナタのをぶち込んで」

乱暴な言葉を使うのは、わざとではなく日本語が上手くないからなのか。だが、佐脇はわざと焦《じ》らしてやることにした。自分も痛いほど勃起しているし、先端からは我慢汁が溢れ出してパンツを汚しているが、ここはじっくりと料理するのだ。

佐脇はレイの豊乳を舐め回し、乳首をちゅぱっと強く吸いながら、指で花芯を攻めた。

そのタッチに、レイはますます熱く上気して、フェロモンの香りは強くなった。

彼の指はラビアを蹂躙《じゅうりん》し、指先で果肉を掻き乱しつつ、ぷっくりと硬く膨《ふく》らんだ肉芽に触れた。

「はあぁっ！」

敏感なクリットに男の指先が触れたショックからか、レイは大きな声をあげた。

彼の指で弄られた花弁からは蜜がこんこんと湧き出して内腿を濡らし、秘門も肉芽も、すっかり充血して、ぷっくりと膨らんでいる。

クリットを覆う表皮をつるりと剝いて、そのまま嬲《なぶ》った。

「ひぃっ。ひゃあああっ」

レイは意表をつかれたような声をあげたが、かまわずに指先で秘芽を擦《こす》りあげた。

「あ。あう。あああ。ン……」

女の最も敏感な場所を執拗《しつよう》に弄られて、レイは背中を反《そ》らして切ない声をあげた。

と次の瞬間。彼女の躰はがくがくと痙攣しはじめた。

そこで、佐脇は、すべての行為をぴたりと止めた。

「あ！　ど、どうして？」

「選手交代だ。ここでお前さんがオレを愉しませてくれ」

「最後までイかせてほしかったね」

レイは恨めしそうに言った。

「悪いが、オレは一番美味しいものを最後まで取っておくのがクセでな」

レイは仕方なく、アクメ寸前で力が入らなくなっている腰を落として、ベッドに腰掛けた佐脇の前に座り込んだ。

ズボンを脱がすと、勢いよく屹立したペニスが飛び出した。

レイは、そのぽってりした唇で男根を咥《くわ》えた。

「うむ……」

佐脇は呻いた。口に含まれた感触が、予想以上に絶品だったからだ。

男の敏感な部分を熟知して、すかさず攻め込んで来るその舌捌きは、百戦錬磨の佐脇といえども狂喜させるに十分なものがある。

「やっぱりオレの目に狂いはなかったな……」

レイの舌技に、佐脇は思わず果ててしまいそうになった。

舌先が動くたびに、肉棒はひくひくと蠢動《しゅんどう》した。

絶妙のタイミングで焦らすように舌を離す。そして今度はいきなりカリの部分に巻きつけてくる。レイのフェラチオは天才的だった。その上、厚い唇がヤワヤワとペニス全体を擦りあげるのだ。

「うぐぐ」

佐脇は射精しそうになり、慌ててレイの口から自分のモノを抜き取った。

「よし。じゃあお待ちかねのフィニッシュといこうか」

佐脇はベッドに寝かせた彼女の腰を両手で抱え込むと、暴発寸前のペニスを秘門に宛てがい、一気に挿入した。

「ふわ」

その充足感に、レイが声を上げた。

佐脇は激しい抽送を開始した。単純なピストンではなく、時に浅く弱く、時に強烈に奥の奥まで、という先の読めない展開で緩急自在に女を翻弄し、突如グラインドを混ぜた。

レイを存分にイかせるためであり、レイの媚肉をとことんまで味わうためでもある。

「う。いい。いいよ……」

レイはうわ言のような声を洩らしている。

彼は腰を回し、レイの淫襞のすべてをぐりぐりと、さながらトレースしていくようなグラインドを続けた。

「ああ、い、イく！　いくぅ！」

二人はほぼ同時に絶頂に達した。がくがくと激しく全身を痙攣させ、ベッドにぐったりと倒れ込んだ。

「取りあえず……飢えは満たしたというところかな。けっこうなご馳走だったが」

「アタシもだよ」

情事の後のタバコを味わいながら、佐脇はレイをとくと眺めた。

言葉の感じから、フィリピーナかと思ったが、南方系の顔ではない。韓国か中国か……。

なんとなく日本人と感じは違うのだが、断言は出来ない。ガイジン女性の多い飲み屋に行って、出身国当てになると佐脇は間違うことが多い。

「ねえ、アナタ警察のヒトね。ナニを嗅ぎ回ってる？」

「……まあ、いろいろだよ。いろいろ調べておいて、あとから取捨選択出来るようにな」

それよりも、と佐脇はベッドの上にアグラをかいた。

「お前さんは何者だ？　防波堤の下にいたのも、偶然ってワケじゃないよな？　オレたちの話を盗み聞きしていたのか？　なんのために？」

「アナタせっかちね。夜は長いよ」

レイは自分にもタバコをくれと身振りで示し、もらいタバコを美味そうに吹かした。

「ウチじゃ吸えないから」

一人暮らし、というわけではないらしい。

「で、刑事サン、なにを調べてる？　なにが判った？」

「お前こそ、この村でなにを調べている？」

「質問に質問で返す、よくないね」

レイはぴしゃりと言った。

「アナタどういう人か？　警察の人のように見えない」

「だからオレはこういう男だ。酒と女に目がなくて、警察もクビになりかかってる、ダメな奴だよ」

「でもアナタ、あの女の子を助けた。悪い奴から助けてやった」

「そりゃお前、目の前で女の子が犯られそうになってれば助けるだろ。オレは一応、オマワリなんだから。見て見ぬフリするくらいなら辞表書いた方がいい。ところで」

佐脇はレイを凝視した。

「もう一度聞くが、アンタは何者だ？　だいたい登場からして怪しすぎるんだ。まさか中国から密航してきたんじゃないだろうな？」

「なぜそう思う？」

レイは怪訝《けげん》な顔になった。

「言葉だよ。達者な方だが、やっぱりたどたどしい。韓国の方の訛りとちょっと違うから、消去法で中国。違うか？」

「そう思うならそれでいいよ。でもワタシ、これでも日本人だから」

レイはそう言って挑戦的に見返した。

「まあ、日本国籍を取る方法は幾つもあるもんな。帰化する以外にも、日本人と結婚する、日本人になりすます、パスポートを偽造する。まあ後の二つは非合法だがな」

「アナタ、人を見れば泥棒と思えという思想に毒されてるね」

レイは全裸のまま冷蔵庫に行って缶ビールを取り出し、こちらに背中を向けたまま、タブを開けようとしている。プシュッと空気の抜ける音がしたが、そのあとうまく口が開かないのか、やや手間取ったのちに、どうぞ、と佐脇に差し出した。

「喉渇《のどかわ》いたね」

激しいセックスで汗をかいた後だ。佐脇は一気に飲み干した。

「オレのことはいいんだよ。アンタのことを訊きたい」

佐脇はレイをじっと見た。

「合点がいかないと追及したくなる性分でな。とにかくアンタは怪しすぎる。オレの気を引いて、何か楽しいのか？」

「そうだね。たとえば律子サンの船が沈んだ事故、ウラがあるとしたら、どうする？」

「そいつは、世間話か？　いろいろ妙な噂があるが、何か知ってるなら、言え」

佐脇は、体調に微妙な違和感を感じていた。酔いか疲れかもしれないが、缶ビール一本で酔っぱらい、たかが追いかけっこの後のセックスで疲れ果てるはずがない。

「さあ。アタシはいろいろ知ってるかもしれない。聞きたいか？」

なんだ、この女は？　明らかに時間稼ぎをしているが、何のためだ？

「おい。知ってることがあるなら、さっさと言え！」

立ち上がってレイを押さえつけようとした瞬間、足元がふらついた。

「刑事さん、心臓麻痺？　脳が切れた？　救急車呼ぼうか？」

押し殺した声で囁《ささや》き、ニヤニヤして後ずさったレイは、おいでおいでの手真似をしている。

「この野郎。なんのつもりで……」

そう言おうとしたが、すでに声にならない。さてはビールに一服盛ったのか。しかし、この女はタブを開けて手渡しただけだ。あまりの早業。まるで手品だ。

「お前……相当の」

一歩踏み出したところで、佐脇はブラック・アウトした。


「ほら、これを飲んで」

激しくゆさぶられて、ぼんやり意識が戻った。目の前にグラスが突きつけられている。鼻をつままれ息が出来なくなって口を開けると、無理やり水を注ぎこまれた。やけに塩辛い水だ。いやになるほど飲まされ、何度か吐いてはまた塩水を飲まされ、ということを繰り返すうちに、次第に頭がはっきりしてきた。

自分が安っぽいユニットバスの中にいて、髪をわしづかみにされ、無理やり水を飲ませているのは、どうやら男らしい。頭を動かし、ようやく目の焦点が合ったところで、自分を覗き込んでいる男が檜垣だと判った。

「ええと……これは、どういうことなんだ」

起き上がろうとして、目眩《めまい》がした。激しく頭が痛む。

佐脇は咄嗟《とっさ》に、レイと檜垣がグルで、自分をどこかに拉致《らち》したんじゃないかと考えた。

しかしそれは違った。

ユニットバスのクリーム色のプラスチックに見覚えがある。

ここはレイとしけ込んで一服盛られて意識を失った、同じモーテルの一室だ。海に浮かぶ船でもなければ薄暗い倉庫の一隅でもない。そして、彼はレイの目前で倒れたときの、全裸のままだった。

「なんとまあ、格好悪いところを見られちまったな」

さすがに決まりが悪くなって佐脇が言うと、檜垣は案外真剣な声で言った。

「格好なんか気にしてる場合じゃなかったですよ。応急処置をしなければ少々危なかったですからね」

薬を吐かせるために、部屋そなえつけの調味料ケースから味塩を出して水に溶かし、何杯も飲ませたのだと檜垣は言った。なるほど、塩の瓶と、洗面器に一杯の水が、バスタブの中に置かれている。

「薬物の血中濃度を下げるためです。もうちょっと飲んだほうがいいでしょう」

檜垣にグラスを渡された佐脇は、一瞬躊躇《ためら》った。

「どうしたんです？　ただの塩水ですよ。味塩と、部屋の水道で汲んだ、タダの水です」

ええいままよと佐脇はその水を飲んだ。

「あの女は逃げましたよ。でもまあ、佐脇さんもモトは取ったじゃないですか。けっこう激しい事してたし」

檜垣は知っていた。

「あの女を尾《つ》けてたんです。まあ、大体の様子は隣の部屋で聞いてましたよ」

「じゃあどうして捕まえなかった」

「不覚でしたね。しばらく静かになってどうしようかと考えた、ほんのわずかの隙に、窓から逃げられました。私が尾行していたことも、気づかれていたのかもしれません」

「どうするんだ？　緊急手配をするのか。オレは一服盛られて、ヘタすると命にかかわったわけだろ？　殺人未遂か、傷害罪じゃないのか？」

「その件ですが」

檜垣は佐脇をまっすぐ見た。

「もうちょっと泳がしておきたいんです。ここはひとつ、あなたの命を助けたということに免じて」

黙っていてほしい、ということか。

「わかった。ハニートラップに引っかかって危うく殺されるところだった、なんてのは、オレも出来れば知られたくないもんな」

すると檜垣は、公安としてあの女・レイをずっと監視していたという事か。

「あの女の容疑はなんです？」

「申し訳ない。ちょっと言えません」

檜垣は、公安警察の鎧《よろい》を垣間見せて笑った。

「とにかく、佐脇さんはあの女にしてやられたわけです。で、寝物語にナニを話したんです?」

「申し訳ない。ちょっと言えない」

佐脇は返したが、ガキのような意地を張っても意味はない。

「いや、キッチリした話になる前にこのザマだ。むしろ、あの女に探りを入れられたって感じかな」

サッチョウの公安が直々に追っている以上、あの女は相当の曲者《くせもの》に違いない。

「檜垣センセイがこんな田舎にまだ居るって事は……その目当てがあの女か?」

「……それだけではありません。雅宮《まさみや》レイのことだけなら、地元にお願いしてます」

あの女は、雅宮レイというのか。

「この件はこちらにお任せ願えますか。栗木さんが怒り狂ってそちらに捩《ね》じ込んだようですが、あの御仁とは関係なく、あくまでも、こちらからのお願い、ということで。貸しが出来たんですから、このお願いも、聞いて貰いますよ」

警察庁の公安として、この件から手を引けと言うのだ。存在感ナシの栗木や公安調査庁が何を言ってこようと鼻先で笑い飛ばせるが、こうして警察の総本山の人間から言われると、かなりのインパクトはある。

「……まあ、助けて貰ったことでもあるし、アナタの顔は潰しませんよ」

佐脇はそう応じるしかなかった。

「でも、一つだけ教えて貰えますか？　サッチョウの公安としては、小嶺律子を怪しいと見て追ってるんですよね？　で、この件に関わりのある人物として、雅宮レイのことも監視していると」

檜垣は、さあどうでしょうというように、はぐらかすような笑みを浮かべるだけだ。

「で、小嶺律子はなんの容疑なんです？　やっぱり覚醒剤密輸ですか」

「今の質問は二つ目です。一つだけって言いましたよね」

「一つ目だって教えて貰ってませんがね」

佐脇はなおも追及しようとしたが、なにしろ素っ裸では迫力がないことおびただしい。

「……私は先に出ます。佐脇さんはシャワーでも浴びて、頭をスッキリさせてください」

では、と檜垣は部屋から出て行った。

佐脇としても、激しい情事のあとの、そのままの姿で外に出るのは憚《はばか》られた。淫らな匂いが漂っているのが自分でも判る。

佐脇は苦笑しながらシャワーを浴びた。

モーテルを出て路地を歩いていると、あたりの様子が変だ。漁港方面で騒ぎが起きているらしい。近づくにつれ、多くの人が集まり、警察車両も続々と到着している様子が判っだ。律子が遭難したあの夜を彷彿《ほうふつ》とさせる光景で、一瞬時間が戻ったのかと思ったほどだ。

なんだなんだと現場に近づくと、漁協前に救急車が赤色灯を回転させて止まっており、その周りを野次馬が取り囲んでいる。

しかも、漁港の岸壁周辺には黄色の非常線が張られている。

事件が起きたってのに、どうしてオレに連絡がないんだ。

佐脇が周囲の警官の誰かに問い質《ただ》そうとしたとき。

「ここにいたんですか、佐脇サン」

声をかけてきたのは、公安調査庁の栗木だった。

「ちょっと来て貰いましょうか」

低い声でそう言うと、佐脇の腕を掴んだ。

「おいおい、何の真似だ」

「だから、あんたは重要参考人だ」

「あ?」

使えないやつだとは思っていたが、ついに発狂したか。

まともに相手をしても始まらないと思ったが、栗木は佐脇の腕を掴んで、ぐいぐいと引きずって行こうとしている。

「私に逮捕権がないのが残念だ。だが一緒に来て貰いますよ」

佐脇の腕を掴んだまま、栗木が向かっている先が、どうやら現場のようだ。

そこに聞き覚えのある声がかかった。

「おう。いたいた。佐脇。お前、携帯と警察無線の電源、切ってあるだろ。好き勝手に出歩いてるんだから、連絡だけは取れるようにしてくれよ」

鳴海署の同僚・光田《みつだ》だった。佐脇には全体的に冷ややかな鳴海署刑事課にあって、この光田とは特に仲良くもないが、剣呑《けんのん》な関係でもない。

「こういう時にかぎって、水野を勝手に出張させちゃうから、こっちは困っちゃうぜ。あいつに担当させるのにお誂《あつら》え向きのヤマなのに」

栗木が割って入った。

「鳴海署の光田刑事ですね。こいつがこの件の重要参考人ですよ。早く逮捕しちゃってください」

「は?」

目を丸くして栗木を見る光田に佐脇は言った。

「こいつの言うことなら気にするな。アタマがおかしいんだ。とにかく何が起きた?」

「だから漁港で死体が上がったんだよ!」

栗木が大きな声で言った。

「目視では溺死のように見えるがな。それも佐脇、お前さんがよく知ってる男だ」

三人は非常線をくぐって漁港の岸壁に近づいた。

そこにはブルーシートが敷かれ、ずぶ濡れの死体が引き上げられている。

「見てみろ」

栗木が懐中電灯で死体の顔を照らし出した。

「これは……」

「知ってる男だよな」

勝ち誇ったように睨みつけてくる栗木に、佐脇は呆然としたまま答えた。

「ああ、知ってる。こいつは小嶺律子に付きまとっていたストーカーの、盛田だ。一度、詳しく話を聞こうとしたんだが、逃げられた」

「逃げられた？　それだけじゃないだろ？」

栗木は完全勝利を確信している様子だ。

「佐脇。お前は漁港近くの路地で、ガイシャの盛田岩雄と揉めていて、かなり派手な立ち回りを演じていたそうじゃないか」

栗木は刑事の真似をしたがる素人のように『ガイシャ』という言葉を使った。盛田が殺人の被害者であり、佐脇こそその犯人であるとのストーリーが栗木の頭の中では、すでに出来上がっているのだろう。

たしかに、数日前に佐脇が盛田の腕を捩じ上げたのは事実だ。それを誰かがどこかから見ていたのだろう。人気《ひとけ》が無いように見えても、小さな集落には絶えず人の目がある。これだから田舎は恐ろしい。

しかし、まるで鬼の首でも取ったように、頭から佐脇を犯人扱いする、この栗木は一体何なのだ。

「栗木さんとやら。あんたに捜査権はないだろ？　これは県警の仕事だ。余計な口を出して貰いたくないね。捜査の邪魔だ」

「いやいや、こっちは耳に入った話をお伝えしてるだけですよ。捜査の参考になれば、と思いましてね」

光田は、困惑した顔で佐脇を見た。

あまりの馬鹿馬鹿しさに笑う気にもなれない。佐脇はしげしげと栗木を見つめた。

「アンタ、この前の件を根に持ってるんだな。まったく、無能なキャリアほど始末に悪いものはない。キャリアの肩書きだけが支えだからプライドばかりが肥大して、アンタのような残念なオッサン一丁あがりってか」

「残念なのは佐脇、ワルデカと悪名高いあんただろう？　ワルが刑事になると好き放題やって、ヤクザか刑事か判らないモンスターが警察全体の評判を落とすってわけだ」

栗木は、バカ特有のオウム返しをしてきた。だがそれで佐脇が凹《へこ》むだろうと思うのならとんだお門違いだ。ガキの喧嘩のような言い合いに光田がまあまあ、と割って入る。

「ウチとしても公安調査庁の言い分を無視するわけにはいかないからな。取りあえず佐脇、あんたからも詳しい話を聞こう。署で話そうか」

取りなす光田に、栗木は「逮捕しろ、逮捕しろ！」と喧嘩に負けたガキのように叫ぶ。

無視することにした佐脇は光田に聞いた。

「死亡推定時刻とか死体発見時刻は特定されたのか？」

「いいや。まだだ。国見《くにみ》病院に送って詳しく検視する」

国見病院は、鳴海市ではただ一つの警察指定医だ。過去に県警上層部との癒着《ゆちやく》事件を起こしており、ダム湖で発見された明らかな他殺死体に自殺の鑑定を出して殺人事件をもみ消そうとしたことがある。その不祥事はまだ人々の記憶から消えてはいないが、必要とあれば司法解剖もしなければならない面倒な警察指定医を引き受ける病院は他にはなく、その後も、指定を受け続けている。

「ところで佐脇、お前の今夜のアリバイは証明出来るか？」

「それは……」

佐脇は絶句した。さっきまでレイとセックスしていたのだが、それを証言できるレイはどこかに消えてしまった。しかも正体不明の女だから居場所を突き止める事も出来ない。檜垣がいれば、事情を説明してくれるだろうが、公安としてレイを追っていることは、どうやら秘匿《ひとく》案件のようだ。命を助けられた借りがある以上、檜垣の名前を出すことはためらわれる。

だが、栗木は佐脇の逡巡《しゅんじゅん》を、疚《やま》しさのゆえと思い込んだようだ。

「思ったとおりだな。佐脇、お前が盛田岩雄を殺して海に投げ込んだんだ！」

「光田、頼みがある。オレを勾留して自白を強要するなり好きにして構わん。だがその前にこのクソ野郎に迷惑防止条例でも何でもいいから適用して黙らせてくれ」

バカを取り締まる法律はないからな、という佐脇に栗木が何を！といきり立つ。うんざりした様子の光田は近くのパトカーを呼び止め、問答無用に佐脇を押し込んだ。

「ま、帰る手間が省けたと考えるか」

佐脇はうそぶいて見せたが、光田の顔は晴れない。

「なあおい。あんまり公安調査庁と喧嘩するな。アリバイの証明が出来なきゃ、かなり面倒なことになるぞ」

運転する制服警官に命じて、光田はパトカーを発車させた。

＊

「栗木さんは、君が刑事の一線を越えて小嶺律子と深い仲になり、律子を奪い合うカタチになった結果、盛田岩雄を殺害したんじゃないかとおっしゃってる」

取調室に入れられた佐脇に、光田は言った。

「死体発見時刻は今夜の八時四十分。漁協の事務所でナイターを見ていた組合長が、巨人がボロ負けで逆転もないだろうと見切って帰ろうとしたところ、漁港に不審な漂流物を発見したと。組合長は、もしや小嶺律子の遺体かと思って急いで警察に連絡し、漁協関係者に招集をかけて、引っ張り上げたところが別人だった」

そこまで話したとき、内線電話が鳴った。死体検案の速報だった。

「だいたいの死亡推定時間が判った。今夜の八時頃なんだそうだ。そして、直接の死因は溺死だが、首を絞められた痕《あと》もあった。つまり、絞殺されかけて失神した状態で海に投げ込まれて、海水を飲み込んで溺死したんだろう」

「その時間のアリバイはある。警察庁の檜垣って偉い人がこの県に来てるんだが、彼が証明してくれる」

「サッチョウのヒガキ?」

光田は首を傾げた。

「そうだよ。名刺だって貰ってる」

佐脇は財布に入れた名刺を探した。

「これだ。『警察庁警備局参事官・檜垣逸郎』。身分は警視長」

「そんな話は何も聞いてないぞ。だいたい、こういう偉い人が来る場合は、必ず県警に連絡が入る。粗相《そそう》なく応対するように、とな。でも、そういうのは来てないんだ」

「極秘なんじゃないか? なんせ公安だから、いちいち行動を知らせるとは限らない」

そう言いながら、佐脇はちょっと胸騒ぎを覚えた。簡単に檜垣のことを信じてしまったが、名刺一枚で相手の身分を鵜呑みにしたのは迂闊《うかつ》だったのではないか。あの使えない栗木なら、公安調査庁の人間であるときっちり認知されているようだが、そう言えば檜垣とは、プライベートな場でしか会ったことがないのだ。

光田は、その名刺を胡散《うさん》臭げに眺めている。

「疑うなら、サッチョウに身分照会してくれ。もしも偽者ならオレが完全なアホだったことになる」

「アホ以上に、お前のアリバイも証明されなくなる。司法解剖でお前にまつわる何かが出て来たら、本気でヤバいぞ」

光田の視線に疑念が募ってゆくのが判る。

「おれも、あの栗木ってヤツはバカだとは思う。だが、たしかに奴《やっこ》さんの言うとおり、ガイシャの盛田と佐脇、お前が、律子を取り合ってたということなら、お前はバリバリの容疑者だぞ。お前が律子とそういう関係だったと言われれば全員、頭から信じて疑わないだろうからな」

身から出た錆《さび》。まさにそう言うしかない。佐脇は、ちょっといい女であれば、性犯罪の被害者の女性だろうが、刑事事件の重要参考人だろうが平気で寝る。指名手配中の容疑者の妻や、愛人と寝るのさえ至って平気だ。いつの間にかそういうことになっている。それがいけないという倫理観は、佐脇には無縁だ。それは公然の事実で、鳴海署の誰もが知っていた。

また内線電話が鳴った。

「はい」

光田が面倒くさそうに受話器を取ったが、すぐに口調が改まった。

「は、はい！　了解しました。失礼致します」

電話に向かって最敬礼して、厳《おごそ》かな手付きで受話器を置き、佐脇に振り向いた。

「どうも、そのヒガキってのは実在するみたいだな。本部長直々の電話だったぞ。本部長は、『東京の方から』連絡を受けたとおっしゃってた。つまり、お前の言う檜垣、という人物が、サッチョウを通してお前のアリバイを証明してきたって事だ」

「どうしてそんな面倒な事を。ここに直接来れば話は早いだろうに」

「本人が来ても、ヒガキって何者なのか誰も知らないだろ。だったら通常の命令系統を使う方が確実なんだ」

佐脇の疑いは晴れたようだ。

『重要参考人』から一介の刑事に戻った佐脇は、自分のデスクに座った。

このところ席を温めるヒマもなく外回りばかりしていたし、書類仕事をすべて任せていた水野を調べに送り出してしまったので、彼の机には様々な書類が山積みになっていた。

刑事も要するに公務員だから、書類仕事は必須だ。ちょっとした事件でも夥《おびただ》しい書類を作成しなければならない。それが面倒なあまりに事件処理を怠《おこた》ったあげく、軒並み時効にしてしまって馘《くび》になった警官がいたが、みんな本音では無理もないと思っている。形式だけ整えるために、如何《いか》に膨大かつ無駄な労力が費《つい》やされていることだろう。

だがそうも言っていられない。書類の中には、捜査費用の立て替え精算とかいろんな決済も混じっているから、処理をサボれば自分の懐《ふところ》が痛むのだ。

佐脇は面倒な、とぶつぶついいながら書類との格闘を開始した。

その時、デスクの電話が鳴った。檜垣から話が回った結果、もう一切動くなと、あらためて上からの指令が来たのかと思ったら、かけて来たのは水野だった。

「携帯が繋がらないので。こんな時間にデスクにいるとは意外ですね」

「まあ、話せば長いことがあったんだ。で、首尾はどうだ」

「いろいろ判りましたが、どうも、南海町で『小嶺律子』を名乗っていた女と、戸籍上の小嶺律子が同じ人間だとすると、辻褄《つじつま》の合わないことが多いですね」

水野には、大阪時代の律子について調べるよう言ってある。

「小嶺律子、旧姓太田律子の本籍地は奈良県ですが、奈良って海はないですよね。でも律子は漁村の出身だって、佐脇さんには言っていたんでしょう？　源蔵との結婚が初婚で、それまでに結婚歴はありません。それに戸籍ではかなりの歳ですよ。四十近いんじゃないですか」

水野は奈良まで足を延ばし、律子が住んでいた家の近所で聞き込みをしたと言った。

「太田律子は二十五年前に奈良を離れてます。その後、大阪で就職して一度、覚醒剤で挙げられてますが、十年前から消息は一切不明になってます」

それよりも何よりも一番不審な点は、奈良の実家の近所でも、大阪での最初の勤め先だった食品工場でも、水野が見せた律子の写真に、誰も見覚えがなかったことだ。

「実家はもうありません。両親ともに亡くなってます。兄弟もいません。影の薄い女性だったらしくて、近所の人もあまり覚えていないんですが、こんな別嬪《べっぴん》さんじゃなかったと言われました。大阪の、元の勤め先でも、たしかそういう人はいたけど、この写真は別人だと思う、って」

「そうかそうか。思った通りだな。で、昨夜言った、箕田って男の線は当たってみたか？」

「はい。大阪府警の組対《そたい》に問い合わせてみたところ、たしかにそういう名前の男が、組の杯《さかずき》を貰っていて、自分の女にマッサージ店を経営させていることが判りました。その店に行って、律子……いや、自称・小嶺律子ですかね、彼女の写真を見せてみました。こちらについては、たしかに似た女が、以前働いていたことがあるそうです。その女には、とんでもないヒモだか暴力夫だかがついていて、とてもマッサージ程度の稼ぎでは追いつかなかったらしく、ある日突然、店を変わったのだと」

「変わった先の店は突き止めたか？」

「はっきりしたことは聞き出せませんでした。おそらくハードな裏風俗でしょう。当時の店長を探し出したんですが、悪い男がついていて、骨の髄《ずい》までしゃぶりつくされたんじゃないかと、気の毒そうに言ってました」

それが四年前のことで、律子が南海町に小嶺源蔵の嫁として姿を現した時期の、一年前に当たる。

「なるほど。怪しいな」

と佐脇は言い、その『律子によく似た女』の暴力亭主だかヒモだかの名前は判らないかと水野に聞いてみた。

「さあ……スーさんみたいに通称で呼ばれていたということしか」

「判った。もうちょっと調べてくれ。お前もニュースで知っているだろうが、こちらでは律子をストーキングしていた盛田岩雄が殺されて大騒ぎだ。その盛田の写真を送らせるから、大阪府警で受け取って関係者に見せて回れ。あと、律子がマッサージをやめて、流れて行った先についてもなんとか調べてみてくれ。そこも箕田ってやつの息がかかっているのか、あと、外国人は絡んでいないか、そういうことをだ」

「外国人って、どこの国の外人ですか？」

　水野が聞き返した。

「律子がやめたマッサージ店は一応、中国エステをうたっていて、中国人の女性も何人か働いていたみたいですよ」

「そうか。それなら……名前をメモしてくれ。『雅宮レイ』と名乗る女が働いていなかったかどうか……いや、写真は無い。背が高くて手足の長い、派手な顔立ちの女で、たぶん中国人だ。日本語はうまいが訛《なま》りがある。そいつもついでに調べてくれ」

　奈良県出身の、おそらくは本物の『太田律子』についても、風俗店で働いていたことはなかったか、風俗にいたとすればその経営者を通じて、こちらは偽物の、南海町で漁師をしていた『律子』とのつながりがあったのではないか……それも調べられるようなら頼む、と佐脇は水野に命じた。

「こちらは昔のことで難しいだろうが、もしも判るようだったらな」

　これは水野を出張させ、大阪滞在を延長させても、裏を取ってみる価値のあることだと、今や佐脇は思っていた。

「とにかく、もうちょっと詰めてくれ。大阪府警の生活安全課に布川《ふかわ》って刑事がいるから、いろいろ知恵を貸して貰《もら》え。こっちからも布川には頼んどくから」

水野にはさらなる調査を命じた。もちろん佐脇の独断だが、彼の嗅覚は、要チェックであるとのシグナルを発したのだ。


結局、書類仕事を放り出して鳴海署を出た佐脇は、朝までやっている二条町の安酒場で一人で酒を飲みつつ、考えを整理していた。

律子につきまとっていた盛田は、誰に殺されたのか。その犯人の見当がつかないこともあるが、なにより、レイに早業で一服盛られてしまったことが悔しい。公安がマークしていた女に、手もなく引っかかってしまったのだ。しかも、張り込んでいた檜垣に助けられるというブザマなおまけつきだ。

レイは、律子と無関係ではないだろう。日本人と言っていたが、どう見ても、生まれつきの日本人ではない。国際結婚で日本人になった可能性があるとはいえ。

律子が保険金詐欺を働いたとして、その片棒を担いだ？　あるいは現在逃走を助けている共謀者か？

いや、保険金詐欺をやるのに自衛隊は相手が悪すぎるという漁師の連中の話も無視出来ない。

いろいろな可能性を頭の中で検討すればするほど酒は進むが、結論は出ない。

下手の考え休むに似たり、と気づいた佐脇は、ウラを取ることにした。地元暴力団・鳴龍会の若頭で、いまや親友といってもいい伊草を深夜にもかかわらず呼び出した。

三十分後、佐脇は、鳴龍会が経営する高級クラブでブランデーを飲んでいた。

「で、お話というのは」

見栄えのいい高級スーツに身を包み、精悍な顔にオールバック、その貫禄と目力《めぢから》において、刑事よりはるかに刑事らしくカッコイイ二枚目が、だが態度はあくまでも謙虚に、佐脇の咥《くわ》えたタバコにすかさず火を点けた。

「伊草よ。ホストみたいな真似するなよ。そういう事をするから、お前の子分がオレに反感を持つ。いろいろとイジメられるんだよ」

「まさか。私の子分が佐脇さんをイジメる？」

伊草は爆笑した。

「イジメるどころか……ウチの連中が、こないだ佐脇さんに小遣いせびられて愚痴《ぐち》ってましたよ。あのヒトはどうもお金にしっかりしすぎだって」

「そうよ。ケチだから小金が貯《た》まる。オレも老後を考えてるからな、なるべく金は使わず堅実に暮らしたいのよ」

「だからって、遊ぶ金を下っ端にたかりますか？」

「まあな。ちょっと脅せば金を出してくれるんでな」

「それって不良のカツアゲじゃないですか」

こういう事を平気で言い合えるくらいに、佐脇と伊草は親密だ。しかし、どこまでいっても刑事とヤクザだから、律儀な伊草はその一線だけはキッチリ守っている。どっちが折り目正しいかと言えば、それは圧倒的に地元暴力団ナンバー2の伊草の方だ。

「それはともかく。どうだ、鳴龍会でも、覚醒剤は扱ってるよな?」

ズバリと本題を切り出した佐脇に、伊草は少し驚いたような顔をした。

「心配するな。挙げようっていうんじゃない。完全なオフレコってことで、本当のことを教えてくれ」

「そうですねえ。ウチはタテマエとしてはクスリは御法度《ごはっと》……それは佐脇さんもご存じだと思いますが」

「だが金輪際、組内《くみうち》の誰一人として、白い粉なんか見たことも触ったこともない、とか、まさかそういうことはないよな」

「まあ、そうですね。当節、シノギを考えると、そうも言ってられないんで」

伊草は暗に認めた。

「ただし、ハイリターンではあるけれどリスクの方もどえらく大きいんで、シャブは、ウチの主力商品にはならないですね。あくまで末端の奴らが細々商ってる程度です。なにしろ、下手すりゃ警察に組が潰されちゃうし。佐脇さんもさすがにクスリじゃウチを庇《かば》えないでしょ？」

「庇えないね。飲酒運転と覚醒剤、それだけは庇えない」

そう言いつつ、佐脇は律子の顔写真をテーブルに置いた。大阪に行った水野に持たせたものと同じ写真だ。警察は律子の写真を確保出来なかったので、テレビのニュースから取ったものだが。

「ところで、この写真の女、知らないかな？」

「ニュースで見ましたよ。美しすぎる女漁師。自衛艦とぶつかって死んだって言う……」

それだけか、と言いたそうな佐脇を見て、伊草は慌てて付け加えた。

「いやいや、ほんとうにそれ以上のことは知らないんです。まあ、どうして佐脇さんが私に尋ねるのか、それを考えれば、何を訊きたいのかは判りますけどね」

伊草は細身のシガーに火を点け、間合いを取るように吹かした。

「疑ってるかもしれませんが、ウチの組では、覚醒剤の密輸は一切やってないんで。そりゃ港町も近いし地の利はありますが、自分とこで手を出すのはヤバすぎる。他所から……ハッキリ言えば関西の組から仕入れたブツを小売りしてるだけで」

そう言ってから、探るように佐脇を見た。

「……この答えじゃ、ご満足戴けませんね？」

「お前は察しがいいな。よすぎるから永遠の『最強の二番打者』なんだろうな」

賢明な伊草は、ハハハと愛想笑いをしただけだ。

鳴龍会は限られた顧客に細々とクスリを売ってはいるが、自分のところで密輸をする体力はない。密輸と言っても、日本の目と鼻の先まで中国や北朝鮮の貨物船がやってきて、公海上に『荷物』を落としてゆくのだが、警戒を強めている海上保安庁や警察に気づかれては組自体が潰されてしまう。そうならないように、各方面に付け届けをしなければならないし、秘密厳守で流通ルートを維持しなければならない。それが大変なのだ。

「まあ、それにまつわる話はいろいろと入ってきますがね。地元に運び屋がいるって、そういうハナシも耳に入りますよ。噂だけですが、南海町の飛び切りの美人漁師がやってるってね。小嶺律子ですか……その女がどうしてそういう危ない稼業に手を染めたのかは知りません」

律子がわざと、自分から自衛艦に船でぶつかっていったとしても、それは保険金目当てではあるまい、と佐脇は考えた。覚醒剤の密輸に嚙んでいたのなら、どれほどの借金で縛《しば》られていたにせよ、密輸の片棒担ぎで相当の金を手にして返済に回せたはずなのだ。

そういう生活が嫌になって自殺したくなった？　残された「家族」のために、せめて保険金を取ろうとしたのか？　いや、最初から自殺するつもりはなく、保険金を騙し取った上で、密輸から足を洗おうとした？

だが、佐脇にはどちらの仮説もしっくりこない。伊草が言った。

「それはそうと、今、近場にある某国はヤバいですよ。カネのためなら何でもするから」

「近場の某国って、北朝鮮か？」

「まあ、あそこも国を挙げて偽札刷ったりシャブつくったりしてますけどね。けど何と言っても今、一番ヤバいのは中国ですよ。なんせ金があるから、その気になればなんでもやれちゃいます。しかも急激に成長したんで、いろいろなところで統制が取れなくなっている」

似たようなことを八幡も言ってたなあ、と佐脇は思い出した。

「軍や党の目の届かないところで、金に目が眩《くら》んだ連中はヤバいことをやってますよ。中国人ほどカネが好きな連中は居ないんだから、カネのためなら非合法なことでも、平気でやりますよ」

それを聞いて、八幡が言っていた事との矛盾《むじゅん》を感じた。商売に貪欲《どんよく》なのは判るが、ならば軍備を増強して近隣諸国のみならずアメリカにまで脅威を感じさせるのは商売の邪魔ではないか。商人ならひたすら腰を低くして、お得意様には愛想よく、仲良くしてなければいけないんじゃないのか？

「あの……佐脇さんは『中華思想』って言葉、ご存じですよね。おっと、これはラーメンの秘伝のコトじゃないですからね」

伊草はボケを先に口にした。

「大昔から、中国はアジア最大の強国を自任してたわけでしょう？　阿片《アヘン》戦争のあと、しばらくは調子が悪かったけど、基本的には覇権が大好きなんです。というか、彼らはアジアの覇権は自分たちが握ってる、握るべきだと思っているし、世界に冠たる中国、と思っているわけです。ここ二百年くらい外国にやられっぱなしだった分、彼らは今、シャカリキになってるわけですよ。で、金で買えるものならなんでも買うとばかりに、軍備を増強して、あらゆる手を尽くして情報も取り込んでいます。だからヤバいんですよ」

「なるほど。連中はカネも好きだが、同じくらいメンツも大事と」

伊草の話は、テレビのコメンテーターより判り易い。

「お前、ヤクザにしとくのはもったいないな。それも田舎の零細ヤクザってのは」

「いやいや、田舎で威張ってる方がラクでいいです。佐脇さんも同じでしょ？」

この事は、磯部ひかると何度も話したことだ。巨乳リポーターとして大阪や東京からヒキがある彼女にくっついて行って、マスコミで犯罪評論家みたいな事をしないかという誘いもなくはなかったが、結局はテレビ局に使われる身になる。ならば田舎のワルデカとして、ヤクザをいたぶる『食物連鎖の頂点』に君臨している方が面白おかしいし実入りもいい。それは磯部ひかるも同じ考えだ。

「で、中国は、情報も金でかき集めてるってわけか。スパイを放ってるってことだな」

ええ、と伊草は頷いた。柔和《にゆうわ》な顔をしているが、目は鋭い。

「小嶺律子も、その線で?」

佐脇は自分で口にしていながら、「その線とは、どの線だ?」と自答するしかない。

「まあ、ここから先は田舎の弱小ヤクザの、それもナンバー2には荷が重い話ですんで」

伊草は如才なく話にオチをつけてしまった。

とはいえ、山ほどあった仮説が絞り込まれてきたように思う。

そうなると日本人と名乗りつつ、喋り方もやることも、明らかに日本人ではなかった、あのレイという女の存在が気になる。しかも公安の総本山である警察庁警備局の檜垣が、その女を追っているのだ。律子の周辺に出没するレイは、律子とはどういう関係なのか。

高級クラブで、おねえちゃんに手を出すこともなく、男二人で談笑しただけで店を出た。

これからラーメンでも食って、味気ないカプセルホテルに泊まるか、いや、味気なさでは上をゆく警察の独身寮に転がり込むか、と思案しながら歩いていた佐脇だが、このまま寝るには気になることが多すぎた。

深夜の二条町は、さすがに静かだ。風営法の規制が厳しくて、大半の店が締めてしまうからだ。もちろん閉店したフリをして営業を続ける店が大半だが、けばけばしいネオンは消え、うるさい音楽も消える。

鳴海港にでも行って潮風に当たって頭の中を整理しようかとも思ったが、こんな時間に港に行くと暴走族やガキどもの喧嘩にぶち当たって、余計な仕事が増えるかもしれない。それは面倒なので、佐脇は近くの公園に足を向けた。酔っぱらいが立ち小便をしていくので、極めて環境劣悪だが、一応、ベンチもある。

先客のホームレスがベンチをすべて占拠していたので、佐脇はブランコに乗ってゆっくり漕ぎながら、携帯電話を取り出した。

こんな時に声を聞きたくなる、いや、有り体に言えば、知恵を借りるのに格好の人物が居た。

警察庁刑事局の入江雅俊《まさとし》警視正。かつて佐脇を県警から取り除くための「刺客《しかく》」としてサッチョウから送り込まれた、キャリア官僚だ。死闘の末、佐脇が辛《から》くも勝利を収め、入江は警察庁に戻ったが、その後二人の間には「友情のようなもの」が存在している。大昔の西部劇ではないが、殴り合いの大喧嘩の後、腹を割った仲になったようなものか。とはいえ、佐脇としては入江を信用しきっているわけではない。エリートの高級官僚だけに、どこで裏切られるか判ったものではないと思っている。価値観が根本的に違うのだから、守るべきものも違うはずだし判断の結果も違って当然だろう。それくらいクールに考えてはいるが、「見えているもの」が違う男の意見を聞いてみたくなったのだ。

『やあ、佐脇さん。ウチの檜垣がお世話になっているようで』

未明にもかかわらずすぐに携帯に出た入江は開口一番、そう言った。おそらく事情は逐一、把握しているはずで、さすがはエリート。話が早い。

「檜垣ね。やつには命を助けてもらった。しかもアリバイまで証言してくれて、殺人容疑をまぬがれた。どういう男なんだ、やつは？」

『それはそれは。公安の人間に借りが二つもできましたか。それを言うなら、私も佐脇さんに貸しがありますよね』

東京に戻ってからの入江は、佐脇に様々な情報を提供してくれている。それで窮地《きゆうち》を脱したことも何度かあった。

「たしかにあんたには借りがある。礼も出来ていないのが心苦しい。時に、こっちに来る予定はないのか？　そのときはせいぜいはり込んで、酒池肉林《しゆちにくりん》の官官接待をさせていただきますがね」

『いやいや。そんな誘いにうっかり乗って、進退を佐脇さんに預ける形になるのはイヤですよ。遠慮しておきます。それより、たまには佐脇さんも東京においでなさい。こちらも法に触れない程度にご馳走しますよ」

たまに研修で東京に集められることはあるが、窮屈で面白くもない研修など受けたくもない。そもそも出世の意志がない佐脇に、研修の誘いはかからないのだが。

『それはそうと、佐脇さん。今度の件は、ちょっと大変なんじゃないですか？』

佐脇が切り出す前に、いきなり入江が本題に入ってきた。

『それにね、ウチの檜垣。あれには要注意です。まあ用心深い佐脇さんのことだから、大丈夫だとは思いますが』

「要注意って、どういうことなんだ？」

これだけの会話では、入江の真意を測りかねた。

『道府県レベルの警察では、刑事と公安は人事的にも仲間ですから、風通しはいいと思いますが、ウチのレベルになると、連中がナニをしているのか、どう考えているのか、よく判らないんです』

「いわゆる、刑事と公安の対立ってヤツですか」

『まあ、そういうことですね』

入江はハッキリと肯定《こうてい》した。

相手が言う通り、道府県の警察、ましてや所轄の警察署のレベルでは刑事と公安は人事異動で常に入れ替わるから、派閥的な対立はない。方法論的な違いはあるので、ぶつかることはあるが、それが感情的なしこりになることは、制度的にもあり得ない。

しかし、警察庁は違う。刑事と公安は双方ともにプロパーで、入庁して配属が決まると、どちらかの専門として仕事をして昇進していく。その間、互いの人的交流はないに等しい。

故《ゆえ》に、地方警察とは違う構図が存在する。

『ああ、誤解して欲しくないんですが、これは私が刑事畑の人間だからって事じゃないんです。もちろん刑事と公安は張り合ってますけど、それだけの理由で檜垣に気をつけろなんて、狭量なことは申しません』

入江は独特の屈折を感じさせる喋り方をした。

『檜垣は、私の同期なんですが、まあ彼の方が出世してます。でも、それだけが理由でもないんです。彼固有の問題と申しますか、彼のパーソナリティに問題があるというか』

「もうちょっと……具体的に言っていただくと有り難いんですがね」

佐脇はちょっと苛ついた。

『一言で言うなら、彼の愛想のよさに惑《まど》わされないことです。基本的に公安の連中は、ロクな事考えてませんからね』

「たしかに、異常に人をそらさない、愛想のよすぎる御仁ですな、檜垣サンって人は。そのへんは用心してます。それより、檜垣サンが追っている女って、何者ですか？」

『私は、彼が担当している個別の事案までは知りません』

入江はあっさりと言った。

『しかし今の彼は、公安を統括するようなポジションに居ます。その上で、そちらで動いているわけですから、この件は警察庁というだけではなく、いわば日本国にとってかなり重要な事案であることが推測されます。しかも相当な裏があるはずだ』

「いや、だから、それは具体的にどういう……」

『佐脇さん。今度ばかりは、手を引いた方がいい。相手が悪すぎます。まさか自衛隊関係者にまで、もう接触した、なんてことはないですよね？』

「そっちは海保の担当だから。よその縄張りにまで口を出す気はないですよ」

『それはよかった。悪いことは言いません。この件は全面的に海保に任せた方がいいです。覚醒剤の密輸とか保険金詐欺とか、そういう事案についても、海保は経験豊富ですよ』

「それは判ってるんだが……」

まさか佐脇と律子の『特殊な関係』を知るはずのない入江に、この事件に佐脇がこだわっている本当の理由を言うわけにはいかない。

「まあ……田舎刑事の意地ってヤツですよ。もうちょっと動いてみますんで。それより、檜垣サンが調べているのは……」

さらに聞き出そうとした佐脇の目に、信じがたいものが映った。

律子が、歩いているのだ。

公園の前の道を、律子としか思えない女が、歩いている。

「失礼！　またかける」

佐脇は通話を切り、ブランコから飛び降りて、その女を追った。

しかし、あたかも幽霊が歩いていたかのように、律子の姿は忽然《こつぜん》と消えてしまった。

第五章　不粋《ぶすい》にハニートラップ

翌朝。

結局、二条町のサウナで夜を明かした佐脇は、鳴海市に隣接する小松浜に向かった。海上保安庁の小松浜海上保安部は、この辺の海域を管轄する海保の分署のようなものだ。

『いそなみ事件』担当の飯出は、すでに忙しそうに電話応対中だ。

「海保の現場検証が明後日だと伺ったので、二、三、確認したいことがありましてね。お忙しいところ恐縮ですが」

「いやいや、現場検証のダンドリは上の方がやってくれてるんで。ウチは現場的な事だから、実際に忙しいのは明後日ですよ」

そう言いつつ、飯出には電話が次々にかかってくる。

「ちょっと私への電話は要件を聞いといて。県警から人が見えたから」

飯出は部下にそう言うと、佐脇を事務所の一隅にある応接コーナーに案内した。

「やはりお忙しそうだから端的に伺います。海保としてはこの件を、どの線で送検するんですか？」

「公式の発表はあくまでも現場検証をしてからですが、まあ、内部では、事故の線を考えています。総合的に判断して」

小嶺律子が過労か何かで船の操舵中に居眠りをして護衛艦に衝突したのではないか、という推測だ。

「回収された操舵室にあった自動操縦装置が、オンになってましたのでね」

「このようなケースで保険金詐欺が疑われるケースもありますよね？」

「ええ。我々も最初はそれを考えましたよ……小嶺さんのお宅の経済状態を考えても、ね。しかし、総合的に判断すると」

飯出の表情は複雑だった。どうも内部で意見の食い違いがあるようだ。

「私の口からは申せませんが……上の方から『身内を庇《かば》った、との疑惑は絶対に招かないように』とのお達しがありまして。口頭で、ですけど。意味は判りますよね？」

以前から、自衛官の起こした犯罪については、警察の対応が手ぬるいと言われてきた。実際、自衛官に殴られたのだが所轄の警察が全然事件にしてくれないという相談を佐脇自身、知り合いから受けた事がある。その時は、ひかるを通じて腕のいい弁護士を紹介してやり、きっちり裁判にするよう勧めてやった。一審は原告勝訴だと聞いたが、被告が控訴し、現在係争中だ。

警察官も自衛官も同じ公務員である以上、身びいきしているのだろうという批判は以前からあるし、実際、自衛隊がらみの事件処理にはさまざまな筋からの介入が予想される。警察が捜査に手加減することがないとは言えない。

警察が自衛隊の仲間なら、海上保安庁も、同じ感覚で見られているはずだ。ともすれば、外部からは「仲間」と見られるわけで、海保の上層部はそれを警戒しているのだろう。

さらに、近年起きた、数件の民間船対自衛艦の事故のことがある。そのすべてについて、自衛艦側に過失があったことが確定している。陸上の交通事故では大型車両の責任を重く見る考え方が援用され、自衛艦と小型船がぶつかった場合は、問答無用で自衛艦が悪い、とする空気が出来上がっているのだ。

そういうことを総合的に考えて、今回も事件ではなく、自衛隊側に過失のある事故として認定するのだろう。

「小嶺源蔵さんが契約し、奥さんの律子さんも加入している保険はいろいろありますが、それぞれかなり以前から契約しているものばかりです。漁師という仕事を考えても、生命保険や傷害保険に入るのは当然のことですし……。まあ、小嶺律子さんが生きている、ということになれば、また話は違ってきますが」

そう言って飯出は佐脇を見た。言いたいことは判っている、という表情だ。

「私も素人じゃないんで、事故のあと小嶺律子を目撃した、という人物が居ることは承知しています。こういう事件のあとは、必ずあるんです。そういう噂は」

「では、ほかの可能性はどうでしょう？　事故ではなく『事件』。それも、単純な保険金詐欺以上の事件という可能性は？　たとえば、公海上の外国の船舶から、覚醒剤を中継していた、とか」

「密輸に加担していたとして、そういう人間が、どうして自衛艦とぶつかるんです？　続けるのが嫌になって？　そうでもしないと辞められなかったから？」

自分が発した言葉に、飯出は頷いた。

「それも、内部では出た意見です。でも、採られなかった。何故か。傍証がないからです」

「傍証ならありますよ」

佐脇は、水野が大阪で調べたことを交えて、この時点での自分の考えを述べた。

いわく、戸籍上の「小嶺律子」、旧姓「太田律子」は本籍が奈良県で、漁港育ちだという本人の言葉とは矛盾《むじゅん》があること。年齢も戸籍上のものよりは実物がずいぶん若く思えること。太田律子の写真は無いが、太田律子本人を知る人によれば、マスコミで報道された小嶺律子の写真が、どうも本人とは思えないことなどなど。

「なるほど……それにしても、現時点では、事故に遭った『小嶺律子』が、実は別人のなり済ましであるという決定的証拠はないわけですよね」

同じ現場の人間として、飯出が佐脇の推理に興味を示していることは顔色で判る。しかし、その口から出る言葉は別だった。

「海保としては、あくまでも『事故』ということで書類送検の準備を進めています。明後日の現場検証でも、その方針が大きく変わる新証拠は出て来そうもありませんし」

ただ、と飯出は付け加えた。

「私は、納得し切れていません。それでも海保の人間としては、その線では動きにくいんです。佐脇さんに有力な事実を探り出して貰えれば、私もやれることはあるんですが……」

「わかりました」

飯出の言いたいことを察して、佐脇の腹は決まった。

「こっちはこっちで、海保とは別の考えで動きますから。ウチだって上の方は、海保サンと歩調を合わせろと言うに決まってるんですが、オレはね、ご存じの通りだから」

そう言って、ニヤリと笑ってみせた。

「ウラのあれこれは、調べるのに時間がかかりますがね。ものの本で読んだんですが、漁船が事故を装って保険金を奪取した事件、海保サンは半年も内偵を続けて真実を暴いたことがあるそうですな」

「はい。その事件は有名です。でも、この事故では半年も内偵なんて出来ません。何をやってるんだと自衛隊ばかりじゃなく海保まで叩かれるのはミエミエなので、上も早々に事故として終結させたいんです。もしもこれに事件性があり、犯人側がその展開まで読んでいたとすれば、かなり頭の良い人物であろうかと」

『事件』だとすれば、世論を巻き込んだ完全犯罪、ですからね」

海保の方針は判った。組織としての方針は予想通りだったが、現場の人間として、飯出もこの事故に佐脇と同様の疑問を抱いていることが判ったのは収穫だった。

その足で、佐脇は鳴海市民病院に向かった。もちろん再度、北村を締め上げるためだ。

「さ、佐脇巡査長！」

見張り役の若い制服巡査は、佐脇を見た瞬間、異常にうろたえた様子を見せた。この前の巡査とは別の男だ。

「また来たんですか。もう、マズイですよ。この前はけっこう騒ぎになったし」

「あ、そうなの？　どうしてかな？」

佐脇は完全にトボケた。

「とにかく、佐脇さんだけは絶対入れるなと言われてますから」

巡査は病室のドアの前で両手を広げた。

「困るんです」

「坊や。それは誰に命令されたんだ？　ん？」

躊躇《ためら》った末に大久保刑事課長、の名前が出るや、佐脇はすぐに携帯電話を取り出した。

「ああ、オレだけど。大久保課長いる？　そう、じゃ代わって」

佐脇は直談判をし始めた。

「あ、課長。今、市民病院なんスけどね、職務に忠実な若い巡査が入れてくれないんですよ。もちろん、北村の病室です。ええ、それは承知してますが、緊急に確かめたいことができましてね。はい、はい」

佐脇は相手と話し込むフリをした。電話の向こうでは録音された「明日の天気予報」が流れている。

「じゃあ、直接確認していい？　いいんですね？　……ああ、それはもう重々に判ってますから。はい、では」

電話を切った佐脇は、巡査に向き直った。

「聞いての通りだ。課長からお許しが出た。通せ」

「いやしかし」

電話越しにでも大久保刑事課長とは直に話をしていない以上、巡査がためらうのは当然だ。

「そうか。オレの言うことは信用出来ないと言うんだな。お前さあ、この鳴海署で、オレに楯突《たて》いたらどうなるか知ってるか？　歴代署長がどうしてみんな、短期間に異動したり退職する羽目になったか、それを知ってるか？」

ニヤリと笑う佐脇に、巡査は息をのんだ。

「思い出したのなら、ちょっと席を外せ。終わったら知らせてやる」

巡査は硬い表情で頷いて持ち場を離れ、佐脇は何食わぬ顔で病室のドアを開けた。

外のやり取りを聞いていたであろう北村は、朝の光の中で新聞を読むフリをしている。

「結構なご身分ですな。ブレックファストのあとはベッドの中で優雅に新聞ですか」

北村の顔が強ばった。

「今度はなんだ！　この前は知ってることを全部話したんだぞ！　そのおかげで大変だったんだ」

「別に今さら、お前さんの社会的地位が脅かされたわけじゃないだろ？　お前は既に罪人なんだからな」

「病状だよ！　病状が大変だったんだ！」

またしても点滴のチューブをいじり始めた佐脇を見て、北村の顔色は赤くなったり青くなったり、さながら信号のように変化した。

「聞き漏らしたことがあってな。再び参上したわけだ」

「な、なんだよ」

北村はベッドの上でドアと反対側にひしと身を寄せた。

「そんなに怯《おび》えるなよ。もう血圧が上がって医者が飛んで来るじゃねえか。穏やかに話そうぜ」

「ナニが知りたい」

「女を捜してる。唇がこう、フェラチオが如何にも上手そうなぽってりしてて、顔のつくりも派手で、いかにも生まれながらのオミズって感じの、中国女」

北村は少し考えたが、首を振った。

「そういう女は山ほどいるからなあ……似顔絵でも描いてくれよ。指名手配のアレみたいに上手くなくていいから」

オレは絵が描けないと言いつつ、佐脇はベッドサイドにあったメモ帳にさらさらと顔を描いた。

それを見た北村は噴き出した。

「なんだこれ。幼稚園児の落書きか？　これじゃあ誰だか判りっこないだろ」

「……たしかにオレは絵が下手くそだ。描けないと言っただろ」

佐脇は怒気を含んだ低い声で言った。

「オレは自分で自分を笑うのは平気だが、ヒトに笑われるのは好きじゃないんだ」

そう言って、北村を見るとニヤリとした。

「お前は、自分の立場がまだよく判ってないらしいな。ところで、病室ってのは面白いな。いろいろと使えそうなものがある」

佐脇は、サイドテーブルの上にある桃の缶詰を手に取ると、勝手にプルトップを引いて開けた。

「桃が食いたかったのか」

「別に」

佐脇は缶本体を置くと、缶の蓋を素早く北村の首に押し当てた。

「これで充分、首の頸動脈は切れるな。他にもフルーツナイフやフォークだって凶器になるし、バカとハサミは使いようって、この事だな」

「バカだな。そんなことしたらお前さんがやったのはモロバレじゃねえか」

「まあな。しかし、お前に桃を食べさせようとして足がよろけて……という説明は出来る。お前、警察は身内に甘いって事を知ってるだろ？　お前の想像以上に内輪で庇うんだぜ。それはもう、味噌を糞《くそ》と言うほど凄《すご》いんだ。嫌われ者のオレでさえ庇うんだからな」

「……結構なお仲間が職場にいて、お前さんは幸せだな」

お追従《ついしょう》を口にしつつ、北村の目はうろうろとナースコールのスイッチを追い、手を伸ばそうとした。しかし僅《わず》かの差でそれは佐脇の手中に入った。

「もう一度訊く。フェラチオが上手そうな、派手な顔の中国女を知らないか？」

「知ってるとしたら?」

佐脇はすかさず北村の横っ面《つら》を張った。

「知ってるなら、さっさと言え」

口許に血を滲《にじ》ませた北村は、鋭い眼差しで佐脇を睨みつけた。往年の迫力が戻った瞬間だったが、その眼力は、数秒で消えた。

「その女なら、たぶん知ってる。面通しするんなら指差してやるよ」

「ここに連れてくるのは難しいな」

「じゃあ教えられない。仕方ねえじゃねえか」

その返事を聞いた佐脇は、ボックスからティッシュを一枚抜き取るとヒラヒラさせて見せた。

「俗に、人間は濡れたティッシュ一枚で殺せるって言うよな? しかしオレは、常づね疑問なんだ。濡らしたティッシュを鼻に密着させれば窒息するってンだろ? だけど、人間の息ってけっこう温度があるし勢いもあるよな。結構早く乾くか、吐く息で飛ばせるんじゃないか。そうすりゃ死なないよな?」

実験してみたい、と佐脇は言い、ベッドサイドの吸い飲みの水を真ん中に少し注いだ。

「むろん、手が使えりゃ、この実験に意味はねえ。だからオレが押さえといてやる」

といいつつ、言葉どおり北村の両手首をつかみ、万力のように締め上げた。

「お前が、この濡れティッシュを鼻息で飛ばせば、オレは黙って引き下がるし、お前の子分になってもいい」

濡れたティッシュを北村の顔の前にかざす。

「だが、もしお前が死ねば」

「死ねば、どうなんだ」

「それでお終《しま》いだよな。ゲームオーバー。お前にとってはザンネンデシタという結末で終了だ」

北村はしばらく天井を見つめていたが、やがて、深いため息をついた。

「その女なら、たぶんあいつだ。レイって名乗ってる」

佐脇は頷いて先を促した。

「ヤンって奴がいる。中国側で覚醒剤の取引を仕切っている男だ。そいつ自身も船に乗ってる。貨物船の乗組員とか観光とか貿易会社の社員とか、いろんな身分で日本に来ていて、おれも何度か会ったことがある」

「お前も、密売の末端業者として会ってるんだな」

そうだ、と北村は頷いた。

「どんなヤツだ？　見てくれは？」

「早い話が、月並みな表現だけど、蛇《へび》みたいなヤツ、という感じ。まあ、抜け目はないよ。それが顔にも表れてて。とにかく目つきが悪い。鋭いという以上に、気味悪いんだ」

「ヤクザのお前が言うんだから、相当なもんなんだろうな」

ふふん、と北村は笑った。

「で、レイはそいつの愛人だ」

今度は佐脇が首を傾げてみせた。

「レイは、自分はこれでも日本人だ、と言ってたんだがな。日本人と結婚してるんじゃなかったのか」

「そうだ。レイは大阪やそのほか、いろいろな地方都市の店で働いて、そこで知り合った日本人と結婚したはずだ。亭主が日本人でも男は同国人。珍しい話じゃない」

「日本人と結婚したからって日本人になるわけじゃないんだが……レイは帰化したのか？」

「さあ、そこまでは知らねえが、日本人になったというなら、そうじゃねえの？」

北村は投げやりに答えた。

「しかしヤンっていうヤツは、自分の愛人を水商売で働かせて、その上、日本人と結婚させたわけか」

仲間に日本国籍を持つ者がいれば何かと好都合だろう。それは判る。

「覚醒剤密売王として誇り高いヤンは、愛人をそういうふうに扱って平気なのか？」

「別にアイツは、東南アジアの麻薬王みたいな凄い存在じゃない。山ほどの手下に君臨して、武装した私兵に守られた山奥の豪邸に潜んでるわけでもない。香港ヤクザみたいな感じで軽薄にしてる若い衆だぜ」

「恥を知らないヤツなんじゃないか？」

「恥を知ってりゃ、最初からこういう稼業に手は染めないだろ」

北村はそう言って自嘲の笑いを見せた。

佐脇は、病室なのにタバコに火を点けてすぱすぱと吸った。

「で、そいつ、そのヤンって野郎は、レイに何をさせてるんだ？　覚醒剤の密売補助だけか？　小売りはどうせお前らが下請けしてるんだろ」

「オレらはヤンの下請けじゃない。ヤンと関西が共同で密輸して、そこからオレらが仕入れてるんだ」

北村は些《いささ》かのプライドを漂わせた。

「じゃあアレか？　レイって女は、その密輸そのものを手助けしてるのか？」

「そうなんじゃねえの？　おれは深くは知らないから」

そう言ったものの、北村の顔に、何か思い出したというシルシが浮かんだ。

「なんだよ。何を思いだした？　この際全部言っちまえ」

「まあ隠すこともないな。そう言えば、レイが連れてきた日本人の女がいてな。レイと同じ店で知り合ったそうなんだが。その女は漁村の出身で、小型船舶なら見よう見真似で操れるって、何かの時に言ってたそうだぜ」

「前に来た時、お前は小嶺律子のことは何も知らないと言ったよな？」

「知らねえよ」

「南海町の漁師が覚醒剤密輸に嚙んでるという話は聞いてると言ったよな？」

「ああ、それは言った」

「友愛ローンで焦げ付かしてるヤツの名簿を関西に渡したとも言ったよな？」

ああ、と北村は頷いた。

「細かいことは覚えてないが、たぶん言ったと思う」

そこまで言った北村は、ああそうかと合点のいった顔になった。

「そういうことかい。アンタが描いた絵は、その、小型船舶の操縦が出来るレイの知り合いの女ってのが小嶺律子で、小嶺律子は南海町の漁師で、律子は自分の船で覚醒剤密輸をやっていて、友愛ローンにも借金があるって絵図だな」

「お前、どうせならもっと整理して喋れ。オレが言ったことを適当に並べ替えただけじゃないか」

しかし、内容に間違いはない。小嶺律子は正式には漁師ではないし、小型船舶の免許も持っていないし船も所有していないし、たぶん自分自身はローンで金を借りてはいない。

しかし、小嶺律子は船を操縦出来るし、小型漁船を自由に使えるし、周囲もそれを黙認していた。

となれば、やはり、どうして律子がすべてを御破算にするような、自衛艦との事故を演出してみせたのだろう？

聞くだけのことは聞き出した。北村に「思い出させれば」もっと知っていることもあるのかもしれないが、今日のところはそろそろ時間的にも限界だ。

「たぶんまた来るが、その時はもっと耳寄りなことを聞かせろ」

「もう二度と来るな！　治るものも治らなくなる」

佐脇はニヤリとして、さっき自分で開けた桃の缶詰から一片を摘まむと、口に放り込んだ。

「美味い。お前も食え。で、もっといろんなことを思い出しておけ」

残りを北村に押しつけると、病室を後にした。

そういや今朝は朝から何も口にしていなかった。

さて、この先をどう考えるか。盛田殺しは律子の仕業か？　そもそも律子は生きているのか？　律子と覚醒剤ルートと、レイという女とのつながりは？

などなど、いろいろ思案するうちに鳴海署についた。

刑事課に顔だけ出して、何か言おうとする大久保に「ああ、おはようッス」と声をかけると、そのまま食堂に向かった。

朝食の時間は過ぎ、ランチになっていた。

カツ丼と豚骨ラーメンという栄養学上最悪な組み合わせを掻き込んでいると、八幡がやって来た。

「いたいた！　佐脇さん。大変なことになってますよぉ！」

小柄な身体を小躍りさせて、メガネが揺れている。

「ネットですよ。ネットでは大変なことになっていますよ！」

八幡は小脇に抱えた薄型のネットブックを広げて、佐脇に画面を見せた。

『自衛隊最新鋭護衛艦の機密情報が漏洩《ろうえい》。その裏に中国人妻！』

という大きな文字が目に飛び込んでくる。

「なんだ。また例の『匿名巨大掲示板』か？」

「いえいえ。これは事情通のブログです」

また新種が出て来たのかと面倒に思いつつ、佐脇は画面に目を走らせた。

「要するに、自衛隊の、それも極秘の軍事機密情報が、外国に漏れているようなんです。まだマスコミには取り上げられていませんが、自衛隊の情報筋とか軍事情報に詳しい筋とかの網には掛かっているようで、そういう事情通のブログに『特ダネ』が書かれてるんです。上から押さえ込まれてるのに反撥してリークしてるのかもしれませんが」

「お前の言うことは、全然『要するに』になってないぞ。そもそも情報漏洩と中国人妻がどう結びつくんだ？」

「だから」

何も知らないのかと、八幡は大袈裟に天を仰いで呆れてみせた。

「いわゆるハニートラップですよ」

「それはカラオケ屋のメニューだろうが」

それはハニートースト、という突っ込みもそこそこに八幡は意気込んで説明し始めた。

「ええとですねえ、いわゆる『情報弱者』であるところの佐脇さんには、どこから教えれば一番判り易いかなあ」

「お前な、あんまりそういうイヤミな態度を続けると、こうなるぞ」

佐脇は、八幡のメガネにチャーシューをぺたりと貼り付けてやった。

「わ。豚骨の脂《あぶら》って取れないのに！」

「もったいぶるお前が悪い」

八幡が食堂の一隅にある洗面台にすっ飛んでゆき、液体石鹸《せっけん》で神経質にメガネを洗い始めたところで、佐脇の携帯が鳴った。

磯部ひかるからだった。

『ああ、ご無沙汰ね』

「不景気なバーのママみたいな声出すな。用件はなんだ」

つい、ぶっきらぼうな声になる。

ひかるとは、喧嘩別れをしてしまって気まずいまま、時間だけが経ってしまった。放置すればするほど気まずさは溝になっていくのは判っているし、気にもなってはいたのだが、妙な意地もあって放っておいた。とは言っても、このまま関係が悪化して別れる気はなかった。これまでの経験上、一時の浮気をひかるが許さないわけはないし、向こうは佐脇が一言謝るのを待っているのも判っていた。いつもなら、仕事など二の次にしてひかるに頭を下げて美味いものでも食べに行こうと誘って平身低頭するのだが、今回はちょっと違った。どうやら、律子に本気になってしまったからだ。しかも、その律子にまつわる捜査を仕事でもないのに熱心にやっている。この状態でひかるに頭を下げて詫びるのには抵抗がある。謝罪の言葉が本心からではないからだ。

しかも……どうやら律子という女には、佐脇が思っていた以上にしたたかで複雑なウラがある。それが判ってきた時点で、情愛の対象というだけではなく、追うべき獲物になったような気がする。

『あらご挨拶ね。お邪魔だったかしら』

「ますますバーのママみたいだな。不機嫌なのはすまん。いつもの悪いクセだ」

『それは、判ってる』

ひかるはさらりと受け流した。これは、関係修復のサインだ。彼女が本気で怒っていて許す気がなければ、そもそも電話してこないし、佐脇の失言には容赦することなく徹底的に突っ込んできて、ゲシュタポか、はたまた小林多喜二《こばやしたきじ》を尋問した特高かと思うほど、とことん追及してくるのだ。

ということは、ひかるもそろそろ仲直りしたいと思っているのだろう。とは言っても、ここでタカをくくると強烈なしっぺ返しを食らう。ここは慎重に行かねば。

『とりあえずお仕事ご苦労様、と言っとく。あたしに電話するヒマもないほど、大変だったみたいね』

「うん。まあな」

『で、ほかでもない、その「お仕事に」役立ちそうな情報に興味ない？』

ひかるはローカルテレビ局のリポーターだから、警察が拾えない情報を教えてくれることが多い。またその逆もあって、佐脇が特ダネをひかるに提供することもあるので、仕事的にも、持ちつ持たれつの関係だ。

『会いに来るんなら、教えてあげるけど？』

「もったいぶって恩着せがましいな」

『それだけのことはあるネタだと思うから。キーワードはね、「自衛隊の最新護衛艦」』

すぐ行く、と佐脇は答えた。

磯部ひかるは、何ごともなかったかのような顔で佐脇を自宅マンションに招き入れた。

「本来なら『仏蘭西亭《ふらんすてい》』ででもフルコースを五回くらい奢《おご》ってもらってもいいと思ってるんだけど、こういう話は誰かに聞かれる恐れがあるから」

「……そんなにヤバい話か」

「まあ、入って」

玄関ドアを閉めて、佐脇に椅子を勧めながら、ひかるは言った。

「そうね。いわゆる軍事関係のことだから」

「軍事関係って、要するに自衛隊のことだろ?」

「正確には自衛隊の軍事機密と、他国のスパイの事よ」

「おいおい。そういうのは田舎警察のダメ刑事と、同じく田舎テレビ局の冴えないリポーターには荷の重い話だぞ? 軍事機密とかスパイとかは、いわゆる国際問題が専門の、チャラいジャーナリストの出番なんじゃないのか」

「んー、でも……アンテナに引っかかってしまったし。せっかく掴んだネタを見送るって、悔《くや》しいじゃない? それに、実力で言えば、あの連中とアタシたちは変わりないのよ」

東京から来る名のあるジャーナリストたちはプライドだけは高いが、それだけだ、とひかるは言い放った。

「まさかそのネタ、ネットで見た、ってんじゃないだろうな」

八幡が得意げに見せてきたブログを思い出した。

「それに、具体的なネタを摑んでも、専門知識がないと本当の意味が判らないだろ？」

「ねえ、どうして私のネタを、聞きもしないでケチつけるワケ？」

ひかるの雲行きが怪しくなってきた。

「専門知識なんか、そんなの、勉強すれば済む事でしょ？　警察だっていろんな事件を捜査するのに、そのつど勉強するわけだし」

近年は殺人ひとつを取ってみても、各種専門分野の知識が必要なややこしい事件が増えたから、たしかに警察も大変だ。

「そうだよ。高卒のオレなんか、アタマ悪いからな。つーか、刑事なんて脳みそまで筋肉って手合いが多いし」

その辺、水野たち若手はかなり違ってきてはいるが。

「で？　私の話、聞くの聞かないの？　聞く気がないなら廻れ右！　もうじき、当事者がここに来るんだけどな。佐脇さんも逢いたいと思うはずの人なんだけどね」

「聞かせていただこうか。そのネタとやらを」

佐脇は椅子に座り直して、背筋を伸ばした。

「それはね、ネタというのは、自衛官には外国人の妻を持つ者が意外に多いってこと」

ひかるが大仰に声を潜めて口にしたのがそんなありきたりのことだったので、佐脇は脱力した。

「そんな事かよ！　ひところ週刊誌にばんばん載ってたじゃないか！　自衛官はモテないから外国女の格好の餌食《えじき》だとか。おれ、ラーメン屋でずいぶん読んだぞ」

近年で一番知られている事件は、イージス艦の乗組員が最新鋭レーダーに関する最重要防衛機密を自宅パソコンに所持していることが発覚し、同時にその妻である中国人女性が結婚後わずか二ヵ月で不法滞在をしていたと入国管理局に自首した事件だ。

中国人妻は、子供を宿したのできちんと在留許可が欲しくて出頭したと主張しているが、この女には不法出入国の過去があり、離婚歴が二回ある。不自然な形で自衛隊員と接触してすぐ、極めて短期間で妊娠している上に、自首の経緯も不自然で「任務を完了したので安全に出国するために自首して強制送還される事を狙ったのではないか」という意見が警察内部でも強く、マスコミにも載った。しかしイージス艦の極秘情報が他国に流れたという証拠はないが、流れなかったという証拠もないまま、事件は「中国人女性の不法滞在」の罪だけを問うて終わった。

しかし、イージス艦という、いわば国防の要《かなめ》であり、米軍から供与された超最新鋭の技術を搭載した艦船についての、しかもその最高度の機密が、一自衛官の自宅パソコン内に存在したという、軍隊としては本来あってはならないことが起こってしまった事実は厳然として残る。自衛隊の機密管理のあまりの杜撰《ずさん》さが明るみに出て、関係者五十八人が処分され海上幕僚長が辞任し、日本政府はアメリカの政府と軍に謝罪するという事態になった。

と同時に、外国人女性による、いわゆる「ハニートラップ」の危険性にも全く無防備な自衛隊員の実態も注目されることになった。世間慣れしていない、女性にもうぶな自衛官は、ただでさえモテない上に、勤務の関係で突然予定が変更になる事もあって、デートもままならず、ようやく家庭を持っても維持するのが大変、という隙《すき》を突かれる危険がある、というものだ。

「この、イージス艦の機密漏洩疑惑は、神奈川県警と自衛隊の警務隊が共同で調べたんだろ？　当時は『異例の合同捜査』とか言われたぜ。でも結局、すげー新事実は出てこなくて尻すぼみだったよな。裁判になったのは中国人妻の夫の自衛官と、そいつに情報を渡したんじゃないかとされる自衛官数人だけだよな。あとは内部で懲戒とか降格とか、どうせそんなもんだろ」

ネタとして何の新味もない、と佐脇は切って捨てようとした。

「けど、その事件が、今度の鳴海海峡での『衝突事故』と絡んでるとしたら？」

ひかるの目には自信の光が宿っていた。これはイケるという確信があるのだ。

「知ってる？　小嶺律子の漁船とぶつかった護衛艦の『いそなみ』が、実は海上自衛隊の最新鋭艦で、イージス艦を上回る最高機密が詰まった船だってこと」

「いや……」

「その上、小嶺律子には、覚醒剤密輸に絡んでいたという疑惑もあるんでしょ？　でもって、その覚醒剤は中国の組織が運んでくるんでしょ？　そして、その組織が扱うのは覚醒剤だけじゃなくて、『情報』とかも含まれていたとしたら？　『いそなみ』衝突には、ハニートラップが絡んでるとしたら？」

「……おいおい、それは」

佐脇の頭の中で芽吹きつつあった疑惑の中枢を、ひかるはズバリと突いてきた。

「でね、もうじきここに来るのは、あなたも良く知ってる人のご主人。雅宮さんっていうの」

いつの間にか、ひかるは雅宮レイの事を知っていたのだ。

「お前、それをどこで？」

「私は、佐脇さん以外にも、警察にチャンネルは持ってるのよ」

まさか、公安の檜垣がひかるに接近してきて、便利に利用してるんじゃないだろうな。

入江が言った『檜垣には油断するな』という言葉が頭の中で反響した。

「檜垣ってやつか？　そいつから訊き出したのか？　どうやって」

「色仕掛けだとでも？　佐脇さんは、自分は浮気するけど私がしたら許さないっていうタイプだよね」

ひかるはズバリと言って、佐脇の目を睨んだ。

「でも、私は大丈夫。あの人、タイプじゃないから。今どき、田舎臭さで油断させるって、古過ぎよ。いくら栃木弁の漫才が流行《はや》ってるって言っても」

古くは東京ぼん太というのも居たなあと思いつつ、佐脇は苦笑した。たしかにひかるの言う通りではある。

「でも、檜垣とは会って話を聞いたのか」

「ええ。でも、ああいう警察の偉い人が私なんかにわざわざこういう事を漏らすのは、もちろん意図があっての事でしょ？　ネタを餌に私を狙ってるとか」

「いや、そっち目当てではないと思う。お前さんの魅力を否定するわけじゃないが」

佐脇はマジになってそう言った。あるいは八幡が見せてきたあのブログも、何らかの意図があって情報をリークしているのではないか？　檜垣が雅宮レイについてひかるにリークした目的も、返ってくるであろうリアクションを分析したいがため、ということは容易に考えつく。

その時、玄関チャイムが鳴った。

ひかるがドアを開けると、後ろを気にしつつ、体格のいい若い男が入ってきた。大柄で精悍な風貌で、髪は短いクルーカット。清潔感漂う好青年だが、街を歩いている普通の若者とは、かなり違う雰囲気が漂っている。とにかく、硬い。

いかにも融通が利かなそうな、ゴツくてマッチョな男とくれば、今の世の中、女性からは真っ先に敬遠される対象だろう。

「こちら、雅宮祐二《ゆうじ》さん。レイさんのご主人ね。海上自衛隊久米基地で艦艇勤務なさってる。こっちは」

ひかるの紹介を遮《さえぎ》って、佐脇は椅子から立つと名刺を出した。

「T県警鳴海署刑事課、佐脇と申します」

雅宮の腰が明らかに引けたのが判ったので、佐脇は慌てて付け加えた。

「私は、こちらの磯部ひかるさんに呼ばれてきただけで、貴方が来る事はまったく聞かされてませんでした。ただ、ここでアナタのお話を伺うだけの存在ですんで」

実際それは本当の事だ。レイの夫を探し出して訪ねていく手間が省けたという事だ。

「雅宮さんは、奥さんが居なくなってしまって、とても心配してらっしゃるの」

レイが家出をしている？　それは初耳だ。

驚く佐脇に雅宮は硬い表情で頷いた。

「三日前のことであります。自分が勤務から戻ったところ、家には姿がありませんでした。それがフタマルマルマル時頃で」

「つまり、三日前の夜八時に帰ったらもう居なかった、ということですね」

ひかるが通訳した。

「そうであります。自宅周辺を一晩中探索しましたが認知出来ず、やむなく断念しました。しかしそれでも何かの都合で留守にしたのではないかと考え、警察には届けず、ついに今日を迎えたのであります」

「……普段もそういう話し方をするんですか」

ふざけているのではないかと佐脇は思ったが、雅宮は顔が強ばるほどに緊張している。

「どうぞ、もっと楽にしてください」

「ああ、有り難うございます。しかし、自分は普段からこうでありまして」

佐脇も、警察官になりたての頃はいわゆる警官言葉が抜けなくて、学校時代の友達に笑われたものだ。

「で、その、現在家出されている雅宮さんの奥さんが、レイさんですよね？」

そうです、と雅宮は一枚の写真を取り出した。それは明らかにレイが写ったものだった。

「ええと、結婚のほうは、正式に？」

「はい。自分はきちっとしたい性格なので、正式に婚姻届を出しました」

ああ、だからレイは「これでも日本人だ」と言ったのか。しかし、日本人と結婚したからといって、その時点で自動的に日本国籍が取れるわけではない。在留資格と国籍は違う。日本国籍を取る場合、簡易帰化といって通常の帰化より条件が緩くなるだけで、やはり所定の煩雑《はんざつ》な手続きが必要なのだ。

「一緒になられてから、どれくらいなんですか？」

「まだ、半年で……」

これではまだ簡易帰化は適用出来ない。つまり、レイが日本国籍を取るには、まだまだ時間がかかるということだ。その辺の法律的な事を、雅宮もレイも詳しくないのだろう。

「自分は……いや、僕は、もしかして妻に騙されているんじゃないか、と疑念を感じた事もありました。というのは、お酒を飲む店で知り合ったので……普通、そういう店では、あくまで客とホステスの関係でしょ？　それに僕は、正直、モテないし」

雅宮は他人の目に映る自分の姿が判っている。

「それに、彼女が日本人ならまだしも、外国人なので……僕だって新聞や雑誌は読むので、ハニートラップって言葉は知ってますし、実際、部隊の中でも注意喚起はありますものですから……」

正統派体育会系男の顔が曇《くも》った。

「妻はインターネットに先日『いそなみ事故と自衛官の中国人妻』の情報が書かれた時、

とても動揺していました。相手が誰かは知りませんが、あちこちに連絡を取って半狂乱になっていました。自分も、いずれ査問にかけられて自由に出歩けなくなるでしょう。だから、余計に、行方知れずになってしまった妻のことが心配なんです」

「奥さんの家出の原因に、何か心当たりはありませんか？」

佐脇の問いに、雅宮は蒼白い顔をいっそう強ばらせた。

「ですから、ネットに出た、『自衛艦の事故と中国人妻』という……」

「でも、奥さんが中国の人、という自衛官の方は多いでしょう？　みんながみんな動揺してるとも思えないんですけど」

ひかるは当然の疑問を口にした。

「なにか、とくにご心配な事があるのでは？」

しばらく固まっていた雅宮だが、大きく息を吐くと、肩を落とした。

「実は……自分はかなりの軍事オタクでして……それだから自衛隊に入ったようなものです。だから、内部で集められるいろんな防衛関係の情報をコレクションするのが趣味になってまして。いえ、多いんですよ、自分みたいなのは。決して自分だけが特殊な奇人変人ではありません」

「なるほど。だから自衛隊員へのハニートラップが問題になるんでしょうね」

「ですけどね、自分は、自分のパソコンにロックをかけてますから、パスワードをいれないとファイルが見られないようにはしてあるんです」

「でも、そういうのは簡単に外せますよ？」

ひかるに指摘されて、雅宮の顔色はどんどん蒼白になっていった。

「雅宮さんは地上勤務じゃありませんよね？」

「はい。旧式の護衛艦に乗っております」

「じゃ、お留守の時に、ご自宅のパソコンを、誰か詳しい人が弄《いじ》る可能性はありますよね？」

ますます蒼白になった雅宮は硬い表情で頷いた。

「実は……やっぱり騙されているんじゃないか、と、結婚後も薄々感じることもあったんです。疑心暗鬼かもしれませんが……でも、それ以上に、妻に惚れているんです。今でもそうです」

蒼い顔に赤みが差した。

「妻の手がかりが少しでも得られないかと思って、ワラをもすがる思いで、今日、ここに来たんです」

「それには、もっと事情を聴かせていただかないと」

佐脇が身を乗り出した。

「奥さんの交友関係とかが判れば、立ち回り先も割れるんじゃないかと。あ、いや、失礼。言葉が悪かったですね。行方を探すには背景が判らないと、という意味です」

佐脇は言葉を選んだ。レイは鳴海にいる、いや、この間はたしかに居た、と言ってやるのは簡単だが、まずは雅宮の知っている事を聞き出す事が先だ。

「……妻は、大阪から自分が所属する基地のある街に来た、と言ってました。で、自分は、その、地元の店で知り合いまして」

その基地のある久米と鳴海は近くはないが、おおまかに言えば同じ地方にある。

そして、レイが居たという大阪で、律子はレイと出会ったのだろう。

「それで……一緒に暮らすようになってからも、日本人とは雰囲気の違う、やたら目つきの鋭い男と、妻が会っていたことがあるんです。路上で。前からの知り合いだと言って。たまたま、買い物帰りにばったり会って立ち話していただけだと言ってましたけど……。ただ、なんというか、蛇みたいな感じの男で、ちょっとゾッとしたというか」

するとレイが逢っていたのは、北村の言っていた、ヤンか。

「そいつは日本人なのか？」

「え？　そんなの判りませんよ。雰囲気は日本人とは違うと思いましたが、顔や風体だけじゃ……。自分は海上自衛官であって、刑事じゃありませんし」

「いやいや、そういうことじゃなくて……質問を変えましょう。二人は日本語で話してましたか？」

ああ、と雅宮は理解した。

「それは、判りませんでした。家に近づくまで二人が親しげに話しているのは見えてましたが、声までは聞こえませんでしたし、自分が来たのに気付いたら、二人とも話をやめて距離を取りましたし」

「どういう知り合いか、奥さんは言わなかったんですか?」

「知り合いだ、としか。まあ、妻には妻の、自分と出会うまでの時間があるわけですから、あまり踏み込んだ事を訊くのも、妻を傷つけそうで」

雅宮は、ようやく摑んだ結婚相手を逃がすまいと、かなりの努力と配慮を重ねていたようだ。

「仮に妻にやましい事があるなら、いっそどこかの警察に出頭してくれた方が、自分としては安心なんです。もしかして、妻が中国の妙な連中に拉致されたんじゃないかとか、そういうことを考え始めるともう、心配で心配で」

「しかし、もし奥さんが防衛機密を盗み出していたら、雅宮さん、あなたも罪に問われるんですよ」

「それは……仕方がないです。でも、妻の安全の方が大事です。妻が情報を持ち出したとして、それがどんなものか判りませんけど、『特別防衛機密』でも最高、懲役十年です。『特別』じゃなければ懲役五年ですし……ちょっと我慢して服役すれば、そのあと、妻と暮らせるなら、きちんと罪に問われる方がいいです」

こういう事は調べてあるのか、と佐脇は苦笑した。だったら外国人と結婚する事を含めて、もっと調べればいいのに。たしかに、日本の法律では国家機密を漏らしても刑は軽いのだ。

「妻は、日本の警察に捕まるのが怖くて逃げてるんじゃないかと思うんです。で、助けを求めて、昔の繋《つな》がりで、中国系の危ない連中と関わりあいになって、今に大変な事になってしまうんじゃないかと思うと……」

しかし現在その危険は、レイよりもむしろ、律子にこそあるんじゃないか。

雅宮の話に頷きながら、佐脇はいろいろと考えてみた。

レイには、危険はないだろう。中国側の組織にハナからどっぷり浸かっているのだから、組織の指示で動いている限り、庇護《ひご》を受けられる。雅宮の家から出たのは、それは「任務」が終了したからなのだろうし、夫である雅宮祐二はもう利用価値がないと踏まれたのだろう。要するに、可哀想だが捨てられたのだ。

だが、律子はどうなのか。彼女はどういう立場で動いているのか。佐脇にはそれが判らないので、律子の身が案じられた。

中座してひかるの部屋からマンションの外廊下に出た佐脇は、大阪にいる水野に電話してみた。

『ああ、佐脇さん。収穫がありましたよ。まず第一に小嶺律子、旧姓太田律子ですが、やっぱりこの身元は他人の戸籍を買い取った線が濃厚ですね。少なくとも今のところは「奈良県出身の太田律子」が、南海町に居た女と同一人物であるとの確証は掴めていません』

「本物の太田律子を見つけ出すのが一番なんだがな」

『ええ。ですから、その「本物」を探してる最中なんです。府警の布川さんにも協力してもらって。あ、布川さんといえば、殺された「盛田岩雄」の顔写真をこちらで受け取りまして、聞き込みを掛けてもらったんですが、どうやら自称「小嶺律子」につきまとっていた男に相違ない事が判りました』

生真面目な水野は知り得たことを細々と報告し始めたが、短気な佐脇はそれを遮《さえぎ》った。

「経過はいいから結論を言え。推論の場合でも、お前が考えた結論を言え」

『はい……では。佐脇さんが名前をあげた「箕田」という男から手繰った結果、便宜上、一応自称「小嶺律子」と呼びますが、彼女は、いわゆる中国エステで、レイという中国人と一緒に働いていました。律子の特徴は佐脇さんが言っていた通りなので、同一人物と断定していいでしょう。そして、やはり同じ系列の店で働いていて、かなり前に辞めて所在不明となった女性が、奈良出身の「太田律子」だったようです。これについては、ウラを取ろうとしているところです』

「でかした。かなり判ってきたぞ。こっちはこっちで動く。また判ったことを教えてくれ」

大阪の中国エステで小嶺律子と同僚だったレイという女が雅宮レイに間違いないだろう。

電話を切って部屋に戻った佐脇は、ひかるに耳打ちして、久米に向かう事を告げた。

「今、雅宮から聞いたことのウラを取るのと、周辺捜査だ。お前さんは彼から、さらに詳しい話を聞いておいてくれ」

「ウラって？」

「あの……聞こえてます」

雅宮が二人の内緒話に割り込んできた。

「さすが軍人は耳がいいんだな」

「内緒話を目の前でされたら、嫌でも聞こえますって」

雅宮は、自分の言った事で佐脇が動くというのが嬉しかったようだ。

「でも、妻の居所を捜査していただけるんですね？　有り難うございます！　とにかく、宜しくお願いします！」

立ち上がって深々と頭を下げた。

「自分が今言った事のウラなら、簡単に取れます。自分が妻と出会ったのは、久米の『かぐや姫』ってスナックです。そこは、我々自衛官が通う店だし、ママも事情通ですから、いろんなことを知ってます」

「判った。雅宮さん、あなたは真面目な人だ。あなたの奥さんへの気遣いを無にしないよう、動いてきますよ」

佐脇は彼の肩をぽんと叩くと、ひかるに頷き、部屋を出た。

＊

久々に、愛車、真っ赤なフィアット・バルケッタを駆って、瀬戸内海にかかったいくつもの橋を渡り、佐脇は長旅をした。それでも久米に着いたのは宵《よい》の口、スナックで話を聞くにはちょうどいい時間だった。

ここは、戦前から海軍とともにあった街だ。天然の良港が旧日本海軍に着目されて東洋最大の造船所である海軍工廠《こうしょう》も置かれ、日本有数、いや、世界有数の軍都として栄えた。その伝統が今も生きていて、街をあげて海上自衛隊員を大事にしている。

景気の善し悪しに軍人さんは関係ないのは今も昔も変わらない。基地にほど近い夜の街には、自衛隊員らしいがっしりした男たちが溢れていた。まだまだ夜もこの先長いという時刻なのに、行き交う男たちはみんな相当出来上がっている。さすがに制服姿の者はいないが、耳に入る言葉遣いが雅宮に似ているし、カラダつきが一般人と違うから、すぐに自衛隊員だと判る。

異動してきたばかりの新人を先輩が連れ歩くパターンや、同僚同士が盛り上がっているパターンなど、どの盛り場でも見られる光景だが、そのほぼ全員が『軍人さん』であるところが特異なのだ。

雅宮に教えられた『かぐや姫』というスナックは、雑居ビルの二階にあった。カウンターとテーブルが三つある、小さな狭い店だ。そんな店に女の子が五人もいる。鳴海での常識では、この程度の店なら女の子はママと、あと二人くらいが定員なので、佐脇はその密度に驚いた。

雅宮が「先輩に教わって通い始めた」と言うだけあって、客も、制服がいかにも似合いそうな、マッチョな男たちばかりだ。まさに、海上自衛隊御用達《ごようたし》。お絞りをカウンターの中から手渡してきた中年女が「事情通」だというママなのだろう。

佐脇は、店の様子を知るために、しばらくはおとなしく水割りを飲んで、耳を大きくしていた。

客の話題は、仕事の話ばかり。それも、サラリーマンとしては普通のパターンだが、彼らの場合は話題のほとんどがいわゆる軍事機密、といっても過言ではないことが判った。

そもそも軍人の場合、行動自体が機密である場合が多いのが、民間企業と大きく違うところだ。佐脇自身も、職務上知り得たことを部外者に喋るのはもちろん違反だが、それ以外のことなら別に構わない。その辺が警官と軍人の違うところだ。

「今度入ったアレ、扱い難くて困るよ」

「ああ、アレね」

テーブルに座った二人の中年男の傍らには、それぞれ一人ずつの女の子がついていて、どちらも曖昧な笑顔を浮かべている。

「ナニがすぐジャムっちゃって。NCとの連動もタイムラグがあるしさあ……でもって今度また新しいの来るだろ? アレだって、ハープーンとかあるのに無駄じゃねえかって」

固有名詞はあげていないが、軍事情報に詳しい奴が聴けば、「アレ」が何を指すのかはすぐに判ってしまうのかもしれない。さすがにその後は声が小さくなって、聞き取れなくなった。

「でもよ、アレは参ったよな」

今度のアレとは、上官の出張ネタだ。普通にキップを取っていけばいいものを、基地配備の輸送機をわざわざ飛ばしたので経費が凄かったという内情暴露だ。

別のテーブルの一人客は、店の女の子に武勇伝を自慢している。まだ若いのだが、世慣れていない雰囲気で、無理して酒を飲み、女の子と話している感じがちょっと痛々しい。それは雅宮とよく似た匂いでもあった。

「オレなんか、酒飲んで操舵したからね。酒飲み運転は陸じゃ御法度だけど、海じゃいいんだよ。バレなきゃな」

「え〜。そんなこと、言っていいんですか？」

「いいのいいの。だってもう終わったことだし」

と、まるで屈託がない。この男は、乗務した艦艇では、暇《ひま》つぶしにみんな博奕《ばくち》してるとか、ラジオの競馬中継に聞き入ってるとか、あげくは新入りを苛《いじ》めて愉しんでるのだとか、度の過ぎた『武勇伝』を連発して止まらない。あげくに、女の子をデートに誘い始めた。

「え〜、だけど、今度の日曜は別のお約束があるし」

「じゃあさあ、その次の日曜はどう？　おれ、土曜には帰投してるからさ。哨戒《しょうかい》なんて最近はそんなもんよ」

「お客さん、初めてね？」

つい聞き耳を立てていたところに、厚化粧の下は平凡なオバサンなんだろうと想像出来る白塗りのママに突然話しかけられて、佐脇はドキッとした。

「ああ、そうだよ。実はこの街も初めてなんだ」

ママが警戒の色を見せたので、佐脇は警察手帳を提示した。

「大丈夫だよ。オレはただのオマワリだから。それもド田舎の」

T県警鳴海署と所属を確認したママは、あーはいはいと安堵の表情を見せた。他県の、それも田舎の刑事ならいずれ窃盗とか家出とか、そういう瑣末《さまつ》な事件を追ってきたものと思ったのだろう。

「いえね、なんせこの街は、街全部が自衛隊みたいなもんだから、みなさんつい安心して、身内感覚で口も軽くなるのよ。本当は、自分の船の出航予定とかも秘密なんだから」

ママは、佐脇にいろいろと教えてくれた。刑事は刑事でも東京の刑事ならスパイか、あるいは自衛隊内部の不祥事絡みの事件を調べにきたのかも、と思われ警戒されたのかもしれない。だが、たとえばこの店の女の子を通して、自衛隊内の情報が外部に漏れるかもしれない、などとは夢にも思っていない様子だ。

「実はね、この店の常連さんが、店の女の子と結婚したって話を聞きましてね」

「でも、それでなぜ刑事さんが?」

「それは、その奥さんが家出したからですよ」

「え？　ダレダレ？　誰のこと？」

二人客について暇そうにしていた女の子が、隣の席から食いついてきた。顔立ちはちょっと野暮ったいが、髪型や身につけているものはそれなりに今風だ。一瞬、地元出身の日本人の女かと思ったが、言葉のイントネーションは、レイと同じ中国人のようだ。

「以前この店で働いていた、レイって娘なんだが」

「ああ、レイね、知ってるよ」

そのコはロングヘアをセクシーに意味深《いみしん》にかき上げながら、佐脇に言った。

「ワタシ、この店古いから、詳しいよ。何でも聞いて。ワタシ、リンリン言います。自転車のリンリンね」

「キミ、どこの国の人？」

佐脇の反応になにかを感じたママは、弁解するように言った。

「この節、かわいい日本人の子はみんな都会に行っちゃうから、若くて可愛い子ってことになると、国籍を構《かま》ってられないんです。それに日本人の女の子より、中国の子の方が苦労してるせいか、休まずに良く働きますしね。評判いいんですよ」

ね～、とリンリンが同意するように頷き、ママが続けた。

「自衛隊員の女房がガイジンっていうのも、珍しいハナシじゃないですよ。この街ではね。別に日本人以外と結婚しちゃ駄目って決まりはないし……だいたいそんな事言ってたら、結婚出来ない独身自衛官だらけになってしまいますよ。そっちの方をフーゾクで解消しても、やっぱりホラ、溜《たま》りに溜ってる独身男の集団って、キモイでしょ。いろいろ溜って限界を超えると、士気にも関わるだろうし」

「そうだ！　そうだぞ！」

テーブル席の中年男が赤ら顔で怒鳴った。

「欲求不満の若い奴は使い難《にく》いんだ。だから早くイイコを摑まえて所帯を持てといってる。結婚すれば腰も落ち着くしな」

それを聞いた独り客の男が顔を赤らめた。その目的で女の子を必死で口説いているのだ。

「……レイちゃんなら覚えてますよ。店でも人気あったし。結婚するって店を辞めて、それっきりだったから、心配はしてたんですけどね」

「ワタシ、レイと仲ヨカッタヨ。で、いろんなこと聞いてるよ」

「おう、いいねえ。教えてくれよ。レイが見つからないんで、オレは困ってるんだ」

「でも、もっとお酒飲んでくれないとダメよ。ねえ、ママ」

そうねえ、とママは笑顔になった。

「どうせなら、もっと飲んでくださいな。それとも、勤務中だからダメ？」

「もう飲んでるし。いいよ。じゃんじゃん飲むよ。その代わり、話は聞かせてくれよ。誰ちゃんだっけ？」

「リンリンだって言ってるでしょ！」

リンリンは、あまり美人ではないが、胸は大きい。それを薄いキャミドレスに包んでいるものだから、カラダを摺り寄せてくると乳房の膨らみが佐脇を直撃した。

コリコリしたものが当たるのでよく見ると、リンリンはノーブラだった。

「お客さん、アレが強そうね。ワタシ、そういうの本能で判る」

「オレは強いぞ。それに巨乳が大好きだ」

リンリンはけけけと笑った。

「でもワタシ、カネのかかる女よ」

「結構だね。オレも、ケチな遊びが出来ない性分でな」

佐脇はママを見た。

「田舎のオマワリがそんな金持ってないと思ってるだろ。ところが、田舎ほど堂々とワイロ取ったり口利きしたりして、たんまり儲けてるんだぜ。都会のオマワリが可哀想なほどな」

佐脇はそう言って胸ポケットから分厚い財布をとり出して、万札を十枚ほどぽんと置いた。

「取りあえず、みんなに奢《おご》りだ」

ベタなお上りさんを気取ってみせたが、この店に足しげく通ってお馴染《なじみ》さんになる時間はない。この一瞬で印象づけるには、クサイことでもやらなきゃ仕方がない。

佐脇はリンリンをここぞとばかりに抱き寄せた。

「オレたちの美しい友情の始まりを祝して、乾杯といこうじゃないか」

佐脇が水割りを掲げると、リンリンは首を横に振った。

「カンパイなら、シャンペンでしょ。ママ、ドンペリ開けて！」

ママも心得たもので、佐脇に了解をとらずにドンペリを取り出してきて、派手にポーンと栓《せん》を開けてしまった。

「おめでとー！」

これはいいカモが来た、というムードになって、ママはシャンパングラスをいくつも取り出し、ボトルの中身をなみなみと注ぎ、無断で他の客にも振る舞い始めた。

「みなさん！　こちらのお客さんのお祝いを一緒にしてあげて！」

何がなんだか判らないまま、酔客たちはグラスを掲げて「おめでとう！」を合唱した。

ママは、とっておきらしいキャビアの缶詰めを開け、皿に山盛りにしている。別の女の子もカウンターに入って生ハムメロンなどを作り始めた。

「おいおい、ここはボッタクリか？」

「お客さん、ヘンな事言わないでよ。ボッタクリって言うのは、ロクなサービスもしないで高いお金をふんだくるお店でしょ。ウチはドンペリ開けたしキャビアも開けたし……」

店にいた全員が佐脇にたかる形になって、思いがけない大パーティが始まってしまった。

「バカ。奢るとは言ったが、オレの金で勝手に飲み食いするな！」

佐脇は怒鳴《どな》ったが、店内は時ならぬ大盤振る舞いで高揚し、その抗議はかき消されてしまった。

「お客さん、野暮言っちゃダメね。その代わり、アナタのしたいこと全部してあげるよ」

リンリンが佐脇の耳元で囁いた。甘い香りとともに、強烈なフェロモンが漂って、このところセックスの回数が減っている佐脇は、思わずクラクラした。

「オレの知りたいのは、レイって女のことだぞ」

「判ってるよ。レイはあっちも凄く上手《うま》かったんだから……」

リンリンはそう言いながら、佐脇の股間に手を這《は》わせた。


気がつくと、佐脇はベッドの上にいた。しかも全裸だ。

ぱっと閃光《せんこう》が走った。目潰《つぶ》しか、と思ったが、それはカメラのストロボだった。

自分の左横に、リンリンがいた。彼女は佐脇に頬を寄せてにっこり笑った。

「起きたね？　こういう写真、アナタ寝てるとあんまり意味ないから」

そう言って左腕を伸ばした先にあるカメラのシャッターを切った。リンリンも全裸だ。

「なんだこの真似は」

「イイコトしながら写真撮ってる。記念写真ね」

馬鹿野郎と起き上がろうとしたが、身体の自由が利かない。いつぞやレイに飲まされたのと同じクスリか？

同じ手口に二度まで引っかかるのは、さてはオレもヤキが廻ったか、と佐脇は自嘲した。

リンリンは、佐脇の下半身に顔を埋めてペニスを咥《くわ》えると、また写真を撮った。撮られるのはいい気はしないが、リンリンの舌遣いはなかなか上手い。たちまち佐脇の男の道具はムクムクと大きくなった。

「面白いもんだな。身体の自由は利かないのに、チンチンだけは元気に動くんだからな」

「それはワタシが上手いからよ」

たしかにリンリンのフェラチオは上手い。巧《たく》みに舌を使い、亀頭に絡みつけ、裏スジに舌先を這わせる。かと思えば虚を衝《つ》くように硬くした唇でサオをしごき上げる。前後に揺れるロングヘアが悩ましい。

佐脇の足がちょうど彼女の股間の真下にあった。リンリンは、彼の足に自分の秘部を押しつけると、フェラチオの舌に連動させるようにうねうねと腰を蠢《うごめ》かせた。

彼女の女陰は、ふにゃりと柔らかく、そして燃えるように熱かった。

「は……はうん……」

彼女は、もっと弄ってというように、腰を切なげにクネクネと揺らせた。

この二所攻めで、佐脇のモノはしっかりと屹立した。

リンリンは、口からモノを出すと、躰をずらして騎乗位になり、腰を落として、自分からずぶずぶと呑み込んだ。

息を弾ませながら腰を遣う彼女の動きは淫靡《いんび》で、軟体動物のようにくねくねと動くありさまは、さながらペニスを丸ごと呑み込む、邪悪な蛇のようだ。

「どう、気持ちいいデショ」

リンリンは佐脇の手を掴んで自分の巨乳に押し当てた。そうなると、佐脇の手は反射的に、手の平で柔らかな乳房全体を捏《こ》ね上げ、指に挟んだ乳首をくりくりと左右にくじる。

「い、いいネ……あっ、あそこが締まるッ……」

リンリンの欲情に膨らんだ乳首は毒々しいルビーのような色に尖《とが》りきっている。

佐脇の上で激しくくねる腰の動きも、緩急自在で疲れを知らない。

「アナタ、やっぱり強いね……なんて硬いの……お、奥まで届いて、突き刺さるヨっ！」

女壺からは淫液が止めどなく湧き出し、リンリンはいっそう激しく腰を使った。

が、その最中にも、彼女は写真を撮ることを忘れない。

「アナタ寝てる間にいろいろ調べたよ。アナタ、地元じゃ評判悪い刑事らしいね。この写真、マスコミに流したら、アナタ馘《クビ》ね」

「どうしてそうなるんだ？」

「だってワタシ、中国のスパイだとしたらどうする？　警察のヒトも公務員ね。スパイとこんなことしたらヤバいんじゃね？　そこまで行かなくても、アナタ、カネで女買ったと知れたら警察官としてあるまじきことをしたんじゃね？」

どこで覚えたものかリンリンは微妙な若者言葉を交えている。

「はて。警察官としてあるまじきことねえ……」

佐脇は首を傾げてみせた。

「だからこれ、ハニートラップよ。アナタ、判ってる？」

「そうか。この写真を公表されないために、オレはどうすればいいんだ？」

「レイと、そしてもう一人の女のことを嗅ぎ回るのは止《や》めて。それが条件ね」

「なるほど」

佐脇は考えてみせた。

「ま、考える前に、やることやっちまおう」

佐脇はにわかに下から激しく突き上げて、うりゃあ、と叫んで、思いっきり射精した。

「はぁ、スッキリした」

リンリンは、セックスを中断して焦らすことも武器にしようと目論《もくろ》んでいたようだが、佐脇が一方的に果てたので使えなかった。

しかしリンリンもタダでは済まさないとばかりに、躰を離して情事を済ませた後のお互いの局部をカメラで連射している。

「これで絶対、動かぬ証拠ね」

「まあ、オレがおまえさんとセックスしたって証拠にはなるな。だからそれがなんだ?」

「あ?」

佐脇の反応が全く予期しないものだったので、リンリンは絶句した。

「だからこれ、ハニートラップ……」

「それは判ってる。しかしだ、オレにはそんなもの、効かないんだ。理由その一。オレは田舎警察のただの刑事で、知られて困る国家機密なんか持っていない。ウチの署長や本部長が馬鹿でウスノロってのが国家機密なら、オレはとうに捕まってるかもしれないが」

「あの」

なにか言い掛けたリンリンに、佐脇は追い打ちをかけた。

「理由その二。オレは以前から不良刑事、悪漢刑事とさんざんな言われようだ。今更、女とセックスした写真をばらまかれても、『ああまたですか』と呆れられはするだろうが、それでスキャンダルになることはない。つまりネタとしてまったく価値がないんだ。判ったか」

「でも奥さんが……」

「オレには奥さんはいない。決まった女がいないことはないが、こういうのは慣れっこで今更目くじらは立てない」

「マスコミ……」

「だから、マスコミなんか誰も取り上げないっての。ウチのボンクラ署長や本部長は顔をしかめるだろうが、それで終わり。やるならやってくれ。オレは全然怖くない」

佐脇はのうのうと自分の腕でマクラを作って、大威張りでふんぞり返った。

「嘘……」

「嘘なもンか。やせ我慢してればチ○ポは正直だから萎《な》えるもんだが、どうだ。オレのはイッパツ抜いてもまだまだ元気だぜ」

たしかに、佐脇のペニスは一度済ませたのに、勃起したままだ。

「もっとコワイヒト呼ぶ。それ、いいか？」

「いいよ。オレも、そいつと話がしたい」

リンリンとセックスはしたが、肝心のレイについては全くなにも聞き出せていない。しかし、この女が自分から「ハニートラップ」などと口走ったのは墓穴を掘ったも同然だ。

リンリンはどこかに電話をかけ、まもなく二人の男が部屋に入ってきた。

一人は小柄で痩せた男で、上目づかいにこちらを睨みあげる目つきに、何ともいえないイヤな光がある。妙に落ち着きがなく、指や爪先など絶えず身体のどこかを動かしているのは、悪いクスリでもやっているのだろうか。

もう一人はスキンヘッドの大柄な男だ。レスラーのように全身に筋肉が盛り上がっている。これみよがしに腕組みをすると、その太い上腕二頭筋だか何だかでTシャツの袖が張り裂けそうだ。

リンリンが日本語ではない言葉で何か言い、大男がまだ全裸のままの佐脇を問答無用に羽交い締めにした。あまりにベタな展開にまだ現実のこととは思われず、ペニスが勃起したままなのが可笑《おか》しく、佐脇は思わず笑ってしまった。

だがそれを見て女は怒った。

「なぜ笑う？　この二人、ほんとうにコワイヒトたちよ。ほんとうにコワイことする前にアナタ、今度の事件のことは忘れるね？」

「そいつは無理だな。こんなことをされちゃ忘れるどころか、ますます記憶が鮮明になってもんだ」

リンリンがまた何事か命じると大男が佐脇の上体を片手でひょいと起こし、一方、小男はポケットから折りたたみナイフを取り出して、見せつけるように開閉させ始めた。リンリンが渡した浴衣の紐《ひも》を二本使って大男が佐脇の両手首を縛り、反対の端をベッドの足に結びつける。

佐脇は全裸のまま上半身をベッドに拘束されてしまった。我ながら無防備なことおびただしい姿だ。

小男が目を光らせ、折りたたみナイフを佐脇の顔の前にかざし、さらに激しく開閉させる。何か喋っているが、日本語ではないので佐脇にはわからない。

「通訳するよ。ミンはナイフ使うのが大好きね。アナタのカラダに模様をつけるって言ってる。男の大事なモノもスライスするよ」

うれしそうにナイフを光らせ、佐脇の胸板に近づけようとするミンに佐脇は言った。

「お前、オレの身体に一筋《ひとすじ》でも傷をつけたらどうなるか判ってるか？　オレは見てのとおりのはみ出しモンだが、一応デカだ。それも日本のな。日本の警察はおたくらの国と似てる。メンツを潰されるのを何よりも嫌う。それでもやるならいい度胸だ」

小男のミンが理解した様子はないが、リンリンがキレた。

「だったらアナタ、丸ごと消えるしかないね。それが一番、簡単だから」

リンリンが何かを言い、ミンがナイフを佐脇の喉もとにぴたりと当てた。

「おいおい血の始末はどうするつもりだ？　お前らほんとうに後先《あとさき》考えてないな」

ナイフの冷たい刃が喉の皮膚に食い込んでいるので喋りにくい。ここで一つでも間違ったことを言えばすっぱりやられてしまうだろう。考えなしで、しかもキレやすい人間は最悪だ。

「ここはワタシたちがずっと借り切ってる部屋。スタッフの清掃は入らないよ」

それでも掃除は自分たちがすることになると気づいたのだろう、リンリンがまた何か言うと、ミンは残念そうな顔になってナイフをしまい、かわりに枕を手に取った。窒息させる方針に切り替えたらしい。

「まあどうでもいいが、オレがこの街の、それも『かぐや姫』というスナックを調べるという話を誰にもしていないと、なぜ判る？」

ブラフだった。ひかると、そしてレイの夫である雅宮祐二には行き先を言ってあるが、佐脇がこのまま失踪したとして、T県警が熱心に探してくれるとは全然期待できない。それでもリンリンはまた考えたようだった。

「やっぱり脅して黙らせるしかないね。アナタ、私とやってる写真バラ撒かれても怖くないと言った。でもアナタがやられてる写真、それも男にやられてるところならどう？　それはヤバくね？　困るんじゃね？」

そう言いざま、リンリンは腕組みして突っ立っている大男のズボンにとりつき、ずり下げた。そのまま股間に顔をうずめる。ちゅぱちゅぱという舌使いの音が聞こえ、ほどなく女は勝ち誇った顔で振り返った。

「ほら。これ見るね。このクワンは男も女も両方好き。しかも巨根」

そこには牛乳瓶どころか、軽くビール瓶ほどもありそうな見事な逸物が、まさに怒髪天《どはってん》を衝く勢いで反りを打ち、てらてらと赤黒く光っていた。佐脇も経験済みのリンリンの舌技のゆえか、その先端の鈴口からは透明な粘液が溢れ、つーっと滴っている。

「クワンのこれをあなたのうしろに入れるね。その写真を撮るよ。心配ない。すごく痛くてもすぐによくなる。最初は私が道をつける」

そう言いざまリンリンは佐脇の股間に顔をうずめ、ふたたび濃厚で攻撃的なフェラチオを開始した。続いて細い指が佐脇のアナルに侵入してくる。ぐりぐりと腸壁をこすられて佐脇は思わず悲鳴をあげた。なんともいえない感覚だ。ぞっとするようでいて、しかもその向こうにはとんでもない快感が待っていそうな、なんともいえないヤバい感じ。

「おい。やめろ。これがクセになったら困る!」

前立腺マッサージというものがあり、それを経験すると普通のセックスには飽き足らなくなるそうだが、セックスはノーマルなものがふんだんにあれば満足な佐脇としては、そんな変態グルメになる気はない。

「なにも困らないよ。やるのとやられるのと両方あれば、人生二倍楽しくなるね」

巨漢のクワンがベッドに乗ってきた。マットレスが深く沈み込む。ものすごい力で佐脇は両膝をつかまれ、全身をくの字に折り曲げられた。肛門の入り口を、おぞましい巨大な肉塊が探るのがわかった。やがてこれが侵入してきて、全身を引き裂かれるような激痛が走るのか?

ナイフをしまったミンが、今度は撮影係としてカメラを向けている。

凄い恐怖を感じ、額に脂汗《あぶらあせ》が滲《にじ》んでいるというのに、佐脇の一物はなぜか衰えを知らず突き勃ったままだ。そこにリンリンがふたたび顔を近づけ、ぱくっと口に含んだ。肛門からは今まさにクワンの巨根が押し入って来ようとしている。肉の輪が押し広げられる感じがあった。まさに絶体絶命。恐怖と快感の、なんともいえない、嫌なカクテル。

こういう写真をばら撒かれては、さすがに佐脇といえどもダメージが大きい。

伊草や水野や八幡や光田に、今後どんな顔をして会えばいいものか。

結局あの、律子という女とのセックスはえらく高いものについたということか。ひかるとのあいだがおかしくなっただけではなく。

佐脇は内心自嘲した。

しかし、それだけの値打ちはある女だった……。

クワンの巨根がさらにじりじりと佐脇のうしろを蹂躙《じゅうりん》しようとし、前ではリンリンの舌遣いがいっそう熱気を帯びた。

もうこのまま元のカラダには戻れなくなるのか。佐脇が観念したその時。

突然ドアがノックされ、また一人、男が入ってきた。

瞬時に部屋の様子を見て取った男が、きつい調子で何事かを言うと、たちまち三人は動きをとめ、ミンはカメラを置き、クワンは巨根を仕舞い、リンリンは不服そうに佐脇の縛《いまし》めをほどき始めた。

一味のボスと思《おぼ》しいこの人物は、理知的な引き締まった顔をした、三十過ぎの男だ。三つ揃《ぞろ》いの細身のトラッド・スーツを、一分の隙もなく着こなしている。中国の俳優ジョン・ローン似の二枚目だが、目には鋭い光が宿っている。

要するに、油断ならない相手だ。

「どうも、佐脇さん。いろいろと手違いがあったようで、うちのものが失礼しました」

「まあ、オレとしては、このお姉ちゃんとやることはやれたんだけどね。ちょっとばかりサービスが過剰だったな」

内心死ぬほどホッとしていたのだが、それを隠すために軽口を叩いた。この男の登場により状況が好転したかどうかは、依然として予断を許さないのだが。

「……ちょっと服着ていいか？　スッポンポンじゃ真面目な話が出来ねえ」

どうぞ、と答えた二枚目は、名乗りもせず、挨拶もしなかった。

「で、アンタは何者だ？　どうせ本当のことは答えないだろうが」

「……チャン、とでも言っておきますか」

そう名乗った男は、流暢《りゅうちょう》な日本語だが、ところどころにネイティブではないクセがあった。

「レイを探すなってか？　機密を漏らした自衛官と結婚していた、中国の女を？　あんたらの正体もこれで答えが出てるに等しいよな」

チャンと名乗った二枚目は渋い笑みを浮かべた。

「まあ、そうおっしゃるならそうかもしれませんね。リンリンがあなたを落とせなかった時点でこちらの不利になりました。アナタという人間の、下調べが不足していたのが敗因です」

チャンは情勢分析をしてみせた。

「で、アナタがリンリンに言ったように、アナタは機密を扱う方じゃない。なのにどうしてレイを追うんです？　自衛隊の警務隊すら動いていないのに」

「レイの旦那が探してくれと言うんだから、こちらとしては探すわな」

「そうですか？　日本の警察は、そんなに親切なんですか？　夫婦喧嘩で家出したのなら、民事不介入の原則に反するのでは？」

「夫婦喧嘩で家出したとは誰も言ってないけどね」

「佐脇さん」

チャンは、その端正な顔にハンサムな笑みを浮かべた。

「あなたがレイを追うのは、違う理由があるからでしょう？　レイが何か重要なことに絡んでいる、ないしは知っていると考えているから、鳴海から遠く離れたこんなところまで、わざわざ来たんでしょう？」

「だとしたら？」

「私が訊いてるんです！」

チャンは取調官のような口調でビシリと言った。

「ほう。あんたは本国ではそっち方面か。共産党の査問《さもん》は怖いらしいな」

「……佐脇さん。ここは日本だし、あなたは警官だ。私は、事を荒立てたくないのです。あなたはスキャンダルには動じないと言った。調べてみれば、なるほどその通りらしい。歴戦のツワモノのようですね。しかし、面白いデータも出てきました。あなたが好きなものは、酒と女と……」

チャンは傍《かたわ》らに置いてあったアタッシェ・ケースを開けて、札束を取り出した。

「一千万あります。これで如何《いかが》です？」

「ふーん。レイには一千万の値打ちがあるのか」

「いえ、レイ一人分ではありません」

「律子についても忘れろってことか」

それにはチャンは答えなかったが、別のことを言った。

「佐脇さん。小嶺律子さんとあなたとの間に何があったか、私はだいたいのところは知っています。男にとって、時に忘れられない女性が人生に現れた、と思ってしまうこともあるでしょう。しかしね、どんな美女でも顔はひとつ、腕は二本、脚も二本、バストは二つですよ。これは私の国を舞台にした、有名な話の中に出てくる言葉ですがね」

金があれば百人の女が手に入り、すんなりした脚が二百本、形も手触りもさまざまな乳房が二百だとチャンは言った。

「かけがえのないたった一人の女なんて、そんなものは錯覚です。どうです。このお金を受け取って、そんな勘違いは、すっぱり忘れることにされては？」

「オレはさあ、判ってるんだろうけど、小金はあるのよ。地元のヤクザとかにたかってるんでな、遊ぶカネは余るほどある。つーか、地元で遊ぶ分には金はかからないんで。それにオレは、身分不相応な贅沢三昧《ぜいたくざんまい》をする気はない。妙な欲をかくから人間、ダメになる」

「なるほど。勉強になりますね」

「しかし、度を越した金を積まれれば、人間、考えも変わるもんだ。リタイアして一生遊んで暮らせるカネがあるなら、好《す》き好《この》んで危ない橋を渡ることもなかろうよ」

チャンは黙って、札束を積み増した。目分量で五千万ほどになった。

佐脇は、胸ポケットから財布を取りだして、中を改めた。

「こりゃ驚いたね。さっきの店で有り金全部ふんだくられたと思ってたのに、減ってねえ」

「勘定は私が持たせていただきました」

チャンは足を揃えて、一礼した。

「改めてお願いします。レイと、それから小嶺律子については、今後一切調べないでください。どこかから問い合わせがあっても、判らなかったで通してください。そういう事に、佐脇さんの刑事としてのプライドは傷つくと思います。このカネは、それに対する慰謝料だということで」

「断るには魅力的な金額だね」

「でしょう?」

チャンは笑みを見せつつ、ジャケットの下のシャツの胸ポケットからライターを出して煙草に火を点けた。その時、ホルスターに仕舞った拳銃が目に入った。

さりげなく、見せつけたのだろう。

「じゃ、せっかくの話だから、乗る事にするよ。五千万ってカネはカッコつけて蹴るにはデカ過ぎるもんな」

佐脇はそう言って立ちあがった。

「話を決める前に、小便させてくれ」

そう言ってトイレに入り、用を足しながら周囲を見た。

ここは久米のどこかのホテルに違いない。室内の感じで、いわゆるラブホテルではなくシティホテルだと判断した。

ユニットバスのバスルームの天井には、配管メンテナンス用のハッチがあった。ここから天井裏に入って各種メンテナンスをするのだ。

佐脇は、音をさせないようにハッチに手を伸ばすと、鍵はかかっておらず、ハッチはすぐに開いた。

トイレの水を流す間に、バスに足をかけて手を伸ばしてハッチの開口部を摑み、懸垂《けんすい》の要領で必死に身体をずり上げた。水の音でその動きはなんとかごまかせた筈だ。ハッチを閉めて、隣の部屋方向に、出来る限り早く移動した。バスルームからいなくなったと判れば、チャンがまず最初に天井裏を探すのは必然だからだ。

携帯電話のディスプレイを懐中電灯代わりにして、周囲を照らす。

下水管らしい太いラインを頼りにとにかく進んだ。

天井裏は腹ばいになってやっと進める程度のスペースしかなく、しかも骨組みのところを伝わないと、天井を踏み抜いてしまう。薄いパネルが張ってあるだけなので脆《もろ》いのだ。さらにこの骨組み部分には電線や電話線なども張られている。うっかりすると引っかかって骨組みから転げ落ち、別の部屋に落下という間抜けな事態が待っている。

若い頃、麻薬密売人がアジトにしていた家の天井裏に潜《ひそ》んで一味を捕まえた事を思い出した。

とにかく、あの部屋から離れて、しかるべき場所に隠れないと。

チャンに買収されるのはまっぴらだし、拒絶して撃たれるのも嫌だ。しかし素手では拳銃に対抗出来ない。

だから、逃げる。

しばらく進むと、上の階と下の階を繋《つな》ぐところに出た。しかも、音を聞くと、エレベーターが上下しているらしい。

佐脇は、じっくりと様子を窺った。周囲をよく見ると、エレベーターが上下するシャフト（昇降路）に通じるくぐり戸があった。メンテナンス用に設けられたものだろう。エレベーターがすぐ下の階に止まった時にここからシャフトに出て、籠《かご》の上に乗れば、なんとかなるだろう。上部には、籠室《かごしつ》の中に入れるハッチがついている筈だし。

そう考えて耳を澄ませ、タイミングを計っているうちに、騒ぎが起きた。元の部屋方向から、中国語でなにやら叫び声が聞こえてきたのだ。

チャンが、佐脇の脱出を察知したのだろう。

あの男はスリムで敏捷《びんしょう》そうだった。ここまでやってくるのにも、そう時間はかからないだろう。運良く逆の方向に行ってくれる可能性もあるが、佐脇自身、特に迷わずにここまでたどり着いたのだから、チャンもこちらにやってくる公算が高い。

果たして、そう思う間もなく、懐中電灯のちらちらする光とともに、がさごそという音が後ろから聞こえてきた。

だがちょうどその時、壁越しに、上昇してきたエレベーターがさーっと通過する振動も伝わってきた。

昇れば今度は降りてくる。

シャフトに繋がる小さなくぐり戸を開けっ放しにして待つのは、エレベーターの光や音がチャンに感づかれて危険だ。

直前まで我慢しなければ。チャンがここまで来て捕捉されるのが先か、エレベーターが降りてくる方が先か。いやいや、それ以前にチャンが発砲してきたらすべては終わりだ……。

後方で匍匐《ほふく》前進するような衣擦《きぬず》れ、そしてオートマチック拳銃の、安全装置を外す音がしたような気がする。

ヤツは、撃ってくる。

その時、ヒュイーンというモーター音とワイヤーが動く音がした。エレベーターが、下降を開始したのだ。

チャンの気配は容赦なく迫ってくる。いまや荒い呼吸音すら聞こえてきた。

「こっちには銃がある。諦めなさい、佐脇さん」

ついに声がした。佐脇がここに居るのを知っているのだ。

「そこはもう行き止まりでしょう。あなたは袋のネズミだ。今ならまだ話し合う余地がある。どうですか。お互い悪い話ではないはずですが」

「……オレが悪かった。あんたが銃を持ってるのを見て、怖くなったんだ。しょせんオレは、駄目な、腰抜け警官なんだよ」

佐脇が弱々しい声を上げた。

「そうですか。では、安心してください。あなたが変な事をしなければ、私は撃ちませんから」

チャンはそう言いながらいっそう近づいてきた。

佐脇は、耳を澄ませた。

エレベーターは上階から降りてきて、今まさに、佐脇の真横を通過しようとしている。

今だ！

佐脇はくぐり戸を押し開き、そのまま身を翻《ひるがえ》した。

エレベーターの籠室は、かなりの速度で降下しているところだったが、落差二メートルほどで、なんとか屋根に着地し、踏ん張る事が出来た。

夢中で籠をつり下げるワイヤにしがみついた。ここで振り落とされては命がない。

このホテルは何階建てなんだろう？　それは全く判らなかった。しかも、今立っているエレベーター上の一体どこに、籠室内に通じるハッチがあるのか、それも判らない。

とにかく、止《と》めなければ。

佐脇は目を凝らして、ワイヤロープのすぐ側に配置されている機器を見た。

幾つかスイッチがあるが、どのスイッチがどんな働きをするのか皆目見当がつかない。

ふと上を見上げると、佐脇が通ったくぐり戸から、チャンがこちらを見下ろしている。

急速に距離が離れつつあるが、ここで発砲されては危ない。シャフトの側壁に跳ね返った弾丸が、思い掛けない方向から飛んできて命中するかもしれないのだ。

だが佐脇に危害を加えることは、チャンにとっても諸刃の剣だ。たとえば中国マフィアでもあるのなら、この局面で撃ちまくってもおかしくはない。しかし、軍事機密情報を追っている以上は、チャンも中国政府の情報機関の関係者だろう。政府か軍の息が掛かっている人物なら、不用意に日本側に逮捕されるのは絶対に不味《まず》いと考えるはずだ。

佐脇を仕留めるべきか。仕留めた場合、その後処理はどうするか。

チャンはいろんな可能性を頭の中で検討しているはずだ。その間に、逃げるしかない。躊躇《ちゅうちょ》してエレベーターが上昇に転じ、チャンの目の前に戻るという馬鹿なことになったら笑い事じゃない。

エレベーターの籠室はその間にも降下を続け、軽い衝撃とともに停止した。ドアが開いた気配がする。おそらく、ここが一階だろう。

屋根の上に立ちあがってみると、二階のドアに手が届いた。こうなったら、このドアをこじ開けて外に出るしかない。だが、脱出中に再びエレベーターが動き出したら、籠とシャフトの壁の間に挟まれてミンチになってしまう。

佐脇は、ままよ、と調速機らしい機器のスイッチを全部、反対側に倒した。

籠室の中から漏れてくる光が消え、換気扇の音も止まった。中から「あれ?」という声が聞こえてきた。

たぶん、これでエレベーターは動かなくなった筈だ。

シャフトの壁にあるドア部分を見ると、内側から手動で開けるための「てこ」のようなアームが見えた。

これだ。理屈で考えても、これしかない。

佐脇は思い切り背伸びをして、アームに手をかけ、全体重を掛けてぶらさがった。

エレベーターのシステム全部を止めたわけではなかったせいか、安全装置が作動したのだろう、ドアを開けさせまいとモーターが強力に抵抗した。しかし、ここは生きるか死ぬかの佐脇の執念が勝った。

がたがたと力が拮抗《きっこう》していたが、ついにモーターが根負けして安全装置が外れ、ドアは全開した。

よじのぼってシャフトから脱出し、見上げた時には、すでにチャンの姿はなかった。

＊

酒がまるで抜けていないので、佐脇は愛車バルケッタを久米に置いたまま、金はかかるがタクシーを飛ばして鳴海に戻った。この局面で、誰が佐脇を監視しているか、判ったものではない。悪い奴ほど細心なのだ。

署には寄らず、タクシーで鳴海市民病院に直行した。時刻はすでに明け方で、消灯時刻はとうに過ぎている。

「あ、佐脇さん」

居眠りをしそうになっていた警備の警官が慌てて立ち上がった。前回嘘をついて追い払ったのと同じ、若い警官だ。

「そんな格好で病院をうろつかれては困ります」

佐脇が着ている服は、天井裏を這いずったままの埃《ほこり》だらけだ。

「すまん」

いきなり佐脇は警官の鳩尾《みぞおち》を殴りつけた。

完全に油断していた相手は、日頃鍛《きた》えているとは言え、不意打ちを食らって息が詰まり倒れ込んだ。駄目押しにその後頭部、背骨と頭蓋骨の間に強いチョップを加える。気の毒な警官が無残に崩れ落ちるのを尻目に、佐脇は病室に入った。

「おう。起きろ」

熟睡していた北村は、佐脇に叩き起こされた。

「なんだ、うるさいな」

不機嫌そうな声で目を覚ました北村だが、佐脇の顔を見た瞬間に泣きそうになった。

「う……またあんたか……」

「いろいろあってこんな時間になった。さあ、前に出した宿題をやったか？」

「宿題……な、なんだそれは」

「大事な事を思い出しておけと言ったはずだぜ。ちなみにオレはたった今、怪しい中国人から逃げてきたところだ。久米の、中国人の女がつるんでた」

北村は無言で佐脇を見返した。

「で？　それがどうした」

「おまえ、チャンという奴を知ってるんじゃないのか？　ヤンという奴のことはお前から聞いたが、そいつじゃない。チャンと名乗った。おそらくは、組織の元締め的存在だ。オレが、久米の、レイが働いていた店に行って、レイの事を根掘り葉掘り店の女に聞いていたら、そいつがしゃしゃり出てきた。顔は二枚目だ。いいスーツを着てたぜ」

「顔が良くてびしっとしてるヤツ……さあな」

ポーカーフェイスを装ってはいるが、北村は思い当たった、という顔になっている。

「知ってるんだろ？　すっぱり吐け。今さら隠し立てする事もないだろ」

「ヤクザにはな、墓場までもって行かなきゃならない事が結構あるンだ。そう気安く何でも喋るもんか」

「そうか。それは残念だな」

佐脇はニヤリとした。それを見た北村は怯えた。また新手の拷問を考えてきたに違いないと思ったのだろう、顔が引きつった。

「今度は……今度はおれをどうするつもりだ？」

「別にオレは、お前をイジメに来てるんじゃないんだぜ」

そう言いつつ佐脇は、手に持っていたケースをベッドの上に置いた。

「知ってるか？　これ。ＡＥＤってやつだ。心臓マヒとか起きた時にこれで電気ショックを与えて心臓を正常に動かす機械だ。で、これを正常なヤツに使ったらどうなる？　電気ショックで逆に心臓が止まるかもな」

佐脇は手際よくケースを開けて、必要なパーツを取り出した。

「オレは、『ＥＲ』ってドラマが好きでな。アレでよく、緊急救命医が『50にチャージ！』『離れて！』『ドン！』とかやってるのがカッコよく見えてな。是非アレをやってみたい」

「ば、バカ言うな。素人《しろうと》がそんな事やるんじゃねえ！」

「オレの愚行を止められるかどうかは、おまえ次第だ」

佐脇は機器の小さな電極パッドを見て、「ふーん、アメリカのとは違うンだな」などと言いながら、北村に装着しようとした。

「なんせオレは素人だから、お前の記憶力を増進させる手助けのつもりでも、セットを間違えてイッパツで御陀仏《おだぶつ》になってしまうかもしれねえ。まあ、そン時は許せ」

「許せるもんか！　冗談じゃねえ。お……思い出せばいいんだよな」

判った判った喋るから、と北村は降参した。

「以前、おれがまだ鳴龍会と関西のパイプ役を務めていた頃だ。有馬《ありま》温泉で一席設《もう》けるから と言われて出て行くと、それは、関西と中国系のヤバい組織との、秘密の会合だったんだ。鳴海も関係する事になる、というんでおれも呼ばれたってワケだ」

「そこにいたのが、チャンだったんだな？」

ああ、と北村は頷いた。

「名乗りはしなかったが、たぶんそいつだ。全部喋るから、その心臓につけるヤツを仕舞ってくれ。気味悪くていけねえや」

北村が言うには、その密談の場にいた中国人はみるからにエリートで、中国出身のスターに似たハンサムな男だったという。日本語は完璧で、さらに携帯電話を使って英語やロシア語でも何か話していた。きわめてそつなく人をそらさない人物で、エリートとしてふんぞり返る訳でもなく、日本の宴会の作法も熟知しているらしく、関西に拠点を置く広域暴力団の幹部たちにも、まめに酌《しゃく》をしたり返杯を貰ったりしていた。

「ヤツの狙いは、日本の最大ヤクザの上層部とコネクションを作りたい、ということだったらしい。それまでは、この前話したヤンが、実動部隊の頭として関西との間を取り仕切っていたんだが、もっとディープでハイレベルな付き合いをしたいということだったんだろうな」

「そんなハイレベル会議に、どうしてお前が居たんだ」

「おれだってハイレベルだったからさ」

北村は胸を張ってみせた。

「連中が、南海町を基地にしたいというから、鳴龍会の中の、おれのグループがその現地受け入れ担当になることに決まっていたんだ」

「で、南海町の漁師に覚醒剤密輸の片棒を担がせて、ブツは漁港の冷凍倉庫に隠してたんだな？」

「ああ。おれがこうなるまではな」

北村は頷いた。

「だがおれはアンタと、若頭の伊草との闘争に負けて、関西とのそういう関係も切れた。その後の事は知らないよ」

だが関西の連中が、せっかくコネクションを作り、いいように動かしていた南海町の人間を、そのままあっさりと手放すわけがない。

「ヤクザの宴会に中国のエリートが来て、覚醒剤密輸の話だけか？　シャブの話だけならヤンのレベルで済む事だろ？　どうせ前からやってるんだし。もっと高いレベルの顔合わせってコトは……お前ら、何を企んでた？」

「さあね。たしかおれは、南海町に無免許だけど船を操れる女がいて、亭主は借金まみれで便利に使えるぞという話をしたっけな。その中国のエリートとやらが、えらく興味を惹《ひ》かれた様子だったが。その辺《あた》りでおれはお役御免で追い出されたんで、後の事は知らねえ」

北村は苛立って、佐脇が手にした電極パッドを指差した。

「さあ、これで知ってる事は全部話したぜ。もう後は何にも残っちゃいねえ。だから、それを退かしてくれって」

おお、そうだったな、と佐脇は素直に電極をケースに仕舞った。

「だがな、おまえがウソを言ったと判ったら、また来るぜ」

「誓っていいが、嘘はついてねえ」

「そうか。なら、オレも正直に言っておこう」

佐脇はニヤニヤしながらＡＥＤのケースを持ち上げて北村に見せた。

「ヤクザのおまえは知らないだろうが、素人でも使えるこういうものは、きちんと心臓が動いてるヤツに着けてスイッチを入れても、電撃ショックは出来ない仕組みになってるんだ。機械が自動判定するんでな。これは、病院のロビーにあったのを借用してきたんだ。おまえが得意になって刑務所でウソ情報を広めちゃいけねえから教えといてやる」

「な、なんだ、おまえはブラフを……」

呆れる北村を背に、佐脇はけけけと笑いながら病室を出た。

廊下では、警備の警官が意識の戻りかけで呻いている。

「悪いな。申し訳なかった。これで美味いものでも食ってくれ」

万札を数枚渡して、佐脇は制服警官を無理やり買収した。


その足で、鳴海市は二条町にある二十四時間営業のハンバーガー・ショップに檜垣を呼び出した。磯部ひかるが、檜垣から携帯電話の番号を聞いていたのだ。

電話してからわずか十五分で檜垣はやって来た。

「こんな夜明け前に済まない。だが、コトは急を要するんで」

「いや、いいですよ。佐脇さんのその、埃だらけゴミだらけの格好を見れば、重要事案なのは判ります」

明らかに熟睡していたところを起こされて飛んできた檜垣は、寝癖のついた髪に無精髭のままだった。スーツの下はパジャマかもしれない。

「あんた、公安なら、中国の工作員とかエージェントとか言われる連中を知ってるだろう？　その中にこういうヤツはいないか？　チャンと名乗ってた」

佐脇は久米での顛末《てんまつ》と、自衛隊員と結婚したのちに失踪した中国女のこと、そして北村から聞き込んだ、南海町を拠点とする覚醒剤密輸の件を喋った。

「全部のバックにいるのが、多分その、オレを殺そうとしたジョン・ローン似のやつだ」

「なるほど……では、ちょっと確認させてもらっていいですか」

檜垣は持参の鞄からブロマイドのような顔写真をどっさりと取り出した。百枚はあろうか。それを、さながらマジシャンがトランプを切るように何度も順番を組み替えて、テーブルの上にざっと並べた。これから何かマジックでも始まるのかという雰囲気だ。

「さて、この中に、そのチャンという男のモノはありますか？」

次から次に顔写真を見ていくが、なにしろ枚数が多い。

「おい。中国人のスパイがこんなに大勢日本にいるのか？」

「いや、もちろん中にはダミーも入っています。刑事警察の面通しと一緒ですよ」

違う違うと撥ねていくうち、ようやく忘れもしない、あの男の顔写真が出てきた。

「コイツだ。間違いない。なんせ殺されかけたんだ。刑事が殺されかけるなんて、不名誉この上ないんだが」

檜垣は、佐脇が選び出した顔写真をじっと見て、頷いた。

「おやおや。偽名と思いきや、なんと本名を名乗っていたようですね。張水雅《チャン・スイヤー》。中華人民共和国駐大阪総領事館付駐在武官、という外交官登録があります」

「外交官か……面倒だな」

チンピラや悪党なら外国人であろうが何とでも出来る。しかし、外交官となると話は別だ。外交官特権との絡みが出てきて、最悪の場合、相手国の外交カードにされてしまう。

「チャン・スイヤーは、本国では、中国最強の情報工作機関である、人民解放軍総参謀部二部三局に所属していることが判っています。お察しの通り、大使館や領事館付きの駐在武官というのは表向きで、実はエージェントとしていろんな工作に従事しているのは間違いありません。それは中国に限った事ではありませんが」

檜垣も、チャンの事はずっとマークしていたらしい。

「久米ですか。あそこは海上自衛隊の拠点ですからね」

その返事に、佐脇はニヤリとした。

「どうです。そろそろ隠し事はやめて、そっちの摑んでる事を教えてくれませんか。というかもう、殆《ほとん》ど見えてるんですがね、オレの勘違いもあるかもしれないが」

わかりました、と檜垣は、頷いた。

「前にもお話ししましたが、佐脇さんの推測はだいたい合ってますよ。私も、小嶺律子は覚醒剤の運び屋をやっていたと見ています。上で仕切っているのは日本のヤクザと、もちろん『供給側』の中国人も噛んでます。その段階では、まだ諜報活動とは縁がなかった。ところが、ある時点で、中国側のエージェントがそのビジネスに絡んできた。日本が政権交代して、外交に空白が発生した、という背景もあるでしょう。その空白につけ込んで軍事バランスを変えてしまおう、そんなことを考える者がいたとしてもおかしくはない」

「だから、もっとダイレクトに言ってくれって」

長い一日で、最後には命からがら逃げる羽目にもなり、疲れている佐脇は苛立った。

「要するに、チャンが自衛隊の船に体当たりしろと律子に命じたんだろ？　海上自衛隊の艦船、それも最新鋭のイージス艦か護衛艦にぶつければ、船の性能を調べられるし、日本国内の反響も見る事が出来るし、アメリカ側の反応も見られる。その上、小嶺には保険金も入る。となりゃ『一石二鳥』いや『一石三鳥』の作戦だろ？」

佐脇はコーラを一気にストローで啜《すす》りこんだ。

「とにかく小嶺律子はチャンに抱き込まれた。仲介をしたのは……律子と同じ店で働いていた中国女かもしれないな。その、レイっていう女の愛人は中国側の運び屋だ。しかも愛人がいるにもかかわらず日本人自衛官と結婚している。律子が船を操れると知って、まず密輸に引き込み、その次に、もっとヤバい仕事を持ちかけたと」

「おそらく、そうでしょうね。チャンは、直接ではないでしょうが、かなりなカネを報酬として律子に前渡しした筈です。その上に自衛隊からも見舞い金は下りるだろうし保険金も取れる。船を犠牲にしても大きな儲けになる話です」

「と、なるとだ」

佐脇はタバコに火を点けようとしたが、禁煙エリアだと店員に注意され、指に挟んだまま振り回した。

「さしあたり、女二人は仕事はやり遂げた訳だ。一人は自衛艦に特攻して海自の評判を海の底に道連れ、もう一人は自衛隊員と結婚して同じく海自の機密を入手し、それをリークすることに成功。あんたら公安が、このカラクリを知って動くのも時間の問題だと判ってるだろう。現に、レイも律子も姿をくらましてる。レイが鳴海に現れたのが解せないんだが……」

「早晩、二人は国外に逃げるでしょう。というか、とっくに日本を離れていると思っていたんですが。私ならそうしますね。律子は、『いそなみ』にぶつかった後、ゴムボートで他の船に乗り移って、空になったゴムボートを漂流させて、死んだと偽装する。レイは、作戦実行前にそっと姿を消して、二人してどこか他所の国に逃げる」

二人の男は、腕を組んで思案した。

「どうして、さっさと逃げないで、南海町や鳴海という地元をウロウロしてるんでしょう?」

「なにかがあったんだな。やり残したことが」

しかしそれが何かが判らない。

「小嶺源蔵だって、律子にとってはたぶん、無理やり結婚させられた相手に決まってる。覚醒剤密輸の仕事をさせるために。だったら、小嶺には未練も何もない筈じゃないか。レイに至っては、まったく理解出来ん」

佐脇は、フライドポテトを口の中に捩じ込んでヤケ食いのように頬張った。

「もう午前四時だけど、どうもこのままじゃ眠れねえ。悪いがアンタ、付き合わないか?」

いいですとも、と檜垣は二つ返事で応じた。

「佐脇さんとはぜひまたご一緒したいと、ちょうど私も思っていたところですから」

うれしそうな顔も口調も、本心からとしか思えない。

「アンタ、人たらしだな。誘っておいてナンだけど」

「佐脇さん。優秀なスパイの条件を知ってますか？　何よりもまず人に好かれること。それがなくちゃ駄目なんです。いや、私がスパイだと言ってるわけじゃありませんよ」

「そうか。スパイなんて陰険《いんけん》な野郎ばかりだと思ってたがな。オレもトシだから、このまま徹夜しちゃうと数日は使いものにならねえ。寝なきゃいけないし、寝ればアタマも整理出来てハッキリする筈だが、眠れないのは仕方がない。付き合ってくれてありがとうよ」

二条町の、女っ気のないショットバーに入り、カウンターにもたれた二人は、モルト・ウィスキーをストレートで呷《あお》った。

「大詰めのような気がするんだが」

佐脇は濁った目で檜垣を見つめた。

「というか、普通なら、これで終わってる話だよな？　中国情報部の作戦はまんまと成功して、実行犯は国外逃亡。メンツを重んじる自衛隊も防衛省も、まさかしてやられたとは言えないから、『いそなみ』の回避義務違反を認めるしかない。ぶつかってきた漁船が悪かった、などとウッカリ言おうものなら世論から袋叩きだ。海難事故として処理されて、自衛隊は見舞い金や賠償金を払い、保険金も下りる」

「そうですよね。でも、まだ終わってない」

「小嶺源蔵はカネをたんまり貰ってウハウハだろうが、レイの亭主は可哀想だなあ。海自の三等海佐なんだが、あの男、今でもレイを愛してるぜ。だからか？　レイまでがまだ日本でウロウロしているのは。しかし、そんな優しい女とも思えなかったがな」

首を傾げているところに、ドアが開いた。

「やっと見つけましたよ。ここでしたか！」

聞き覚えのある声だ。

「ずいぶん探しましたよ。二条町の飲み屋をしらみつぶしのローラー作戦でね」

「なぜあなたがここに」

檜垣が驚きの声を上げた。

この深夜にスーツを着こみ、やはり一分の隙もない身なり。中国高官だというチャンと同じく、エリート特有の雰囲気を漂わせたこの男は、警察庁の入江雅俊だ。

「これはこれは。こんな田舎町にサッチョウのキャリアの、しかも公安と刑事のお二方が揃い踏みとは。一体、何の御用です？」

軽口を叩きつつ佐脇も内心驚いていた。

「明日の未明が『いそなみ』事故の現場検証ですよね？」

意味あり気に入江はそこで言葉を切った。

「私、警察庁刑事局の人間ですが、長官の特命を携《たずさ》えて参りました」

入江は、檜垣を見やった。

「檜垣参事官。この件は、終了です。理由は、与党幹事長の中国訪問」

あっ、と檜垣が息を飲んだ。

「あの……与党議員百四十人を引き連れて、中国国家主席に一人一人、引見をたまわるという、ネットでは朝貢《ちょうこう》の復活かと揶揄《やゆ》されている」

「その通り。あなたも参事官なら、これ以上言う必要なく、お判り戴けますよね？」

政権交代したばかりの与党幹事長が、二週間後に訪中するという話は、佐脇も聞いたような記憶がある。それに先立って、日中間に大きな問題が生じるのは互いにマズイということか。しかし、首脳会談というわけでもないのに。

「待ってくださいよ入江さん。それっておかしいでしょ。日本がアメリカにペコペコしなきゃいけないのは判るとしても、この上、中国にまでペコペコするんですか？」

「……そんなのは、以前からのことですよ、佐脇さん」

入江は、皮肉な目で佐脇を見た。

「過去、この手の問題が発生しても、外交日程が絡んだ瞬間、光の速さで手打ちが行なわれてきました。警備当局同士の話し合いはあるんですが、その席で向こうは形だけ謝ります。遺憾に思う、とかね。でも、実は取ってるんですよ。外国側が何らかの工作をしたとして、それについて謝るのはタダだから幾らでも頭は下げる。やったもの勝ちです」

檜垣は、憤然として入江を睨みつけていた。

「どうしてあんたが、そういう特命を持ってきたんだ？」

「参事官が警備局で、私が刑事局の人間だからですよ」

「それはおかしい。ならば私の直属上司が来るべきじゃないか」

「警備局長がわざわざ、参事官に特命を伝えるためだけに鳴海くんだりまで来ますか？特命伝達なら電話で充分ですが、たまたま私がここに来ることになったので、ついでに伝えてほしいと言うことで、謹《つつし》んで伝言を承《うけたまわ》ったんです」

檜垣は警視長、入江は警視正で、階級が違う。だから入江は下手に出ているが、態度では一歩も引いていない。

「佐脇さん、ご無沙汰しました。お元気そうで何よりです。相変わらずワイルドなご活躍のようで」

入江は、佐脇の汚れた服を舐めるように見た。

「私は、警察庁の人間として、海上保安庁との調整に来たんです。現場検証から起訴まで、細かな調整が必要なので」

殺気立った口調で檜垣が入江に問い質《ただ》した。

「ちょっと訊くがな、要するに今回の『いそなみ事故』のバックには中国の諜報活動、ならびに工作が存在したという、その線は一切『なかったこと』になるというわけか」

「そのとおりです」

相手を焼き殺しかねない視線で睨みつける檜垣を見返して、入江は冷静に答えた。

二人の間に、激しい火花が散ったように、佐脇には見えた。

「そうか。国家権力はそう来たか。いやオレ自身、国家権力の手先なんだから、そういう言い方はおかしいよな。ま、いいや。所詮オレは頭の悪い田舎刑事だし、南海町では殺人事件も起きてるんで、地道な捜査はさせてもらうよ。やっと酒が回ってきたんで、そろそろ失礼させていただく」

佐脇はカウンターに金を投げ出すと、バイバイと手を振って、店を出た。

第六章　最悪のカタストロフ

睨《にら》み合う檜垣と入江を残し、二条町のカプセルホテルにもぐり込んで泥のように寝た佐脇は数時間後、出勤途中にあるスーパーで安い服を買って鳴海署に顔を出した。

「何なんですか佐脇さん。その、日曜日に家でゴロゴロしてるお父さんみたいな格好は！」

いつの間にか大阪から戻ってきていた水野が、エンジ色のジャージ上下を着込んだ佐脇を見て、目を丸くした。

「別にスーツを着てりゃヤマが解決するってものじゃなし、この方が動きやすいぞ」

それはともかく、と佐脇は水野を食堂に拉致した。

「さっさと帰ってきやがって。調べは済んだのか？」

ランチの時間にはいささか早いが、佐脇は食券を買った。

「お前は何にする？」

「自分はまだいいです。それより報告を」

「まあそう言うな」

佐脇は水野にラーメンの食券を買ってやり、自分は麻婆丼《マーボーどん》を頬張りながら訊くことにした。

「勝手な出張で長くは行ってられないので、大久保課長と話して、ひとまず帰ってきたんです。でも、お土産《みやげ》はありますから」

水野が持ち帰った情報は、例の『箕田』が喋った事だった。

「箕田は、律子に……というとややこしいのですが、この南海町で小嶺律子と名乗っていた女に、戸籍を世話した、とハッキリ言いました。小嶺律子の旧姓は太田律子ですが、この『太田律子』の戸籍は売買されたものです」

水野は、裏付けになる戸籍謄本を見せた。

「調べた結果、太田律子の正体は、江口沙奈江《えぐちさなえ》。本籍地は宮城県気仙沼市本吉《もとよし》町日門《ひかど》。日門漁港のあるところです」

「なるほど。それなら辻褄《つじつま》は合うな」

小嶺律子は、生まれは奈良だといいつつ、ごく身近な一部の者には漁村で育ったから船を操れると言っていたのだ。そして、現に、駄目亭主に代わって船の操縦をしていた。

「江口沙奈江は籍に入れた配偶者はいませんが、内縁の夫はいたようです」

「それが、殺された盛田岩雄か?」

「ええ。かなりの暴力男だったようで、盛田も本籍は宮城県ですから、知り合ったのは律子、いや沙奈江がまだ若いころでしょう。沙奈江から金を吸い取るだけ吸い取って、あげくはフーゾクで働かせていたようです。つまり、暴力で女を支配するヒモ状態。だから、突然、姿を消した彼女を必死で探していたんでしょう」

「その辺がな……。あんな美人がどうして盛田岩雄みたいなクソ男に捕まって逃げられなかったのか、よく判らないんだが……」

それを言い出せば、いわゆる「だめんず」に惹かれてしまって人生を狂わす似たような例はゴマンとある。沙奈江の性格や性癖、生い立ちにも絡んでくるものはあるだろうし、盛田との出会いの形にも関係するだろう。

「単に運が悪くて、助けてくれる親や友だちもなく、法律に助けを求めるほどの知識もない……そういう女だったのかもな」

「江口沙奈江についての詳しい身辺調査までは手が回りませんでした。戸籍謄本と住民票の移動については調べましたが」

水野は佐脇の前に関係書類を並べた。

「結論を言ってくれ。というか、お前のラーメン、伸びちまうぞ」

水野に食う暇を与えていない張本人は、佐脇なのだが。

「江口沙奈江は、地元の高校を出て地元で就職したようですが、その後、住民票は実家から移した形跡がありません。二十五歳で大阪にいたのは事実なんですが、その間の足取りは今のところ判りません。実家は普通の漁師で、金銭的な問題はありません」

「じゃあ、就職してから妙な男に引っかかったのが運の尽きで、いろいろあって大阪まで流れてきたのかな?」

「盛田からは何度か逃げようとしたみたいですね。盛田に背負わされた借金もあり、どこに逃げても盛田が追ってくるので、仕事も続かない。まともな仕事には就けない状態になっていました。で、律子、いえ沙奈江が勤めた、その大阪の店は箕田の息が掛かっていて」

その店に、レイも勤めていたのに違いない。

「で、大阪にまで逃げたのに、ある時、ついに盛田が沙奈江を探し当ててしまった。また逃げるしかない、と思いつめた沙奈江に、『どうせ逃げるなら名前を変えて別人になればあの男も探せない』と持ちかけたのが、同じ店で働いていた中国人女性で、新しい戸籍は箕田が手配しました。戸籍法違反ですが、所轄ではないという事で、立件しないという交換条件で、いろいろと聞き出しました」

「よくやった。お前さんはこんな田舎警察署においとくのはもったいないな。かといって栄転されるとオレが困るんだが」

水野は素直に喜んでいいのかどうか、微妙な顔になった。

「……報告を続けます。戸籍売買の相場は一説には五百万とか言われますが、『太田律子』

の場合は、後払いで、しかもかなり安くしてやったそうです。その代わりに、という条件付きで」

「覚醒剤密輸のお先棒を担げっていうのが交換条件なんだな？」

「ええ。それには元鳴龍会の北村も噛んでいて、南海町で密輸をやっていた借金まみれの小嶺源蔵との結婚を仲介したと。小嶺源蔵は腕の良い漁師だったのが、身体を壊して普通の漁が出来なくなって借金を作り、その足元を見られて密輸に加担するよう強要された訳ですが、やがて酒浸りのアル中状態ではそれも覚束《おぼつか》なくなったので、太田律子となった江口沙奈江が送り込まれた訳です」

彼女としてみれば、盛田岩雄から逃げたい一心で、その話に飛びついたのだろう。

「判った。ご苦労さん。この一件が片づいたら、盛大に慰労会をやろうぜ」

話が一段落し、水野もやっとラーメンに箸をつけた。

これで『小嶺律子』と自称していた女のバックグラウンドは判明したが、この先、律子とレイはどうするのだろう？　逃げるならさっさと逃げれば良いものを、南海町に出没していたのは、どういう意味があるのだ？　なにかをやり残していた？　それとも逃げられない事情があるのか？

「ああ、そういや、防衛省が、とりあえずの見舞金を小嶺源蔵に払うようですね。なにしろマスコミが海上自衛隊を、まるで鬼悪魔のように叩きまくってますから、それもあるんでしょうけど」

とにかく見舞金を支払って世論を懐柔ということか。

「律子としてはですよ、その金を待ってたってことはないんでしょうか？」

「そうか、逃走資金としてか！」

逃げるにしても元手が要る。しかし、チャンに命じられて船を自衛艦にぶつけたのなら、チャンがすべてを面倒みる筈ではないのか。

「なにか未練もあるのかもしれませんが」

「それもあるかもしれないが、仲間割れの可能性も考えておかないとな」

よし、と佐脇は立ちあがった。

「通称・小嶺律子が何らかの動きを見せるかもしれない。張り込むぞ」

だが水野はぐずぐずして座ったままだ。

「どうした。何をしてる」

「いえ、その、メシがまだ……」

「メシならもう済んだ。いくぞ！」

哀れ水野は昼飯の途中で佐脇に連れ出されてしまった。

＊

佐脇と水野は、南海町を張った。

律子は、この町になにか思い残す事があるようだ。それは、純粋な気持ちかもしれないし、お金かもしれない。

第一にマークすべきは、やはり小嶺家だ。源蔵が家から出てきたので、佐脇が尾行した。

源蔵は、酒屋で缶ビールや缶チューハイを買い込むと、漁港に行って一人、飲み始めた。岸壁に座り込んで、足をぶらぶらさせながらの、呑気な姿だ。アル中オヤジの日常に過ぎず、なんという事もない光景だ。

漁港の倉庫の陰から注視するうち、携帯が振動して水野から報告が入った。

「小嶺の母親と姪は、買い物に出て、食料品を物色中です。接触してくる人物はいません」

了解、と通話を切った佐脇だったが、その時ふと、小嶺源蔵とは別に、険しい顔で漁港を突っ切ってゆく達也の姿が視界に入った。

なにかせかせかして、しかも初夏だというのに寒そうにポケットに両手を突っ込み、肩を怒らせて歩いてゆく。その切迫した表情は、今日の漁とセリが終わり、のんびりしたこの漁港では異様に目立った。暑いほどの陽気で、どうして達也が寒そうなのか判らない。

達也は、岸壁で飲んだくれている源蔵を見つけて何か言いたそうな様子になったが、ぐっと我慢したようだ。手にした携帯電話を、何度も開いてチェックしている。

立ったままタバコに火を点けたが、数口吸っただけで踏み消して、また新しいのに火を点ける。張り込みでイライラした刑事がよくやる行為だが、達也は吸い殻をそのまま放置している。

やがて漁港のセリ場の鉄柱にもたれて、携帯電話の画面をじっくり眺めはじめた。なにかメールが来たのだろうか。

液晶画面を見ていた達也に、反応があった。全身が硬くなり、緊張しているのが手に取るように判る。

強ばった顔でタバコを踏み消すと、漁協事務所に向けて歩き出した。しかし、数歩歩いて立ち止まり、しばらく躊躇した。

苛立ったように、右手に持った携帯電話で左手を何度も叩いた。が、気合いを入れるように大きく深呼吸すると、漁協事務所への鉄階段を、かんかんと足音を立てて昇って行った。

開いたままの窓から、話し声が断片的に聞こえてきた。達也の声が次第に激昂して、詰《なじ》るような口調になってゆくのは判ったが、何に対して腹を立てているのかまでは判らない。

佐脇は、携帯電話で水野に指令した。

「小嶺の女衆の尾行はいい。引き上げて、漁協事務所に行ってくれ。今、達也という若いヤツがデカい声で漁協の連中とやりあってる。たぶんヤツは頭に来て事務所から飛び出してどこかに行くだろう。オレはそっちを追うから、お前は事務所に行って、何を話していたのか聞き込んでくれ。ほれきた」

佐脇が予測した通り、達也は事務所のドアを蹴飛ばすように開けて飛び出してきた。顔は興奮して真っ赤だ。

そのまま転がるように駆け降りると、下の階にある漁協のＡＴＭに駆け込んだ。やがて膨らんだ封筒をしっかり握りしめて出てくると、そのまま駆け出した。

佐脇も後を追う。

おそらく、この町から出て、どこかに行くだろう。その足は、バスではなく、自分の車かバイクを使うはずだ。

そう思った佐脇は、達也を追うのを止めて駐車場に戻り、乗ってきた覆面パトカーで待機した。この町からどこかに行くには、町の中を貫く一本道を抜けて、漁港の、この駐車場前を通って旧国道に出るしかないのだ。駐車場で張っていれば達也は捕捉出来る。

案の定、達也は小さなヘルメットを申し訳程度に引っかけて、大型バイクに乗ってやってきた。ナナハンのデカいヤツだ。

尾けられているとは夢にも思っていない様子で、達也のバイクは旧国道に出た。それを佐脇は数台おいて追尾していく。

ほどなく、達也のバイクは鳴海市に入った。十中八九、誰かに会うのだろう。その相手は……もしや律子？　だとすれば、どこで会う？

普通に考えればラブホだが、達也のバイクは二条町のラブホ街を通り過ぎた。

待ち合わせに使うには、ラブホは案外、不便ではある。店によっては同時入室・同時退室を求めるところも多い。売春や事件の現場になるのを恐れるからだ。

となると、個室があるのはネットカフェ、あるいはマンガ喫茶か？

少し走って、達也は二条町に近い、旧市街の寂れた繁華街である辰巳《たつみ》町に入った。ここも昭和四十年代までは賑《にぎ》わったが、今ではシャッター商店街だ。

達也は、その一隅にある古ぼけた雑居ビルの脇にバイクを止めた。看板を見ると、カラオケ『ランバダ』が入っている。店名からしてすでに時代から十周ほど遅れている。

最近のカラオケはチェーン化が進み、見た目やたら豪華なロビーと小綺麗な個室を備える店が増えつつあるが、そんな風潮に取り残された「独立系」のこのカラオケは、ボロボロだが超低価格で営業している。しかも二十四時間開いていて、深夜はホテル代わりに使ってもネットカフェより安いのではないか。もちろん、安かろう悪かろうな設備なのだが。

達也は、ビルの中に入っていった。

ちょっと間を置いて、佐脇も後に続く。

この『カラオケ・ランバダ』は、ビルのワンフロアを細かく区切ってカラオケ・ルームにしている。いつの時代に改装したのかと驚くほど壁紙は汚れ、フロアのリノリウムも傷だらけで古ぼけて、ゴミゴミしている。通路は狭いし、メインの入口以外に非常口は見あたらない。ドアのガラスには紙が貼ってあって、中の様子は窺えない。この状態は完全に消防法違反だが、今日は取り締まりに来たわけではないので不問に付す。

通路の一番奥にフロントがあり、その脇に厨房がある。

佐脇は警察手帳を見せて来意を告げた。

「今、若い男が来たろう？　何号室に入った？　いや、いいんだ。騒がないでくれ」

フロントに立つパートのオバサン風の女性は、「三号室ですよ」と、入り口に一番近い部屋を指差した。

「ウチはねえ、こんな風にボロなんで、寝に来るお客さんでもってるんですよ。中には部屋でＨするアベックもいたりして」

アベックね、と佐脇は昔懐かしい言葉に苦笑しつつ、律子の写真を見せた。

「三号室には先客が入ってたはずだけど、もしかして、この人？」

フロントの女性は、たぶん、と頷いた。

「大きなサングラスをしてたけど、口許が似てるね」

佐脇がフロントの奥を見ると、モニターがあった。画面が一つしかない、カメラを切り替えて各部屋を見るタイプだ。

「それ、全部の部屋、見れるのか？」

佐脇の言葉をフロントの女性は勘違いして言い訳し始めた。

「いえね、カラオケだけならいいんですけど、それ以外の事に使うお客さんも多いんで。で、ウチは悪戯されたらすぐ火事になっちゃうから、それで……。別に部屋の中を覗き見しようってんじゃないんですよ」

「イイよそういうのは。そりゃこの辺じゃ、妙な客も来て大変だろうさ。ちょっと三号室、見せてくれよ」

相手は警察だから、フロントの女性は素直に言うことを聞いた。

モニターには不鮮明ながら、部屋の様子が映し出された。男女の客はマイクを持とうともせず、なにやら深刻な様子で話し込んでいる。女はサングラスをテーブルに置いている。

その時、当の三号室から音楽が大音量で聞こえてきた。カモフラージュにカラオケをリクエストして流したのだろう。

「部屋の中の音は聞けないんだよな?」

それは……と女性は首を横に振った。

部屋の中の、律子と達也とおぼしき二人は密着して座って、身を屈めて話し込んでいる。

思い切って踏み込むか、それとも、なんとか盗聴出来るように考えるか。

迷っていると、携帯電話が振動した。水野からだった。

『たった今、漁協の組合長さんに聞いてきました。さきほど訪ねて来た青年は、結城《ゆうき》達也で組合員。しかし何故か、小嶺律子の家族に支払いが決定した見舞金についてしつこく訊いてきたと。自分が手渡すから渡してくれというので、それは前例がないし、小嶺源蔵の口座に振り込まれるから、第三者に手渡しは出来ないと突っ撥ねると、しばらく粘って食い下がっていたけれど、最後は怒って出て行ったそうです』

「判った。それで話は繋がった。じゃあお前は、援軍を要請して、辰巳町の『カラオケ・ランバダ』に来てくれ。小嶺律子が……」

そう言ったところで、不通を知らせるプープー音が鳴った。携帯電話の充電を忘れて、バッテリーが切れてしまったのだ。

佐脇としては、応援部隊にこのビルを包囲させて小嶺律子を逮捕しようと考えたのだが、水野にどこまで話が伝わりようとしたものか。フロントの電話を借りようとしたが、思いとどまった。

　このままで済むはずがない。もうちょっと様子を見ていれば、レイと、さらに今回の事件の黒幕もやってくるのではないか？　下手に包囲などすれば警戒され、逃げられる。

佐脇は、フロントの中に入って身を潜め、モニターを監視する事にした。


三号室では、達也が一万円札がぎっしり詰まった封筒を、律子に差し出していた。

「見舞金は持って来れなかったけど、これでなんとか逃げられるんじゃないかと思って」

「……どうしたの、こんな大金」

「オレの貯金を全部、引き出してきた。こんな程度しかなくて申し訳ないんだけど……」

律子は、達也が渡そうとする金を押し戻した。

「ダメよ。そんなの。これは受け取れないわ」

「でも……これからどうするの。金がないと逃げられないだろう？」

「それは心配しないで。昔の知り合いがなんとかしてくれるから」

「それは大阪での知り合いだろ？　それが嫌で律子さんは南海町に来たんじゃなかったの。小嶺の家が心配だってのは判るけど……畜生！　あの糞オヤジさえ居なければ」

憎々しげに吐き捨てた達也の拳《こぶし》を、律子は両手で包み込むように握った。

「そんなに怒らないで。私はあの人と一緒になるしかなかったの……でも、ほんとうにありがとう。私なんかのために」

「私なんかなんて、そんな言い方するなよ。ねえ。この金とオレがいれば、連中の助けなんかなくても何とか逃げられるでしょう！　中国の、あんな連中なんか信用出来ないだろ！」

達也は律子をぐっと引き寄せ、必死に言い募った。

「そうね。とりあえず、落ち着いて、ゆっくり考えましょう」

律子は達也を見つめ、テーブルの上に出されたコーラを飲み、達也も同じものを飲んだ。

「……ここは、見ての通り、おんぼろだから他のお客は来ないの。だから、カラオケだけどカラオケじゃない事に使う事も多いし、それはお店の人も承知の上よ。だから……」

「だから？」

達也はツバをゴクリと飲み込んだ。

「でも、これが最初で最後とか言うなよ。オレは、律子さんを絶対に守る。車もバイクも船も操縦出来るんだから力になれるし、男が一緒だと心配なかったりするじゃないか」

「……そうね」

律子は微笑《ほほえ》んで頷《うなず》くと、達也に抱き寄せられるまま、若者の厚い胸板に倒れ込んだ。

そのまま上を向き、ひたと若者の目をみつめる。

目と目が、そして唇と唇が、惹きあう磁石のように、ぴったりと合わさった。

「おおお」

それが律子の唇に触れた初めてだったのか、達也は少年のような声を上げげた。

「り……律子さんのことは、オレが絶対に守るから！」

「嬉しいわ。そんなことを言ってくれたのは、あなただけ」

哀しげに微笑む律子を見た達也の手が、おずおずと、Tシャツに包まれた律子の胸に伸びる。ふたたび、荒々しく口づけをしながら、震える手のひらで、胸をまさぐった。

「ねえ……抱いて。最後までしていいのよ。あなたのしたいことを、全部」

律子は彼の耳元で囁いた。

彼女の顔が見られなくなった達也は、そのまま無言で、怒ったように自分の服を脱ぎ、律子も脱がし始めた。Tシャツに薄いブルゾンを羽織っただけなので、あっという間に上半身は裸に出来た。興奮のあまり指先が震え、ブラを外すのに手間どったが。

律子の豊かな胸にむしゃぶりつき、乳房全体の柔らかさを手で確かめた達也は、乳首に舌を這わせて、転がし始めた。

「ああ……あなたの手が、とっても熱いわ」

律子は若者の荒々しい愛撫に、感極まった声を上げた。

達也はそのまま手を下に滑らせると、ジーンズを脱がし始めた。

「……正直言うけど、オレ、素人童貞なんだ」

そんなこと気にしないで、と律子は応じて、腰を浮かせ、ボトムを脱がすのに協力した。

「でも……本当に、これからどうするの。死んだ事にしたまま、生きていくのか?」

達也はたわわな乳房を手のひら一杯につかみ、愛撫しながら、訊いた。

「そうね……もう一回名前を変えて、まったく別の人生を送りたい」

「それなら、おおお、おれと一緒になれば、苗字は変えられるじゃないですかっ!」

若者が切羽詰まった声で言う。

「だから、それは無理でしょう? 死んだはずの人間と達也君が、どうやって結婚出来るわけ? ニセのクレジットカード作るのと訳が違うのよ」

律子は淋しげな声で諭した。

「そんなことより……来て」

達也は緊張と興奮のあまり、動きがぎこちない。それでも懸命に手を下半身に移して、律子の股間に這わせた。

「あ、ああん……」

すでにぐっしょりと濡れている秘部に触れられて、律子は喘いだ。

「律子さんのここは、熱いほどだ……」

達也の指は、蜜を溢れさせる女芯に入り込んで果肉を弄った。

彼のモノは痛いほど屹立して、何もしないのにひくひくと震え始めている。

その肉棒を、律子は優しく手で包み込んだ。

「あ……」

そのままフェラチオに移るのか、と思われた時、達也の全身から力が抜けた。ペニスは勃起したままだが、達也本人はぐったりして、手も足も脱力してだらんとなっている。

律子は、彼の頬を何度か叩いている。しかし、達也は目を覚まさない。

そろりと立ちあがった彼女は、足元に下ろされた下着とジーンズを穿《は》き直し、ブラもつけて身支度を始めた。


「殺したのか?」

突然の声に律子はぎょっとして、全身を硬直させた。

三号室のドアが開き、そこには佐脇が立っている。

いいえ、と律子は首を振った。

「じゃあ、レイとリンリンがオレに使ったヤツか」

佐脇はずいと前に出て、ドアを塞ぐようにして一気に三号室に入った。

「悪いが、防犯モニターで一部始終を見させてもらった」

佐脇が指さす天井の隅に、一見煙感知器か警報ランプのようなものが張り付いていた。

「最後までやらせてやろうと思ったんだぜ。けど、この若い衆が動かなくなったんで、飛んできた」

律子は、驚きのあまりか、目を見開いている。

「オレは、この若い衆を尾けてきたのさ。あんまりテンパってるんで、なにか大変な頼まれ事をされたんじゃないかと思ってな。それも、とても大切な人に。案の定、そうだった」

出口を塞《ふさ》ぐようにして、佐脇はドアを後ろ手に閉めた。

「田舎警察の田舎刑事を舐めるなよ。オレだって、やる時はやるんだ」

「……で、どこまで知ってるの？」

律子は静かな口調の低い声で訊いた。

「たぶん、ほとんど全部。チャンのことも含めてな」

「神妙にお縄を頂戴しろってわけね」

「そうしてくれると助かる。ただ、判らないところもあるんだ。見舞金を達也に運ばせようとしたのは、逃走資金だろ。というか、どうしてお前さんはさっさと逃げなかった？それが疑問でね」

「最初は逃げたのよ。だけど、あの男……盛田がテレビに映ったのを見てしまった。あいつが、あの事故のあとも南海町をうろついていることが判ったの」

佐脇はタバコを出して火を点けた。

「小嶺律子。しかし本当は江口沙奈江。どっちで呼んだ方がいい？」

「……江口沙奈江なんて、とっくに棄てた名前よ」

女はそう言ってグラスに残ったコーラを飲み干した。

「じゃあ、律子と呼ぼう。あんた、盛田岩雄を殺したな？」

律子は、頷いた。

「未練がましく南海町に出没していたのは、盛田を始末するためだけか？　あんたにとって、小嶺のウチは忌むべきところじゃなかったのか？　源蔵との結婚も、律子の戸籍を自分のモノにする、ただの交換条件だったんだろ？」

「そうだけど、小嶺のお婆ちゃんは好きだったのよ……」

律子はサングラスを外した。

「あんなに優しくしてくれた人は、いなかった。実の母親でさえ。お婆ちゃんは、どこの馬の骨か判らない、いいえ、訳《わけ》ありなのは間違いなしの私に、いつだって優しかった。あんた、おなかはすいていないのかい？　何か食べるかい？　って、いつもいつも気にしてくれて。私が悲しそうなのも、不安な時も、必ず気がついて心配してくれた。世の中には、ほんとうに優しい人がいるんだって、初めて思えた。私が心から安心して暮らせたのは、南海町での、お婆ちゃんの家にいた三年間が初めてだった。それで、本当の家族がどんなものなのか、判った気がするのよ」

律子、いや江口沙奈江はどんな家庭に育ったのだろうか。おそらく、幸せな子供時代ではなかったのだろう。

「源蔵はどうしようもないダメ男だったけど、お婆ちゃんは本当にいい人で、大好きなの。たぶん、実の親よりも」

たしかに小嶺の家の老婆は、底抜けに善良そうだ。身の回りの植物であれ動物であれ人間にであれ、何にでも愛情を注がずにはいられず、誰もその愛をとめることができない、そういう人間は昨今は珍しくなったが、確かに存在する。もっとも佐脇が出会うそういう人種は、往々にして犯罪の被害者であるケースが多いのだが。

源蔵がダメになったのも、母親のすべてを許す、その愛情深さが仇《あだ》になったな、と佐脇は言いたかったが、やめにした。

律子は、真情を判ってくれというように佐脇をじっと見つめている。

「そうか。それがあるから、後のことは心配ないようにしたかったんだな？　盛田を殺したのもそういう理由か？」

そうよ、と律子は即答した。

「あの男は心底腐った、ダニ以下の男だから。小嶺のうちから、絶対、いろんな理由をつけてカネを搾《しぼ》り取るだろうと思ったの。保険金が下りて借金もゼロになって、お婆ちゃんには余生を安心して暮らして欲しかったのよ。だけど、あの男がいる限り……」

律子は盛田岩雄を物凄く恐れていた。別人にならねば生きていけないほど、自分の人生を破壊した男なのだから、無理もない。

「あの男からは何度も何度も逃げて今度こそようやく逃げ切れたと思っていたのに、また見つかってしまったのは、凄くショックだった」

警察に助けを求めることは……出来なかっただろう。聞くまでもない。

「……源蔵は、私を守れないと判ってた。表沙汰になると警察に捕まるようなコトを、いろいろと盛田に知られているから訴えられないのは判ってたし」

「戸籍の件だな。あんたが海から運び込んでたブツのこともある」

盛田も相当にヒルのような男だったようだ。そういう男を黙らせる方法は、多くはないだろう。

「後ろ暗い人生であるほど、守るにはそれなりのコストが掛かるってコトか」

「他人事《ひとごと》だからって、そういうふうに簡単に言って欲しくないわね」

律子は佐脇を睨みつけた。

「悪かった。だが、どっちにしても、あんたは自分だけでこれを考えて実行した訳じゃないよな？　誰かの入れ知恵とサポートがあったはずだ。少なくとも、ヤンっていうヤツは嚙んでるんだろ」

「刑事にしてはずいぶん曖昧で大雑把な言い方ね。戸籍の売買については、大阪で、ある人に教わって斡旋してもらった。ヤンとは、そうね、ブツを運ぶアルバイトで知り合った関係なの」

「外国から運ばれてきた覚醒剤だな？」

まあね、と律子は頷いた。

「それには、レイも嚙んでるだろ？」

そのことも知ってるのね、と、律子はため息混じりに返事をした。

「彼女とは、親友というような通り一遍の仲じゃないのよ。戸籍のことで相談に乗ってくれて、実際に話を通して手配したのも、彼女。『戦友』みたいに言うのも、ありがちで嫌なんだけど」

「で？　今度の仕事も、レイから来たんだろ？　その大元は、チャンか」

「さあね。とにかく、レイには感謝してるわ。佐脇さん、あなたがウロウロしてるから、なかなか盛田を始末出来なかったけど、レイがなんとかしてくれたから」

あの日、いわくありげに防波堤から姿を現して佐脇をモーテルに誘ったレイは、律子から佐脇を引き離しておくための囮《おとり》として、躰を張ったわけか。

「ヤンだかチャンだか知らないが、お前さんに最高にヤバい仕事をさせておいて、何のフォローもしてくれなかったってことだな。で、お前さんが自分で殺るしかなかった、と」

律子はちょっと首を傾げた。

「まあ、私が求めるフォローをしてくれなかったってこと。盛田はいずれ消すが、もう少し待て、と言われた。事故のほとぼりが冷めたころに、この町から離れたところで殺らないと、盛田から『江口沙奈江』がたどられる恐れがある、と。それは困るけれど、でも、盛田の最期を見届けずに逃げるなんて、私にはそれだけはありえなかったから」

「あんたが求めるフォローとは、盛田の確実な処分と、小嶺のウチに間違いなく金が入るってことか。で、あんた自身への見返りはどうなんだ？」

律子はやるせなげに視線を落とした。

「別に、そんなこと考えなかった。私の人生なんて、どう転んだって良くなりっこないし。盛田が消えてくれて、あとはひっそり、どこかで静かに暮らせれば、それで良かったの。お婆ちゃんと別れることだけが辛かった」

「この、兄ちゃんはどうするつもりだったんだ？」

達也はフロアで昏睡《こんすい》したままだ。

律子は、使いっ走りに便利だからと達也を使ったのだろう。しかし金を取れなかったので、もう用済みになったはずだ。

「この達也センセイは、カネを運んで来れなかった時点で必要のない、邪魔な存在になったはずだ。これから先、こんな世間知らずな素人と逃避行するのは足手まといにしかならねえ。どうせこいつには、『これから一緒にどこかに行こう、そのためにはお金が要るから』とか言って口説いたんだろうが」

「ちょっと違うわね。この子は南海町で私の姿を何度も見てたから、電話したらすぐに私が生きていると判ったし、この子の方から、何か力になれないかと言ってくれたの」

それで金を手に入れ、自力で逃げようとしていたのか？　それならなおさら、達也は邪魔なはず……。

「私は、死んだ事になってるわよね。この世に存在しない人間が、誰かを殺す事は不可能。で、盛田殺しは迷宮入りになるだろうし……」

律子の目は、達也に向けられた。

「ことによったら、可哀想だけど、この人のことも、と思ったけど、そうする必要もなくなったわけね。よかった」

そうだな、と佐脇も応じた。

「ところで、こんな狭くて暗いところでショボショボやるより、ゆっくり考えようや。律子さんよ、あんたも、オレがここに来た時点で、自分の計画が御破算になったと判ってるんだろ？　こいつにしてもそうだ。目を覚ましたら、すべてを悟るわけだ」

佐脇は、唯一外に出られるドアの前に仁王立ちしたままだ。

律子の躰から力が抜けた。

「判ったな。ここまでだ」

「……保険金は下りないの?」

「下りないな。見舞金も出ない。船の壊し損だ。どころか、自衛隊から損害賠償の請求が来るかもしれんぞ」

佐脇にそう言われた律子は、呆然となった。が、すべて失うには、代償が大きすぎる。

律子は、キッとした目で佐脇を見た。

「まだ選択肢はある。佐脇さん。あなたはまったくナニも見なかった、というのはどう?」

「おいおい。オレを買収しようってのか。言っておくが、オレはお前と一緒には逃げないからな」

「それは判ってる。だから、お金で解決しましょう。チャンからそれなりのお金を出させるから」

ヤンはヤクザとつるんで覚醒剤を密輸する程度の男だが、チャンは違う。バックに国家を背負っている。膨張し続ける軍事予算は潤沢にあるようだし、久米では五千万のカネを見せて買収しようとしたのだから、無人島の一つくらい買える金になるかもしれない。

だが、相手は中国人だ。佐脇を消した方が話が早い、という結論も十分に考えられる。

「やっぱりチャンは、そういう存在なんだな？　覚醒剤より金になるのか。軍事機密が」

「金に糸目はつけない。そう言ったわ。私には新しい身元を用意すると。それに、私は、断れる立場じゃなかった。船で運んでいた物のことがバレたらどうする？　とさりげなく聞かれた。新しい人生と自由を手に入れるのと、長い刑務所暮らしとどっちがいいかって」

静かに暮らせて、もう逃げなくてもいいのなら、別に刑務所でも良かったんだけど……

と律子は物憂《ものう》げに言った。

「でも、盛田のことがあったし、お婆ちゃんには幸せになって欲しかったから。やっぱり、私は、やるしかなかったの」

やるしかなかった。自ら操縦する漁船を海自の護衛艦に衝突させ、自分は直前に海に飛び込み、事故死を偽装した……。

佐脇は、部屋のソファに座って、律子の手を握った。

「これは、刑事じゃなく、オレという一人の男として言うんだが、聞いてくれないか」

佐脇はいつになく親身な態度で、律子をかき口説くように話し始めた。

「な、こうなったら、もう悪あがきせず、元の江口沙奈江に戻ったらどうだ？　小嶺律子は棄ててさ。それが、あんたにとって、実は一番いいことなんじゃないか？　船をぶつけた件は海保も公安も『事故』で収めたがってる。チャン達の事は黙っていればいい。いいか。あんたは盛田から逃げようとして戸籍を買った。だが、またしても見つけられ、絶望して死のうとしたが死にきれなかった。そして心神喪失状態で盛田を殺した。その線でどうだ？」

律子は、俯いて、考え込んだ。

「盛田の件は、オレも知ってる。アイツを殺したのは正当防衛にもっていけるかもしれない。悪くても傷害致死だろう。情状酌量も充分期待出来るから、お勤めは数年で済むんじゃないかと思う。な？　また誰かに頼って別の戸籍を手に入れても、そいつにバラされるかもという恐れを一生引きずらなきゃならないんだぞ。それに、あんたほどのいい女を、そんな悪いヤツらが放っておくはずがない。いずれ形を変えて、また利用されるに決まってる。結局あんたは、悪いヤツらに一生、骨までしゃぶられる事になるんだぞ。だったら、今度は、警察を信用して、きっちり裁きを受けて出直す方がいいじゃないか。オレも協力するから！」

この言葉に、偽りはなかった。磯部ひかるを忘れたわけではない。だが、佐脇はこの女に心底《しんそこ》惹かれ、親身になる気持ちが棄てられないのだ。

「そうね……」

律子は顔を上げて、佐脇を見つめた。

「そこまで言ってくれたのは、レイと小嶺のお婆ちゃん以外には、あなただけかもしれない。特に男は」

そう言われて、佐脇は照れた。

「嬉しい事、言ってくれるね。だがオレだけじゃない。あんたに一服盛られてひっくり返ってるこの兄ちゃんだって、あんたのことを心底思ってるはずだ」

「そうね……そのとおりね。私の人生、案外捨てたものじゃなかったのかも」

律子は佐脇を信頼し始めている。佐脇の提案に心が動いている。

田舎刑事は、それを実感した。

が。

その時だった。

ドアが唐突に開き、現れたのは、レイだった。

「レイ！　駄目。ここに来ちゃ。逃げて！」

反射的に律子が叫ぶ。

だが、レイは逃げなかった。強ばった顔のまま、カラオケルームの中に押し出されるように進んでくる。

その背後には、人相の悪い男が二人、立っていた。小柄と大柄の凸凹《でこぼこ》コンビ。久米で佐脇を襲った、ミンとクワンだ。

「拷問人のお出ましか。昨日は世話になったな」

「またお目に掛かりましたね、佐脇さん」

二人の背後から現れたのは……果たしてチャンだった。

「おっと。この部屋は定員三名だ。これ以上は入れないぜ」

「結構です。ここから出ましょう。もっと快適にゆっくり話せる場所でね」

ミンとクワンの手には、小型のオートマチックが握られている。ベレッタかなにかだ。

「あんたたち……レイに何をしたの？」

律子が悲鳴のような声をあげた。

「別に何も。たまたま彼女が歩いているのを見かけたので、ついてきただけですよ」

だがレイの頬には、無残に殴られた痕《あと》があった。


佐脇、律子、そして意識を失ったままの達也は、レイとともにワンボックスカーに押し込められた。走り出したところで、サイレンを止めた数台のパトカーとすれ違った。このビルを包囲するために、水野が率いてやってきたのだ。

佐脇は思わず舌打ちをした。もうちょっと早ければ、形勢逆転できただろうに。

「おお、まさに虎口《ここう》を脱するとはこのことですね。命拾いしました」

チャンが首を竦《すく》めて見せた。

「私がここで日本の警察に捕まる、これ大変面倒な事になります」

「そうだな。なんせあんたは、ある時は中華人民共和国・大阪総領事館の駐在武官、而《しか》してその実体は人民解放軍総参謀部所属の凄腕エージェント。女王陛下ならぬ、国家主席のゼロゼロセブン、ってなものか」

「まあ、何とでもご随意に」

レイを含めた四人は一列のシートに座らされ、助手席にミン、一番後ろのシートにクワンとチャンが座って、完全に前後を挟まれている。この他に運転手もいる。

達也は薬が効いたままで、眠りこけている。放置してきても良さそうなものだが、内情の一部分を知ったばかりに、『処理』の対象になってしまったのだ。

「ところで、黒幕がいるなら話が早い。よう。エージェントのチャンさんよ。あんたは、レイや律子を使って海上自衛隊の軍事機密を盗み、破壊工作を仕掛けてたんだろ？」

「そうですよ。今更しらばっくれる理由はありません」

チャンはあっさり認めた。

「そもそも、律子さんが勝手に我々の許からいなくなったのがいけないのです。結果的に事態が複雑になり、関係ない人までを巻き込んでしまった」

そう言われて、律子は窓外に目を移した。

「……あんたたちが信用出来なくなったからよ。回り道したけど、結局、こういうことになるはずだったんじゃない？」

「と、言いますと?」

とぼけるチャンに佐脇が突っ込む。

「だからあんたは、最初から、あんたのことをスパイだと知っている日本側の人間を全員、まとめて始末する気だったんだろ? 律子が言うのは、そのタイミングが遅くなっただけだってことだ」

表情ひとつ動かさないチャンが腹立たしくて、佐脇は言い募《つの》った。

「で、どうせ、オレも、その若い衆も始末する気なんだろ。あんたら中国の連中のやる事はキツイからな」

「日本人にそういうことは言われたくないですけどね。アナタがたは忘れっぽいが、我々は過去を決して忘れません。『水に流す』は日本のことわざ。我々は『覆水盆に返らず』です。覆水難収《フーシュイナンショウ》。まあ、ここで、アナタがたと歴史認識について議論を交わすつもりはありませんが」

チャンはそう言って話を打ち切った。

律子が逃げたのは、チャンのこの本心を見抜き、本能的に身の危険を感じたということもあったのか。

「我々としては、律子さんさえ勝手な行動をしなければ、生命と安全を保証する意思はあったのです。お判りいただきたいが、こちらとしては守るものが大きいのですよ。心得の悪いものが一儲けしようというのじゃないんですから」

「そうだよな、なんせあんたらは国家を背負ってるんだもんな」

　チャンは挑発には乗らなかった。

「とにかく、死んだはずの人間が顔見知りの大勢いる元の町に現れ、そのうえ、以前関係のあった人物を殺したりされては、作戦の遂行上、非常に困るんです。それはお判りでしょう？」

　律子もチャンも、お互いに、相手の言動に不信感を持っていたというのか。悪党の仲間割れによくあるパターンではある。

「で、チャンさんよ。あんたのその、冷徹な国家の論理でいくと、虫けらみたいな我々の処理はどういうことになるんだ？」

「月並みな表現で恐縮ですが……絶対に秘密は守ると約束した人間は、絶対に約束を破ると信じていますのでね。確実に口を閉じて戴こうと思っています」

「なるほどね。よーく判りました。あんたらなりに筋は通ってる」

　大げさに感心してみせたのは恐怖を紛らわすためだ。当然ながら、聞くまでもなかった。

　これは最悪の事態だ。相手が日本の悪党なら、佐脇が警官である以上、懐柔する手もあるだろう。だが、顔は似ていても中身はまるで違う他国の人間に、それは通用しない。かと言って、むざむざこんな連中の手にかかりたくもない。

「タバコ、吸うぜ。死刑囚だってタバコは吸わせて貰えるんだからな」

佐脇はひとこと断ると、返事も聞かずにタバコを咥えて火を点けた。

これで、酒でも飲めば名案が浮かぶかもしれないが、そこまでは許されまい。


佐脇が何も思いつかないうち、車は南海町漁港に着いてしまった。

「これから、船に乗ります。この、結城達也さん所有の船です」

そう説明するチャンに、佐脇は、はい、と行儀良く手を挙げて発言を求めた。

「で、船に乗って、どうするんですか?」

チャンは、すこし言い淀んでから、答えた。

「もちろん、ここにいても仕方がありません。海上に出ます」

沖に出て、始末しようというのだろう。

まず、チャンの手下のミンとクワンが車外に出て辺りを窺った。

「いいようだ。さ、出てください」

ドアが開けられて、全員が降ろされた。まだ目が覚めない達也は、クワンが車から引き擦り出した。

目の前には、達也の船だという『第三栄光《えいこう》丸』という船が係留されている。それに乗り移らされようとしたとき、「そこまでだ!」という声が聞こえた。

物陰から現れたのは、まるでベタな刑事ドラマのように銃を構えた檜垣。そしてその後ろにはなぜか栗木までがいた。

「この件は終了と上から言われてはいるが……目の前に現れてしまった以上、知らん顔は出来ない」

檜垣は言い訳するように言った。

「この栗木が何やら漁港のあたりを探し回っているので、私も一緒に最後の検分をしていたんだ。未練がましいとでも何とでも言え。そうしたら……」

「見なかったことにしてください、とお願いするだけでは駄目ですか?」

チャンは落ち着き払っている。

「上のほうではすでに決着がついている話ですよ。あなたも公僕なら、国家の意思には従うべきではありませんか」

「それはあなたの論理だ。日本では、我々のボスは一応、国民ってことになってる。建前だけだが。だから日本の……罪のない一般人に危害を加えるのはやめろ!」

佐脇はがっかりした。檜垣の言葉だけは威勢がいいが、警察庁公安のエリートは現場の荒事には不慣れなのだと、ひと目で判ったのだ。ガタイは良いが銃の構え方がなっていないし、栗木に至っては貧弱な体軀の上に、逮捕権もないのだから、銃器など触った事もないだろう。

「チャン・スイヤー、駐在武官であるあなたならご存じだろうが、私は警察庁警備局の者で、こちらは公安調査庁の調査官だ。いくらなんでも日本の警察と正面切ってやり合うのは得策ではないでしょう？　外交官特権では収まりませんよ」

「そうだ。立派な外交問題になるんだぞ！」

栗木が、檜垣という虎の威を借りて、偉そうに言い放った。

「もちろん、それは承知していますよ」

チャンは、にこやかに頷《うなず》いた。が、次の瞬間、目で合図すると、ミンとクワンが即座に動いた。

驚くべき素早い動きで、警察庁参事官と公安調査庁調査官に襲いかかり、カンフーの技で倒してしまったのだ。いや、カンフーには疎《うと》くて、ブルース・リーとジャッキー・チェンしか知らない佐脇には、空手なのかボクシングなのかも判らないが、アゴと後頭部を一気に打撃された二人のエリートは、そのまま、あっさりと崩れ落ちてしまった。

チャンはにっこりと微笑み、二人の手下に「太棒了《タイバンラ》！」と言った。

依然として漁港にほかに人気はなく、この様子では、檜垣と栗木の二人は完全に単独行動をしていたのだろう。もう、援軍は期待出来ない……。

佐脇、律子、レイ、そしてクワンに担がれた達也も、小さな漁船に乗せられてしまった。人間凶器のようなミンとクワンがいる以上、少しでも逆らえば容赦なく殺されてしまうだろう。

船上には、すでに一人、中国人らしい男がいる。こいつがヤンなのだろう。

チャンが何ごとか中国語で命じた。日本語で喋る時の物柔らかさとは、別人のような、きつくて横柄な口調だ。ヤンは一瞬、蛇のような目を光らせてボスを睨み返したが、やがて目を伏せ、操舵室のパネルを開けた。

この二人、あまりうまく行っていないのか？　と佐脇は思った。いずれにせよヤンが仕切っていた、南海町への覚醒剤密輸ルートは、今回の一件で使えなくなった。ヤンとしては面白くないはずだ。

ヤンは盗難車にやるように、ワイヤーを剝いてバッテリーを直結させて、エンジンを始動させている。同時にミンとクワンが動いて艫綱《ともづな》が解かれ、船は岸を離れた。

檜垣と栗木の二人は、岸壁近くで倒れたままだ。が、ようやく、遠くからサイレンの音が聞こえてきた。おそらく、水野が後を追ってきたのだ。ここでも一拍、遅きに失した。

「あの二人はしばらく昏倒したままでしょう。銃を使ってもよかったのですが、発砲すると音が響くし、さすがに殺してしまったのでは外交問題に発展しないとは言い切れません。しかし、あなた方程度なら、大丈夫」

「大丈夫って、なにがだ。オレたちを殺してもか？　一応おれも警官なんだぜ」

佐脇に、チャンは笑った。

「ご心配なく。日本政府は、何もしないでしょう。ここにいるみなさんは、死ぬんじゃありません。あくまで、行方不明になるんです。ウチの海軍ヘリが先日、自衛隊の護衛艦に九十メートルの至近距離まで接近しても、ウチの旅客機が成田に無許可で着陸しても、日本はブツブツ言うだけ。昔からそうです。アナタがたは、我々には正面切って何も言えない。我々は、それをよく知っています」

チャンは、完全に日本の出方を見切っていた。

「近々、日本の与党幹事長が北京を公式訪問するようです。そんな時に、ややこしい問題が持ち上がるのは、双方にとって望ましくはないでしょう。もちろん、こちらから何か言う事はありませんし、日本側も下手な事を言って外交セレモニーが荒れてしまうのはマズイと、こちらの顔色を見ます。というより、大所高所から物事を判断するのが『外交』というものです。違いますか？」

「少なくともオレは、違うと思うがね」

佐脇は岸を眺めながら、言った。

岸壁にはパトカーが何台も到着して、人の動きがあるのは判った。しかし誰が何をしているのかまでは判らない。

「自衛隊の軍事機密が漏れるのは、盗む側だけが悪いのではありません。盗まれる方も悪いのです。女にデレデレして何でもかんでも話してしまうというのは、軍人の風上にも置けない行為だと思いませんか？　日本以外の国の、それも軍事に関する機密保持は、非常に厳格です。守秘義務に関する基礎教育が出来ていないという弱みがあるから、日本は、こちらに何も言いませんよ」

チャンは自信に満ちた表情で言い切った。

「それに、『いそなみ』の事故が故意だったとしても、軍艦ともあろうものが易々と漁船に突っ込まれてしまう事態がそもそも問題なのです。違いますか？　たとえばあれがただの漁船ではなく爆薬を満載していたらどうです？　米軍から最新の技術供与を受けた新鋭艦が吹っ飛ぶことになっていたかもしれませんね」

護衛艦に特攻した当の本人である律子は、黙っていた。

船は、どんどん沖合に進んで、鳴海海峡の海域に入った。この先、公海に出て、どこか外国の船に乗せられてから始末されるのか？

「今夜、というより、明日の未明、『いそなみ』事故が起きたのと同時刻に、現場検証が行なわれます。これが済めば、事故については裁判などが開かれて、お終《しま》いになります。で」

チャンは、ミンとクワンを見やってから、言った。

「我々も、終わりにしたいのです。目的がほぼ達成された以上、さっさと帰国したい。すべてに決着を付けてからね」

ヤンは操舵室に入ったまま、黙って舵を切っている。

「で、我々のやり方としては、ただ処分するのでは、済まないわけです。国家を裏切った、当然の報いである恐怖を存分に味わってから、あの世に行って貰う。何事も徹底するのが我々の流儀ですから。その辺を佐脇さんにもじっくり理解してもらいましょう。冥土《めいど》の土産にね」

チャンが目で合図すると、ミンとクワンが動いた。最初からそういう打ち合わせになっていたようだ。

ミンはナイフを取り出して、レイに襲いかかった。どうせ殺すのだからとばかりに、遠慮なくナイフをレイの胸元に突き立てて、ざーっと引き下ろした。

そのまま斬り殺してしまったか、と思えたが、名人芸ともいえる絶妙な匙《さじ》加減で、服がぱらりと左右に分かれ落ちて、躰には浅い線が残っただけだった。

しかし。たわわなバストの谷間につけられた垂直の線からは血が滲み出して、じわじわと全身を赤く染めて行く。

「何をするの！　レイが死んじゃう！」

律子が我を忘れた様子でミンにむしゃぶりついた。当のレイは、自分の身に起きた事が信じられないのか、茫然としている。

　ミンの腕にしがみついた律子の襟首を、大男のクワンが摑んで、無造作に引き摺り倒した。ごん、という嫌な音がした。デッキに後頭部をしたたかに打ち付けたようだ。脳震盪《しんとう》を起こしたのか、律子は動かなくなっている。

　ヤンが操舵室から出てきた。物凄い形相《ぎょうそう》で、身振り手振りを交え、チャンに必死に訴えている。おそらく自分の情婦であるレイの命乞いをしているのだろう。

「没門《メイメン》」

　チャンは手を振り、ヤンの懇願をにべもなく撥ね付けた。

「レイを始末するのは気が進まない。亭主がこのとおり未練たっぷりなだけに。しかし同胞であるにもかかわらず国家を裏切った罪は、律子より重い」

　ミンが自分の下半身を剝き出しにすると、服を切り裂かれ、殆ど全裸になってしまったレイに襲いかかった。どうもミンは、血を見ると余計に興奮する性質《たち》らしく、レイの傷から溢れ出す血を彼女の全身に塗りたくりながら、勃起したペニスを秘部に宛てがった。

「お願い！　やめて」

　かろうじて意識を取り戻して、ふたたび哀願する律子の頬に、クワンの大きな拳が容赦なく炸裂した。

　律子は、その衝撃で反対側の船の縁に激突した。

　佐脇の身体が反射的に動き、クワンに向かって行こうとした。

「佐脇さん、あなたは黙って見てなさい！」

チャンの鋭い声がした。手には拳銃があった。

「あなたは警官だが、完全に無力だ。何も出来ない。自分の目の前で、自分が関《かか》わった女が二人、無残に犯され、殺されてゆく、そのすべてを眺めなさい。女二人の後は、あなたの番なのですが」

ミンは息を荒らげ、レイの裸身にナイフの刃でなにやら模様を描くように浅い傷をつけながら、激しく腰を使っている。

律子に迫ったクワンは、殺さないよう手加減はしている。もてあそぶように彼女を平手で何度も殴り、その合間に服をびりびりと引き裂いた。

どちらも究極のサディストだ。

全裸に剝かれた律子の細い躰を、クワンの巨体が、かるがると持ち上げ、デッキに押し倒した。両足首をつかんで、長い脚を容赦なく開かせ、ズボンの前を開けている。牛乳瓶、いやビール瓶の底ほどもある例の巨根が、跳ねるように飛び出した。

クワンは邪悪な笑いを浮かべつつ、律子の顔に浮かぶ恐怖の表情をしばらくの間は愉しむように、巨根をこすりつけている。その広がったカリの部分を、律子の秘毛の中心に突き立てようとしているのだ。

その恐怖に律子が悲鳴をあげ、クワンは面白そうに再びその口元を殴りつけた。

「ははは！　これは良い眺めだ！　まさに悪夢。そうでしょう？」

そうそぶくチャンを、突っ立ったまま、ヤンが無表情に眺めていた。

自分の女を目の前で嬲《なぶ》り殺しにされて、この男は平気なのか？　つい先刻の、ただ一度の抗議だけで、諦めてしまったのか？　チャンが要求する『忠誠』の前には、すべての感情を殺すしかないのか？

「お前らみんな、クソだな！」

破れかぶれになった佐脇が、突進した。もう、どうなってもいい。どうせ殺されるなら、こいつらを先に殺ってやる。

クワンにむしゃぶりついた佐脇だが、腕のひと振りを浴びて簡単に跳ね飛ばされてしまった。飛ばされた船床には、デッキブラシが転がっていた。

それを摑んで、柄を思い切り、クワンの脳天に叩きつけた。

「うお」

クワンは律子を犯すのを中断して佐脇に向かってきた。

思いがけない佐脇の行動に、チャンは驚いて銃口の照準を佐脇に合わせるのが精一杯だ。

「佐脇さん、無駄な事は止めなさい！」

「無駄かどうか判らねえだろ！」

何度も殴りつけるうちにデッキブラシの柄は、折れてしまった。

佐脇は頭からクワンの鳩尾《みぞおち》に向けて飛び込み、一撃を食らってふらついた巨漢の頬に拳《こぶし》を叩き込んだ。

それで怯《ひる》んだクワンに連打を浴びせたが、大男に腹を蹴られて船の縁にふっ飛ぶと、したたかに頭を打ってしまった。

佐脇とクワンの乱闘を見たミンは、さすがに驚いて凌辱を止めた。

「佐脇さん、日本人は覚悟を決めて『俎《まないた》の上の鯉』になるんじゃないんですか」

「馬鹿かお前は。オレはその辺の日本人と違って、往生際が最悪なんだ！」

ふらつきながらも起き上がった佐脇は、チャンに言い返した。

その様子を見ていたヤンが、動いた。

傍観しているだけかと思いきや、ふらふらと操舵室に戻ると操舵室内の壁に立てかけられていた棒のようなものを握ったのが、佐脇の視界の隅に入った。

次の瞬間、ヤンは一気に走り出てきた。

ぎらり、と金属が一閃《いっせん》し、ヤンが振り下ろしたナタが、一番近くにいたチャンの右腕を直撃した。

悲鳴が上がると同時に、ぱん、と乾いた銃声が響き、ごろんと丸太のようなものが船床に転がった。

チャンの右腕だった。切り落とされた瞬間に指が動いたのだろう、銃口からは硝煙が立ち上った。

佐脇が慌ただしくあたりを見回すと、こちらに向かってこようとしていたクワンの動きが止まった。その巨体に、誤射された銃弾が命中したようだ。

それでも大男は、さながらフランケンシュタインの怪物が歩くようにがくがくと佐脇に向かってきた。

「お前も相当、往生際が悪いな！」

佐脇は、クワンの懐に飛び込むと、柔道の巴《ともえ》投げの要領で、船の外に放り出した。

大男は、海面で暴れながらも、ぶくぶくと沈んで行った。

ヤンは何か叫びながら、今度はミンに襲いかかった。レイに覆いかぶさっている、その背中に、何度も何度もナタを降り下ろした。

ざっくりと深く切り込みが入ってナタが抜けなくなり、ミンは動きを完全に止めた。死んではいないが、脊髄を損傷したのだろう、全身が麻痺して動かなくなったのだ。

レイは、そんなミンを押しのけて、下からはい出てきた。

我に返った佐脇は、ミンの身体を持ち上げて、障害物を除去するように船の外に捨てた。

ミンは、もがく事なくそのまま、近くに浮いていた。赤く染まった波が、かなり荒くなってきた。

「大丈夫か！」

佐脇は律子とレイに手を貸した。もちろん、大丈夫な訳はない。レイは自分の血とミンの血で真っ赤に染まっているし、律子も激しく殴られて顔が腫れ上がっている。

「ヤンに加勢して！」

レイが佐脇に叫んだ。

振り返ると、チャンとヤンが激しく揉みあっていた。

右腕を無くしたチャンが死力を尽くしてヤンに襲いかかっている。武器を失ったヤンは、鬼のような形相のチャンの気迫に押されてか、後ずさりしている。

しかも、船上の死闘だけでは済まない事態になろうとしていた。

船が進む、その行く手に現れた船影の主は、巨大な護衛艦だった。船首に書かれた『123』という巨大な数字が目に飛び込んできた。

「あれは、『いそなみ』じゃないか！」

海上自衛隊の最新鋭護衛艦『いそなみ』が、現場検証のために、事故が起きた海域にやってきたのだ。

それに向かって、達也の漁船は一直線に突き進んでいる。

「おい、針路を変えろ！　またぶつかる！」

律子が操舵室に飛び込んだ。

それを阻もうとしてか、チャンが渾身の力で立ちあがった。よろめきながら律子を追ってゆく。

その背後からヤンが摑み掛かる。佐脇も、ヤンに加勢して、チャンの襟首を摑んで引き倒した。

衝突を回避するかに思えた律子だが、どういう訳か、舵を切ろうとせず、そのままの針路を維持している。

「律子！　なにをしている！　このままじゃぶつかる！」

『いそなみ』が回避してくれればいいが、大きな護衛艦は、そう簡単に針路変更が利かないのだ。

「レイ！　アンタからも言ってくれ！　律子はおかしい！」

しかし、レイは呆然として、座り込んでいるだけだ。

護衛艦の船影が、どんどん大きくなってきた。

「ヴォーッ！」

腹に響く低音で、短い汽笛が五回発せられた。警告だ。

汽笛だけではなく、日中でもまばゆい、サーチライトの強烈な光が飛んできた。

『いそなみ』は異変を察知して、回避行動に移っていた。しかし、律子は、そんな『いそなみ』を、まるで追尾するように舵を切っている。

「馬鹿かお前は！　どうしてぶつかって行くんだ！」

「これしかないのよ、佐脇さん！　これしかリセットする方法はないの！」

が。

彼らを乗せた第三栄光丸の背後に、別の船が追ってきた。海上保安庁の巡視船だ。

「こちらは海上保安庁！　第三栄光丸、今すぐ停船しなさい！　停船しなさい！　針路上には自衛艦が接近中だ！」

スピーカーから警告が発せられた。

巡視船の船首には、水野が立って、双眼鏡でこちらを見つめている。

「佐脇さん！」

水野は、ハンドマイクで佐脇に呼びかけた。

「危ないです！　可能なら、佐脇さんだけでも海に飛び込んでください！」

操舵室の入り口では、ヤンがチャンを殴り続けている。

律子は、どう考えても、ふたたび船を自衛艦に衝突させようとしている。

「レイ！　あんただけでも逃げるんだ！　飛び込め！」

しかし、レイはゆっくりと首を横に振った。

「なぜだ？　一緒に死のうって言うのか？　それじゃ、チャンに処刑されるのと同じじゃないか！」

「佐脇さん！　あなたは助かって！　私たちと一緒に死ぬ必要はないのよ！」

操舵しながら、律子が叫んだ。

「バカ言うな！　それなら、全員で死ぬ必要もないだろ！」

佐脇はそう叫び返した。

チャンとヤンは、血みどろになって揉みあっている。お互い中国語で叫んでいるから意味は判らないが、どうやら、ヤンは自分の女だったレイをこんな目に遭わせて、とチャンを罵《ののし》りつつ殴っているようだ。チャンも怒鳴り返しているが、すでに右腕を失い、大量の血を流し続けている以上、死ぬのは時間の問題だろう。

国家の威信を背負ったチャンは、事ここに至っては死ぬ方が良いのかもしれない。しかしヤンは、国家の掟に縛られる事のない悪党だし、律子もレイもそっちの側だ。

『いそなみ』の船首が眼前に、さながら切り立つ巨大な壁のように迫ってきた。汽笛も連続して耳をつんざくように鳴っているし、サーチライトも小さな漁船を焼き尽くすかというほどに照射されている。

「律子！　何を考えてるんだ！　チャンは日本の法律で裁かれるべきだし、あんたは江口沙奈江に戻れば、幸せを手に出来るんだ！　レイだって日本の法律なら、そうひどい事にはならない。つまり、死ぬ事は全くないんだ！」

「第三栄光丸、すぐに停船しなさい！」

背後からも前からも警告が飛んできた。

こうなったら、次は銃撃されるかもしれない。

佐脇は、まだ転がっている達也の頬を叩いた。

「おい！　いつまで寝てるんだ！　もう限界だ！　起きろ！」

何度も頬を叩くうちに、やっと反応が出はじめた。呻きながら薄目を開けようとしている。

「達也！　オレにつかまれ！　飛び込むぞ！」

律子の考えは、変わらないようだ。

彼女が思い詰める気持ちも、判らないではない。不幸だった彼女には、今、周囲のすべてが『敵』にしか見えないのだろう。

せめてもう少し時間があれば。彼女を説得するための時間が……佐脇は歯嚙みをした。

「佐脇さん！　今なら間に合うから！　一緒に死ぬ事はないのよ！　達也を助けてあげて！」

律子がまた叫んだ。

仕方がない。

佐脇は覚悟を決めた。

ようやく意識を取り戻した達也の腕を肩にかける。

「いいか、飛び込むぞ！」

最後に、佐脇は振り返って律子を見た。

律子は、何かに憑かれたような表情で、前を凝視している。佐脇とは絶対に目を合わせようとはしなかった。

「じゃあな！　オレは、お前さんの事を、絶対に忘れないからな！」

佐脇はそう叫ぶと、達也もろともに、海に身を投じた。

海面が全身を打ち、口にも鼻にも海水がどっと押し寄せる。塩水が目に痛い。外洋の荒波の中で、達也の身体を離さないだけで精一杯だ。

だが、すぐに巡視船から浮き輪が投げられ、数人が飛び込んで、佐脇と達也は沈む前に救助された。

二人を収容すると、巡視船は慌ただしく右に舵を切った。『いそなみ』を回避するためだ。

「佐脇さん！　これはいったい……」

巡視船の船上で、水野が駆け寄ってくる。

したたかに水を飲んで、息も絶え絶えの佐脇は、なにも答えられずに、デッキからアタマを出して、ゲーゲーと吐いた。

それでもかすむ目を必死に凝らすと、前方の海上を、なおも『第三栄光丸』が疾走してゆくのが見えた。全速前進で、その針路は、ぴたりと一点を指している。

行く手にあるのは、護衛艦『いそなみ』だ。

『いそなみ』はなんとか針路を変えて漁船を避けようとしているが、小回りの利く漁船を振り切ることは難しいだろう。

護衛艦に装備された機関銃と大砲の砲身が動き、漁船に向けられるのが見えた。しかし、平時に、しかも民間の漁船に発砲するとなれば、まさに一大事だ。照準は合わされたが、発砲はされない。

そのあとの数秒は、数時間にも感じられた。

『第三栄光丸』は、特攻するように護衛艦に向かって行き、やがて物凄い轟音が響き渡った。

ついで、火柱も上がった。

『第三栄光丸』は、海上自衛隊の護衛艦『いそなみ』に激突し、沈没してしまった。

エピローグ

「結局私は、何をしに来たのか全く意味不明になってしまいました」

空港のラウンジで、入江は苦笑した。

「檜垣は言うに及ばず、あの栗木にさえ活躍の場があったというのに」

あの日、栗木はたまたま失くした携帯電話を南海町漁港で探しており、それを何らかの意図のある検分と誤解した檜垣が同行して、佐脇たちの危機に鉢合わせしたらしい。

「まあ、入江さんなら、いずれご活躍の機会もあるでしょう」

見送りに来た佐脇が応じた。その横には水野もいる。

同じくあの日、入江は現場検証後の捜査方針、つまり、あくまでも「事故」として決着させる方針に関して、海上保安庁第五管区海上保安本部や、海難審判所の幹部たちとのすり合わせ、及び最終確認をしていたのだと言う。

「そうですか。ようは政治決着に忙しかったんですな。まあ、入江さんがいても、状況は変わりませんでしたよ、あの現場では。クルーゾー警部はフリントには勝てません。ハリー・キャラハンなら勝てるかもしれないが」

「相変わらず、まったく判らない喩《たと》えですな」

入江は苦笑した。

「ところで、佐脇さんが一番聞きたくない事を耳に入れておかねばなりません。結局、チャンの思惑《おもわく》通りの結末になりそうです」

「つまりは政治決着、ですか。日本は黙ったまま、ということですね」

「まあね」

入江は、その話は忘れたい、という表情でコーヒーを飲んだ。

最新鋭の護衛艦『いそなみ』は結局、二度も漁船に衝突される羽目になった訳だが、その二回の衝突の両方について、「漁船の過失」及び「いそなみの見張り不足と回避行動の不徹底」という、痛み分けの結論が下される筈だという。

チャン、ミン、クワンの遺体は回収されて、中国大使館に送られた。ヤンについては、不法滞在の外国人ということで、海上保安庁が処理する事になった。

しかし……肝心の、律子とレイについては、またしても、遺体はあがらず、その行方も杳《よう》として知れない。

「今も捜索してますが……救命ボートは使われた痕跡がないまま、空の状態で漂流していましたし、救命胴衣も見つかっているのですが、どう判断すべきか、材料が決定的に足りません。私の勘としては、またしても偽装ではないかと思うし、心証としては果てしなくクロに近いのですが、ここは『事故』全体の処理も考えて」

むしろ生きて出てこられて裁判になるほうが困ると、関係者全員が思っていることだろう。

「小嶺律子は既に死んでいたはずの存在だから、やはり死んだ、という事にするわけですね。まあ、私はそれで納得しても、民間人の結城達也が、どう出るか、判りませんね」

「それですが……まあ、しかるべき筋から、しかるべき金額を提示して、黙ってもらうしかありませんな。隣の国なら別件逮捕して罪をでっち上げてしまうかもしれませんが、日本では、それは出来ない事です」

そんな入江に、水野は固まっていた。

「ああ、この男は、偉い人のハイレベルな判断に接するのが初めてでね、要するに、慣れてないんです」

佐脇は、若い部下の心中を察してフォローしてやった。

「まあ、慣れ過ぎると、モラルの崩壊を起こしてしまいますがね」

ああ時間だ、と入江は立ちあがった。

「外務省と警察庁、防衛省の三者会議に出なくちゃいけないというのも、面倒な話です。私としては、佐脇さんと丁々発止やってる方が楽しいんですが」

「オレはいつも楽しい、という訳ではなかったけどね」

佐脇にとって、入江はかなり手ごわい相手なのだ。

入江は苦笑して、鞄を手に取った。

「ああ、そうそう。これはさっき入ったばかりの情報ですが、『某国』国防関係の人事異動があって、諜報関係のさる高官が粛清されたらしいです」

「某国って、はっきり言えば中国だよな。諜報関係ってのは……人民解放軍総参謀部ですか。チャンが派手にしくじったので、そのお咎《とが》めってことですね？」

ええまあ、と入江は頷いた。

「日本で派手にやり過ぎて、処分されたんでしょう。やっぱり、軍が絡むとタダじゃ済まないって事です。向こうは、その高官を粛清したことで、これで落とし前はつけたからと、暗に日本側に意思表示をしたつもりでしょう。日本なら失策を犯してもせいぜい左遷ですが、向こうは死刑だから、コワイですね」

入江は笑い、佐脇も笑ったが、水野は笑えずに硬い表情のまま、歩き去る入江を見送るだけだった。

数ヵ月後。

日本海に沿って走る特急列車の車中に、達也の姿があった。

あの事件の後、彼は死んだようになっていた。佐脇に助けられはしたが、律子はふたたび自衛艦に突っ込んで、散った。またしても死体すらあがらない。

死亡が確認できないこと。それが一縷《いちる》の望みになっていたのだが、同時に諦め切れない苦しみも、拷問に等しかった。

が……。

ある日、小嶺の婆さんが忽然と姿を消してしまった。ボケてしまって徘徊《はいかい》の末に行方不明になったのか事故に遭ったのか。律子同様に、ふっつりと姿を消してしまい、遺体すら発見されないままになった。

律子と同様に……。

その言葉が、達也の胸をついた。一縷の望みが、息を吹き返したのだ。

もしかして律子さんは、小嶺の婆さんを呼び寄せて、どこか縁もゆかりもない土地で、二人で仲よく暮らしてるんじゃないのか。ならば……。

かといって、二人の足取りを追う術《すべ》もなく、探す術もない。警察も匙《さじ》を投げた。海上保安庁に至っては、スクリューにずたずたにされて魚の餌になってしまった公算が高い、とさすがにそれよりは遠回しな表現ではあったが、そのように達也に告げたのだ。

だが、昨夜の事だった。

非通知の電話番号で、女の声の電話があった。名前は名乗らない。

『あの時は……ごめんなさい。利用されただけ、あなたはそう思っているよね』

忘れもしない、その声。

「まさか。夢にも思っていないよ、そんなこと！　ねえ、今、何処にいるの？　元気なの？　小嶺のお婆ちゃんも一緒にいるんでしょう？」

律子は、日本海に面した、とある漁村にいると答えた。船には乗らず、港で水揚げされた魚の処理や漁網の繕いなどを、婆さんと一緒にやっている、と言った。

「……おれも、そこに行っちゃ、不味《まず》いかな……」

躊躇《ためら》った末に訊いてみると、意外な答えが返ってきた。

『あなたが怒ってないのなら。私を許してくれるなら……でも、三人もよそ者が揃うと、目立つかもしれないわね』

それは、なんとかなる！　と勢いで答えた達也は、そのまま家を出て列車に飛び乗ったのだ。

律子さんが生きていた！　それだけで、達也の胸は高鳴った。

この事は、律子さんとおれだけの秘密だ。小嶺の婆さんも含めると、三人だけの秘密だ。

達也は、新しい生活を夢見て、車窓の外を流れる日本海の風景を眺めていた。

参考文献

富坂聰『平成海防論』新潮社／　太田文雄『インテリジェンスと国際情勢分析』芙蓉書房出版／　上村淳『なだしお事件』第三書館／　後藤一信『自衛隊裏物語』バジリコ／　黒澤俊『KYな海上自衛隊』社会批評社／　杉山隆男『自衛隊が危ない』小学館101新書／　防衛省編『平成二十一年版防衛白書』ぎょうせい／　『日本で見られる艦船・船艇完全ガイド』イカロス出版／　『徹底図解陸・海・空自衛隊』成美堂出版／　小森陽一『海上保安官になるには』ぺりかん社／　前屋毅『海上保安庁の研究　洋上の達人』マリン企画／　『海上保安庁パーフェクトガイド』学研／　吉見太郎とその仲間『お笑い公安調査庁』現代書館／　竹内明『ドキュメント秘匿捜査』講談社／　別冊宝島編集部『公安アンダーワールド』宝島文庫／　別冊宝島編集部編『日本「地下マーケット」』宝島文庫／　金原猛『闇金裏物語』バジリコ／　須田慎一郎『下流喰い』ちくま新書／　『「イージス艦衝突」水面下の全情報』（「週刊文春」2008・3・6日号）／　『イージス艦「機密」と共に漏れた「無修正ワイセツ画像」』（「週刊文春」2007・5・17日号）／　『ああ、自衛隊【亡国のモテ格差】』（「週刊プレイボーイ」2007・4・30日号）／　『「スパイ天国」日本』（「SAPIO」2006・11・22日号）／　『中国「対日特務工作」黒書』（「SAPIO」2007・4・25日号）／　『中国特務工作と犯罪ビジネス』（一橋文哉「新潮45」2007年6月号）／　『「救国のイージス」たらしめるに必要なことは何か』（金田秀昭「正論」2008年5月号）／　津谷俊人『日本漁船図集』成山堂書店／　田中克哲『漁師になるには』ぺりかん社／　吉村喜彦『漁師になろうよ』小学館／　中道仁美編著『女性からみる日本の漁業と漁村』農林統計出版

この作品はフィクションであり、登場する人物および
団体は、すべて実在するものと一切関係ありません。

美女消失

一〇〇字書評

切り取り線

購買動機（新聞、雑誌名を記入するか、あるいは○をつけてください）	
□（　　　　　　　　）の広告を見て	
□（　　　　　　　　）の書評を見て	
□ 知人のすすめで	□ タイトルに惹かれて
□ カバーがよかったから	□ 内容が面白そうだから
□ 好きな作家だから	□ 好きな分野の本だから

●最近、最も感銘を受けた作品名をお書きください

●あなたのお好きな作家名をお書きください

●その他、ご要望がありましたらお書きください

住所	〒				
氏名		職業		年齢	
Eメール	※携帯には配信できません	新刊情報等のメール配信を希望する・しない			

あなたにお願い

この本の感想を、編集部までお寄せいただけたらありがたく存じます。今後の企画の参考にさせていただきます。Eメールでも結構です。

いただいた「一〇〇字書評」は、新聞・雑誌等に紹介させていただくことがあります。その場合はお礼として特製図書カードを差し上げます。

前ページの原稿用紙に書評をお書きの上、切り取り、左記までお送り下さい。宛先の住所は不要です。

なお、ご記入いただいたお名前、ご住所等は、書評紹介の事前了解、謝礼のお届けのためだけに利用し、そのほかの目的のために利用することはありません。

〒一〇一−八七〇一
祥伝社文庫編集長　加藤　淳
☎〇三（三二六五）二〇八〇
bunko@shodensha.co.jp

祥伝社ホームページの「ブックレビュー」からも、書き込めます。
http://www.shodensha.co.jp/bookreview/

祥伝社文庫

上質のエンターテインメントを！　珠玉のエスプリを！

祥伝社文庫は創刊15周年を迎える2000年を機に、ここに新たな宣言をいたします。いつの世にも変わらない価値観、つまり「豊かな心」「深い知恵」「大きな楽しみ」に満ちた作品を厳選し、次代を拓く書下ろし作品を大胆に起用し、読者の皆様の心に響く文庫を目指します。どうぞご意見、ご希望を編集部までお寄せくださるよう、お願いいたします。

2000年1月1日　　　祥伝社文庫編集部

美女消失《びじょしょうしつ》　悪漢刑事《わるデカ》　長編サスペンス

平成22年6月20日　初版第1刷発行

著者　安《あ》達《だち》　瑶《よう》

発行者　竹内和芳

発行所　祥《しょう》伝《でん》社《しゃ》

東京都千代田区神田神保町3-6-5
九段尚学ビル　〒101-8701
☎03（3265）2081（販売部）
☎03（3265）2080（編集部）
☎03（3265）3622（業務部）

印刷所　萩原印刷

製本所　関川製本

ISBN978-4-396-33585-4　C0193

祥伝社のホームページ・http://www.shodensha.co.jp/